Serotonina

MICHEL HOUELLEBECQ

Serotonina

TRADUÇÃO
Ari Roitman
Paulina Wacht

4ª reimpressão

ALFAGUARA

Copyright © 2019 by Michel Houellebecq e Flammarion, Paris

Grafia atualizada segundo o Acordo Ortográfico da Língua Portuguesa de 1990, que entrou em vigor no Brasil em 2009.

Título original
Sérotonine

Capa
Alceu Chiesorin Nunes e Sarah Bonet

Imagem de capa
Scisetti Alfio/ Shutterstock

Preparação
Suelen Lopes

Revisão
Clara Diament
Jane Pessoa

Dados Internacionais de Catalogação na Publicação (CIP)
(Câmara Brasileira do Livro, SP, Brasil)

Houellebecq, Michel
 Serotonina / Michel Houellebecq ; tradução Ari Roitman, Paulina Wacht. — 1ª ed. — Rio de Janeiro : Alfaguara, 2019.

 Título original: Sérotonine.
 ISBN: 978-85-5652-088-3

 1. Ficção francesa I. Título.

19-26998   CDD-843

Índice para catálogo sistemático:
1. Ficção : Literatura francesa   843

Cibele Maria Dias — Bibliotecária — CRB-8/9427

Todos os direitos desta edição reservados à
EDITORA SCHWARCZ S.A.
Praça Floriano, 19, sala 3001 — Cinelândia
20031-050 — Rio de Janeiro — RJ
Telefone: (21) 3993-7510
www.companhiadasletras.com.br
www.blogdacompanhia.com.br
facebook.com/alfaguara.br
instagram.com/editora_alfaguara
twitter.com/alfaguara_br

Serotonina

É um comprimido pequeno, branco, oval, divisível.

Eu acordo por volta das cinco, às vezes seis da manhã, minha necessidade está no auge, é o momento mais doloroso do dia. Meu primeiro gesto é ligar a cafeteira elétrica; na véspera, tinha enchido o reservatório de água e o filtro, de café moído (geralmente Malongo, continuo bastante exigente com o café). Só acendo um cigarro depois de tomar o primeiro gole; é uma obrigação que me imponho, uma vitória cotidiana que se transformou na minha principal fonte de orgulho (mas tenho que confessar que as cafeteiras elétricas são muito rápidas). O alívio que a primeira baforada me dá é imediato, de uma violência atordoante. A nicotina é uma droga perfeita, uma droga simples e dura, que não proporciona qualquer alegria e se define totalmente pela falta e pela interrupção dessa falta.

Alguns minutos mais tarde, depois de dois ou três cigarros, tomo um comprimido de Captorix com um quarto de copo de água mineral, geralmente Volvic.

Tenho quarenta e seis anos, me chamo Florent-Claude Labrouste e detesto meu nome, acho que vem de dois membros da minha família que meu pai e minha mãe, cada um favorecendo seu lado, queriam homenagear; e isso é ainda mais lamentável porque, quanto ao resto, não tenho mais nada a criticar nos meus pais, eles foram excelentes em todos os sentidos, fizeram todo o possível para me dar as armas necessárias na luta pela vida, e se afinal fracassei, se agora a minha vida termina com tristeza e sofrimento, não posso culpá-los por isso, mas sim uma fatídica série de circunstâncias das quais voltarei a falar — que, aliás, constituem na verdade o objeto deste livro —, não tenho absolutamente nada a reclamar dos meus pais além desse minúsculo, desse desagradável porém minúsculo episódio do nome, não só acho ridícula a combinação Florent-Claude, como cada um de seus elementos me desagrada muito, em suma considero meu nome um erro garrafal. Florent é suave demais, muito parecido com o feminino Florence, num sentido quase andrógino. Não combina em absoluto com meu rosto de traços enérgicos, agressivos em certos ângulos, que muitas vezes foi considerado viril (pelo menos por certas mulheres) e nunca, mas nunca mesmo, um rosto de pederasta botticelliano. Quanto a Claude nem se fala, esse nome me faz pensar de imediato nas Claudettes, e quando o ouço me vem instantaneamente à memória a imagem horrenda de um vídeo vintage de Claude François passando em looping numa noitada de veados velhos.

Não é tão difícil trocar de nome, bem, não estou falando do ponto de vista administrativo, porque do ponto de vista administrativo quase nada é possível, o objetivo de qualquer administração é reduzir ao máximo, quando não pura e simplesmente destruir, as nossas possibilidades de vida, do ponto de vista administrativo o bom administrado é o administrado morto, estou falando apenas do ponto de vista do uso: basta você se apresentar com um nome novo e depois de alguns meses, ou até semanas, todo mundo se acostuma, não passa pela cabeça de ninguém a possibilidade de você ter se chamado de outra forma no passado. Esse procedimento seria ainda mais simples no meu caso, porque meu segundo nome, Pierre, corresponde perfeitamente à imagem de firmeza e virilidade que eu queria transmitir ao mundo. Mas não fiz nada, continuei atendendo por esse nome repulsivo, Florent-Claude, o máximo que consegui com algumas mulheres (com Camille e Kate, especificamente, mas voltarei ao assunto mais tarde) foi que se contentassem com Florent, já com a sociedade em geral não consegui nada em relação a isso, como aliás em relação a quase tudo, sempre me deixei levar pelas circunstâncias, demonstrei cabalmente minha incapacidade de assumir as rédeas da minha própria vida, a virilidade que parecia emanar do meu rosto de ângulos bem definidos, dos meus traços cinzelados, não passava de um engodo, pura e simplesmente uma fraude, pela qual aliás eu não tinha qualquer responsabilidade, Deus havia decidido por mim, mas eu era, e na verdade sempre tinha sido, um maricas inconsistente, já estava com quarenta e seis anos, nunca fora capaz de controlar minha própria vida, enfim, era provável que a segunda parte da minha existência fosse apenas, tal qual a primeira, um flácido e doloroso desmoronamento.

Os primeiros antidepressivos conhecidos (Seroplex, Prozac) aumentavam os níveis de serotonina no sangue inibindo sua recaptação pelos neurônios 5-HT$_1$. A descoberta, no começo de 2017, do Capton D-L abriria caminho para uma nova geração de antidepressivos, com um mecanismo de ação bem mais simples, já que se tratava de estimular a liberação por exocitose da serotonina produzida no nível da mucosa gastrointestinal. No fim desse ano, o Capton D-L começou a ser comercializado com o nome Captorix. E de imediato demonstrou uma eficácia surpreendente, que permitia aos pacientes participarem com uma facilidade inédita dos ritos mais importantes de uma vida normal numa sociedade evoluída (higiene, vida social limitada à boa vizinhança, procedimentos burocráticos simples) sem estimular em nada, ao contrário dos antidepressivos da geração anterior, as tendências suicidas ou de automutilação.

Os efeitos secundários indesejáveis do Captorix observados com mais frequência eram náuseas, desaparecimento da libido, impotência.

Eu nunca tinha sentido náuseas.

A história começa na Espanha, na província de Almería, exatamente cinco quilômetros ao norte de El Alquián, na estrada N-340. Estávamos no começo do verão, com certeza em meados de julho, mais para o final da década de 2010; acho que Emmanuel Macron era presidente da República. O dia estava bonito e muito quente, como sempre acontece no sul da Espanha nessa época. Era comecinho da tarde, e minha mercedes G 350 TD 4×4 estava estacionada no posto Repsol. Eu tinha acabado de encher o tanque de diesel e estava bebendo lentamente uma coca-cola zero, encostado na carroceria, sentindo uma melancolia crescente ante a ideia de que Yuzu iria chegar no dia seguinte, quando vi um fusca parar diante do calibrador.

Do carro desceram duas garotas de uns vinte anos, mesmo de longe dava para ver que eram lindas, nos últimos tempos eu havia esquecido até que ponto as garotas podem ser lindas, isso me impressionou, parecia uma espécie de cena teatral exagerada, artificial. O ar estava tão quente que parecia ganhar vida por uma breve vibração, assim como o asfalto do estacionamento; as condições exatas para o surgimento de uma miragem. Mas as garotas eram reais, e fui tomado por um leve pânico quando uma delas veio na minha direção. Tinha cabelo castanho-claro, comprido e levemente ondulado, e na testa usava uma faixa de couro fininha decorada com motivos geométricos coloridos. Um top de algodão branco cobria mais ou menos seus seios, e a saia curta, esvoaçante, também de algodão branco, parecia prestes a se levantar com qualquer baforada de ar — mas não havia, esteja dito, nenhuma baforada de ar, Deus é clemente e misericordioso.

A garota estava tranquila, sorridente, e não parecia ter medo — o medo, digamos claramente, vinha de mim. Havia bondade e felicidade em seu olhar — logo entendi que ela só tivera experiências felizes na vida, com os animais, com os homens, até com os chefes. Por que veio falar comigo, tão jovem e desejável, naquela tarde de verão? Ela e a amiga queriam conferir a pressão de seus pneus (ou melhor, dos pneus do carro). Trata-se de uma iniciativa prudente, recomendada pelos órgãos de segurança rodoviária em quase todos os países civilizados e até mesmo em alguns outros. Portanto, aquela garota não era apenas desejável e gostosa, também era prudente e sensata, e minha admiração por ela aumentava a cada segundo. Podia negar ajuda? Claro que não.

Sua amiga se adequava mais aos padrões que se esperava de uma espanhola — cabelo de um preto intenso, olhos castanhos bem escuros, pele trigueira. Tinha uma aparência menos alternativa, quer dizer, também parecia uma garota bem legal, mas menos alternativa, com um arzinho meio sacana, uma argola de prata na narina esquerda, o top que cobria seus peitos era multicolorido, de um grafismo agressivo, cheio de frases que podiam ser consideradas punk ou rock, esqueci a diferença entre os dois, para simplificar digamos que eram frases punk rock. Ao contrário da amiga, ela estava de short, e isso era pior ainda, não sei como fabricam shorts tão apertadinhos, era impossível não ficar hipnotizado por aquela bunda. Era impossível, eu não consegui evitar, mas quase em seguida voltei a me concentrar na situação. A primeira coisa a verificar, expliquei, era a pressão adequada para o modelo de carro: geralmente estava indicada numa plaquinha metálica soldada na parte de baixo da porta dianteira esquerda.

A placa estava de fato no lugar mencionado, e percebi que aumentava a consideração das garotas por minhas habilidades viris. Como o carro delas não estava muito cheio — surpreendentemente tinham pouca bagagem, duas bolsas leves que deviam conter calcinhas fio dental e os produtos de beleza usuais —, 2,2 quilobars de pressão eram suficientes.

Faltava realizar a operação de calibragem propriamente dita. A pressão do pneu dianteiro esquerdo, como logo constatei, era de 1,0 quilobar. Por isso me dirigi às garotas em tom de gravidade, até um pouco severamente, porque minha idade me autorizava: vocês fizeram bem em me perguntar, foi bem a tempo, porque, sem saber, estavam em um verdadeiro perigo; os pneus semivazios podiam causar perda de aderência, um desvio na trajetória, mais cedo ou mais tarde um acidente era quase certo. Elas reagiram com comoção e inocência, a de cabelo castanho pôs a mão em meu antebraço.

É preciso reconhecer que esses equipamentos são chatos de usar, você tem que vigiar os assobios do mecanismo e muitas vezes tatear antes de enfiar o bico da mangueira na válvula, na verdade transar é bem mais fácil, mais intuitivo, tenho certeza de que elas concordariam comigo, mas eu não sabia como abordar o assunto, por fim enchi o pneu dianteiro esquerdo e depois o de trás, as duas estavam de cócoras ao meu lado e seguiam meus gestos com grande atenção, balbuciando em sua língua *Chulo* e *Claro que sí*, e em seguida passei para elas a responsabilidade, intimando-as a encher os outros dois pneus sob minha paternal supervisão.

A morena, mais impulsiva como logo constatei, lançou-se de imediato no pneu dianteiro direito, e aí é que a coisa ficou difícil, quando se ajoelhou, com as nádegas de curvatura perfeita moldadas pelo shortinho se mexendo enquanto ela tentava controlar o bico da mangueira, creio que a outra se apiedou do meu constrangimento, ela até passou rapidamente um braço pela minha cintura, um braço fraterno.

Chegou a hora, afinal, do pneu traseiro direito, do qual se encarregou a garota de cabelo castanho. A tensão erótica era menos intensa, uma suave tensão amorosa se sobrepunha a ela, porque nós três sabíamos que aquele era o último pneu e depois as duas não teriam outra saída a não ser seguir viagem.

No entanto, ficaram alguns minutos comigo, entrelaçando agradecimentos e gestos graciosos, e aquela atitude não era totalmente teórica, pelo menos é o que penso agora, vários anos depois, quando resolvo lembrar que no passado tive uma vida erótica. Perguntaram minha nacionalidade — francesa, acho que ainda não mencionei —, se eu achava aquela região interessante, se, particularmente, conhecia lugares legais. Em certo sentido, sim, conhecia um bar de tapas, onde também serviam um farto café da manhã, bem em frente a minha casa. Também havia uma boate, um pouco mais distante, que podia ser considerada, sendo generoso, legal. E havia a minha casa, eu poderia hospedá-las, pelo menos por uma noite, e tive a sensação (mas sem dúvida estou criando fabulações em retrospecto) de que teria sido algo realmente legal. Mas não disse nada em relação a tudo isso, optei pela síntese, explicando em poucas palavras que a região era agradável (o que de fato era verdade) e que eu estava muito contente lá (o que era mentira, e a iminente chegada de Yuzu não ia melhorar as coisas).

Por fim elas foram embora acenando pela janela, o fusca manobrou no estacionamento e depois se dirigiu para o acesso à rodovia.
Nesse momento poderiam ter acontecido várias coisas. Se estivéssemos numa comédia romântica, após alguns segundos de hesitação dramática (é importante a atuação neste momento, acho que Kev Adams poderia fazer bem o papel), eu pularia para o volante da minha mercedes 4×4, alcançaria rapidamente o fusca na estrada e o ultrapassaria agitando os braços de uma forma meio boba (como fazem os atores nas comédias românticas), então o fusca pararia no acostamento (na verdade, numa comédia romântica clássica só haveria uma garota, certamente a de cabelo castanho) e se desenrolariam diversos e emocionantes atos humanos, entre as lufadas de vento dos caminhões peso-pesados que passavam a poucos metros, quase tocando em nós. Para esta cena o roteirista teria que trabalhar bem o texto.
Se estivéssemos num filme pornô, a continuação seria ainda mais previsível, porém com menor importância do diálogo. Todos os homens desejam garotas novinhas, pró-ecologia e adeptas de sexo a três; enfim, nem todos os homens, mas, de toda forma, eu sim.

Mas estávamos no mundo real, e por isso voltei para casa. Tive uma ereção, algo nada surpreendente considerando como havia sido a minha tarde. Tratei-a com os meios habituais.

Aquelas garotas, especialmente a de cabelo castanho, poderiam ter dado um sentido à minha estadia na Espanha, e a conclusão decepcionante e banal daquela tarde nada mais fez do que destacar cruelmente uma evidência: eu não tinha motivo algum para estar lá. Havia comprado aquele apartamento com Camille, e para ela. Foi na época em que tínhamos projetos a dois, uma ancoragem familiar, um romântico moinho romântico perdido em Creuse ou sei lá o quê, acho que a única coisa que não planejamos foi a produção de filhos, e mesmo assim, num dado momento, faltou pouco. Aquela foi a minha primeira aquisição imobiliária, e até hoje a única.

Ela tinha gostado do lugar desde o início. Era uma pequena colônia de nudismo, tranquila, distante dos enormes complexos turísticos espalhados da Andaluzia até o Levante espanhol, e cuja população se compunha principalmente de aposentados do norte da Europa: alemães, holandeses, em menor número escandinavos, e, naturalmente, os inevitáveis ingleses, embora curiosamente não houvesse belgas, apesar de tudo naquela colônia (a arquitetura dos pavilhões, a distribuição do comércio, o mobiliário dos bares) exigir a presença deles, enfim, era de fato um lugar para belgas. A maioria dos moradores passara a vida profissional atuando na área de educação, ou no funcionalismo em sentido amplo, entre os quadros médios. Agora estavam terminando a vida de maneira aprazível, nunca eram os últimos na hora do aperitivo e desfilavam cheios de bonomia do bar até a praia e da praia até o bar, com suas bundas caídas, seus seios redundantes e seus paus inativos. Não se metiam em confusão, não provocavam o menor atrito com os vizinhos, estendiam com civismo uma toalha nas cadeiras de plástico antes de sentar no *No problemo* e se entregar, com uma atenção exagerada, à análise de um menu que no entanto era bastante breve (no interior da colônia de nudismo, uma cortesia esperada era evitar o contato, com o uso de uma toalha, entre o mobiliário de uso coletivo e as partes íntimas, possivelmente molhadas, dos consumidores).

Outra clientela, menos numerosa porém mais ativa, era formada pelos hippies espanhóis (adequadamente representados, como entendi com pesar, por aquelas duas garotas que tinham me pedido ajuda para calibrar os pneus). Um breve percurso pela história recente da Espanha pode ser útil aqui. Depois da morte do general Franco, em 1975, o país (mais exatamente, a juventude espanhola) se viu diante de duas tendências contraditórias. A primeira, que vinha direto dos anos 1960, dava grande valor ao amor livre, ao nudismo, à emancipação dos trabalhadores e esse tipo de coisas. A segunda, que acabaria se impondo nos anos 1980, valorizava, pelo contrário, a competição, o pornô hard, o cinismo e as *stock options*, enfim, estou simplificando mas é preciso simplificar porque senão não chegamos a lugar nenhum. Os representantes da primeira tendência, cuja derrota já estava prevista a priori, foram recuando pouco a pouco para reservas naturais como aquela modesta colônia nudista onde eu tinha comprado um apartamento. Por outro lado, será que afinal essa derrota prevista ocorreu mesmo? Alguns fenômenos muito posteriores à morte de Franco, como o movimento dos *indignados*, por exemplo, podiam nos levar a pensar o contrário. Assim como, mais recentemente, a presença das duas jovens no posto Repsol de El Alquián naquela tarde perturbadora e funesta — será que o feminino de *indignado* é *indignada*? Eu tinha conhecido, então, duas adoráveis *indignadas*? Nunca vou saber, não pude ligar minha vida à delas, e no entanto podia ter proposto que as duas viessem conhecer a minha colônia nudista, lá estariam em seu ambiente natural, talvez a morena fosse embora, mas eu ficaria satisfeito com a de cabelo castanho, enfim, as promessas de felicidade eram um pouco vagas na minha idade, mas durante várias noites depois daquele encontro sonhei que a garota de cabelo castanho batia na minha porta. Tinha voltado para me buscar, minha perambulação por este mundo havia chegado ao fim, ela veio salvar ao mesmo tempo meu pau, meu ser e minha alma.

"E em minha casa, livre e audazmente, adentra como senhora." Em alguns dos meus sonhos ela me explicava que a amiga morena estava no carro e queria saber se podia subir e ficar conosco; mas essa versão onírica foi se tornando cada vez menos frequente, o roteiro se simplificava e afinal não havia sequer um roteiro, imediatamente depois de abrir a porta entrávamos num espaço luminoso, inenarrável. Essas divagações se prolongaram durante pouco mais de dois anos — mas não vamos nos adiantar.

Por ora, na tarde seguinte eu teria que ir esperar Yuzu no aeroporto de Almería. Ela nunca estivera aqui, mas eu tinha certeza de que ia detestar. Sentiria nojo dos aposentados nórdicos e desprezo pelos hippies espanhóis, nenhuma das duas categorias (que conviviam sem grande dificuldade) se encaixava na sua visão elitista da vida social e do mundo em geral, toda aquela gente não tinha definitivamente um pingo de *classe*, e, de todo jeito, eu também não tinha a menor *classe*, só dinheiro, aliás bastante dinheiro, devido a certas circunstâncias que talvez descreva quando tiver tempo, e ao dizer isso estou dizendo tudo o que é preciso ser dito sobre minha relação com Yuzu, naturalmente eu tinha que me separar dela, isso era óbvio, e também era óbvio que nós nunca deveríamos ter nos juntado, só que eu precisava de tempo, muito tempo, para voltar a assumir as rédeas da minha vida, como já disse, e na maior parte do tempo era incapaz de fazer isso.

Consegui uma vaga no aeroporto com facilidade, o estacionamento era grande demais, aliás como tudo na região, concebido para um movimento turístico descomunal que nunca se concretizou.

Fazia meses que eu não transava com Yuzu e decididamente não queria ter uma recaída, por diversos motivos que explicarei mais à frente, no fundo eu não conseguia entender por que tinha organizado aquelas férias, e já estava pensando, enquanto a esperava na saída, sentado num banco de plástico, em encerrá-la mais cedo — tinha previsto quinze dias, mas uma semana seria mais que suficiente, ia mentir sobre minhas obrigações profissionais, aquela vadia não poderia rebater nada, dependia totalmente da minha grana, e isso, afinal de contas, me dava certos direitos.

O avião que vinha de Paris-Orly estava no horário e o saguão de chegadas, agradavelmente refrigerado e quase totalmente vazio — o turismo diminuía cada vez mais na província de Almería. Quando o painel eletrônico anunciou que o avião havia aterrissado, quase me levantei e me dirigi para o estacionamento; ela não sabia meu endereço, seria impossível me encontrar. Raciocinei rapidamente: mais cedo ou mais tarde eu teria que voltar a Paris, nem que fosse apenas por motivos profissionais, aliás já estava praticamente tão farto do meu trabalho no Ministério da Agricultura quanto da minha companheira japonesa, sem dúvida eu estava passando por um mau momento, tem gente que se suicida por menos que isso.

Yuzu estava impiedosamente maquiada, como de costume, parecia um quadro, o batom escarlate e a sombra violeta realçavam sua face pálida, sua pele de "porcelana", como se dizia nos romances de Yves Simon, nesse momento lembrei que nunca se expunha ao sol porque os japoneses consideram que uma pele muito branca (enfim, de porcelana, para dizer como Yves Simon) era o máximo de distinção, ora, o que se pode fazer num balneário espanhol com alguém que se recusa a tomar sol, aquele projeto de férias era decididamente absurdo, eu ia me encarregar de alterar as reservas de hotel nesta mesma noite, uma semana já era muito, por que não deixar alguns dias na primavera para as cerejeiras em flor de Quioto?

Com a garota de cabelo castanho tudo teria sido diferente, ela tiraria a roupa na praia sem ressentimento nem desprezo, como uma filha obediente de Israel, não se incomodaria com os pneuzinhos das gordas aposentadas alemãs (era esse o destino das mulheres, ela sabia, até o advento de Cristo em sua glória), ofereceria ao sol (e aos aposentados alemães, que não perderiam um detalhe) o glorioso espetáculo de sua bunda perfeitamente redonda, de sua boceta cândida porém depilada (porque Deus permitiu o ornato), e eu ficaria de pau duro outra vez, duro como um mamífero, mas ela não iria me chupar abertamente na praia, era uma colônia de nudismo familiar, evitaria escandalizar as aposentadas alemãs que faziam exercícios de ioga na praia ao alvorecer, mas eu intuiria que desejava isso e minha virilidade se sentiria regenerada, ela esperaria até estarmos dentro d'água, a uns cinquenta metros da margem (o declive da praia era muito suave), para oferecer suas partes úmidas ao meu falo triunfal, e mais tarde iríamos jantar um *arroz con bogavantes* num restaurante em Garrucha, o romantismo e a pornografia não estariam mais separados, a bondade de Deus teria se manifestado intensamente, enfim, meus pensamentos vagavam daqui para lá, mas consegui ao menos imitar uma vaga expressão de satisfação quando vi Yuzu entrando na área de chegada em meio a uma horda compacta de mochileiros australianos.

Esboçamos um beijo, bem, roçamos as bochechas, mas isso com certeza já era demais, ela logo se sentou, abriu o nécessaire (cujo conteúdo obedecia estritamente às normas impostas por todas as companhias aéreas) e foi retocar a maquiagem sem prestar a menor atenção na esteira de bagagem; estava claro que eu é que teria que cuidar disso.

Eu conhecia bem as malas de Yuzu, impositivamente. Eram de uma marca famosa cujo nome esqueci, Zadig & Voltaire ou Pascal & Blaise, cuja ideia, fosse qual fosse, era reproduzir no tecido um desses mapas geográficos do Renascimento onde o mundo era representado de uma forma muito aproximada, mas com legendas vintage tipo: "Aqui debe hauer tigres", enfim eram malas chiques, com sua exclusividade reforçada pelo fato de, ao contrário da vulgar Samsonite para executivos médios, não terem rodinhas, ou seja, eu teria que *carregá-las*, exatamente como os baús dos elegantes na era vitoriana.

Como todos os países da Europa ocidental, a Espanha, envolvida num processo violento de aumento da produtividade, havia acabado pouco a pouco com os empregos não qualificados que anteriormente contribuíam para tornar a vida um pouco menos desagradável, condenando assim a maioria da população ao desemprego em massa. Malas assim, seja com a marca Zadig & Voltaire, seja Pascal & Blaise, só tinham sentido numa sociedade onde ainda existisse a função de *carregador*.

Não parecia ser o caso, mas na verdade era, pensei enquanto retirava a bagagem de Yuzu da esteira rolante (uma mala e uma bolsa de viagem com um peso quase idêntico, deviam pesar juntas uns quarenta quilos): o carregador era eu.

E também exercia a função de motorista. Pouco depois de entrarmos na estrada A-7, Yuzu ligou seu iPhone e pôs os fones no ouvido antes de cobrir os olhos com uma faixa embebida numa loção descongestionante de aloé vera. Em direção ao sul, no sentido do aeroporto, a estrada podia ser perigosa, não era raro que um caminhoneiro letão ou búlgaro perdesse o controle do veículo. Na direção contrária, as frotas de caminhões que abasteciam o norte da Europa de verduras cultivadas em estufa por malineses clandestinos ainda começavam a sua viagem, os motoristas não estavam com sono, e ultrapassei sem problemas uns trinta caminhões antes de chegar à saída 537. Na entrada da longa curva que dava acesso ao viaduto sobre a Rambla del Tesoro, faltava a mureta de proteção ao longo de uns quinhentos metros; para resolver meu problema bastaria não girar o volante. O declive era muito íngreme nesse ponto e, considerando a velocidade em que eu estava, era de esperar uma queda perfeita, o carro nem rasparia na parede rochosa, iria se espatifar diretamente cem metros abaixo, um momento de puro terror e depois seria o fim, entregaria minha alma insegura ao Senhor.

O dia estava claro e sereno, eu me aproximava rapidamente da entrada da curva. Fechei os olhos apertando o volante com as mãos, passaram-se alguns segundos de equilíbrio paradoxal e de paz absoluta, decerto menos de cinco, nos quais tive a sensação de ter saído do tempo.

Num movimento convulsivo, totalmente involuntário, girei o volante com violência para a esquerda. Foi bem a tempo, o pneu direito invadiu com rapidez o acostamento de pedra. Yuzu tirou a máscara e os fones. "O que foi? O que foi?", repetiu, com raiva mas também com um pouco de medo, e resolvi brincar com seu medo. "Está tudo bem...", disse, da forma mais suave que pude, com a entonação suave de um serial killer civilizado, para mim Anthony Hopkins era um exemplo admirável, quase insuperável, enfim, o tipo de homem que a gente tem que conhecer em determinado momento da vida. Repeti com uma voz ainda mais suave, quase subliminarmente: "Está tudo bem...".

Na verdade, eu não estava nada bem; tinha acabado de fracassar em minha segunda tentativa de libertação.

Como eu já esperava, Yuzu recebeu com calma, procurando não demonstrar uma satisfação exagerada, minha decisão de reduzir nosso período de férias a uma semana, e as explicações de esfera profissional que dei pareceram convencê-la rapidamente; a verdade é que ela estava pouco se lixando.

Meu pretexto, por outro lado, não era só pretexto, na verdade eu tinha viajado sem entregar meu relatório sobre os produtores de damasco de Roussillon, enojado com a inutilidade daquela tarefa, já que era evidente que, quando fossem assinados os acordos de livre--comércio que estavam sendo negociados com os países do Mercosul, os produtores de damasco de Roussillon não teriam a menor chance, a proteção que a denominação de origem "damasco vermelho de Roussillon" oferecia não passava de uma farsa ridícula, a invasão de damascos argentinos era inevitável, desde já se podia considerar praticamente mortos os produtores de damascos de Roussillon, não ia sobrar nenhum, nem um só, nem sequer um sobrevivente para contar os cadáveres.

Acho que ainda não contei que trabalhava no Ministério da Agricultura, minha tarefa essencial consistia em escrever textos e relatórios destinados aos conselheiros negociadores de modo geral, junto a administrações europeias, mas às vezes no âmbito de negociações mais amplas, cujo papel era "definir, defender e representar os posicionamentos da agricultura francesa". Meu status de contratado externo me rendia um salário elevado, muito superior ao que as leis em vigor permitiam pagar a um funcionário público. Em certo sentido, esse salário era justificável, a agricultura francesa é complexa e múltipla, pouca gente domina os desafios de todos os ramos, e meus relatórios em geral eram apreciados, eu sempre recebia elogios por minha capacidade de ir ao essencial, de não me perder numa multidão de números, ao contrário, saber isolar os elementos-chave. Por outro lado, colecionava uma sucessão impressionante de fracassos na minha defesa dos posicionamentos agrícolas da França, mas no fundo esses fracassos não eram meus, eram muito mais dos conselheiros negociadores, uma espécie estranha e fútil cujos repetidos insucessos não diminuíam sua altivez, estive pessoalmente com alguns deles (muito poucas vezes, costumamos nos comunicar por e-mail) e fiquei enojado com esses contatos, geralmente não eram engenheiros-agrônomos e sim ex-alunos das escolas de comércio, sempre tive repulsa do comércio e de tudo o que se assemelha a ele, para mim a ideia de "altos estudos comerciais" era uma profanação do próprio conceito de estudos, mas afinal de contas era lógico que se empregassem jovens formados em altos estudos comerciais para o cargo de conselheiro, toda negociação é sempre a mesma coisa, negocia-se com damascos, *calissons* de Aix, celulares ou com foguetes Ariane, as negociações são um universo autônomo que obedece às próprias leis e é inacessível para todo o sempre àqueles que não são negociadores.

Ainda assim, peguei minhas anotações sobre os produtores de damascos de Roussillon, fui me instalar no quarto de cima (era um duplex) e afinal quase não vi Yuzu durante a semana inteira, nos dois primeiros dias ainda fiz um esforço para me encontrar com ela no andar de baixo, manter a ilusão de um leito conjugal, mas depois desisti, adotei o costume de comer sozinho, naquele bar de tapas bem agradável onde perdi a oportunidade de me sentar com a garota de cabelo castanho de El Alquián, e depois de alguns dias me resignei a passar lá todas as tardes, esse intervalo comercialmente inexpressivo mas socialmente irredutível que na Europa separa o almoço do jantar. O ambiente era relaxante, havia gente um pouco como eu mas pior, já que eram vinte ou trinta anos mais velhos e o veredito para eles já tinha sido proferido, estavam *derrotados*, de tarde havia muitos viúvos naquele bar de tapas, os nudistas não escapam da viuvez, enfim, havia sobretudo viúvas e não poucos viúvos homossexuais cujo companheiro mais frágil tinha voado para o paraíso dos veados, por outro lado as diferenças de orientação sexual pareciam ter se evaporado, naquele bar manifestamente eleito pelos veteranos para terminar sua vida, em benefício das diferenças mais trivialmente nacionais: nas mesas da varanda se distinguia com clareza o lado dos ingleses do lado dos alemães; eu era o único francês; já os holandeses, esses eram uns verdadeiros filhos da puta, se sentavam em qualquer lugar, sem a menor dúvida esses holandeses são uma raça de comerciantes poliglotas e oportunistas. E lá todo mundo se aturdia placidamente com *cervezas* e *platos combinados*; o ambiente de modo geral era muito calmo, o tom das conversas, moderado. De vez em quando, porém, se precipitava no bar uma onda de *indignados* juvenis que vinham da praia, as garotas ainda de cabelo molhado, e o nível sonoro aumentava bastante. Eu não sei que merda Yuzu fazia, porque ela nunca se expunha ao sol, na certa ficava vendo séries japonesas na internet; até hoje eu me pergunto se entendia direito a situação. Um simples gaijin como eu, que nem sequer vinha de um ambiente fora do comum, capaz no máximo de ganhar um salário confortável, sem ser mirabolante, já devia se sentir imensamente orgulhoso de dividir a existência com uma japonesa, e ainda mais uma japonesa jovem e sexy que pertencia a uma família japonesa eminente e ainda por cima ligada aos ambientes artísticos mais avançados dos dois hemisférios, essa teoria era indiscutível, evidentemente eu não era nem digno de amarrar suas sandálias, o problema é que eu demonstrava uma indiferença cada vez mais grosseira em relação à sua condição e à minha, uma noite fui buscar cerveja na geladeira de baixo e quando dei com ela na cozinha me escapou um "Sai da frente, vagabunda", antes de apanhar o *pack* de San Miguel e um *chorizo* pela metade, em suma ela deve ter se sentido um pouco desconcertada durante aquela semana, lembrar a importância do próprio status social adianta muito pouco quando o outro pode te responder com um arroto na cara ou soltando um peido, com certeza havia muitas pessoas a quem ela podia contar seus problemas, não à família, que de imediato aproveitaria a oportunidade para concluir que já era hora de voltar para o Japão, mas sim a amigos, amigos ou conhecidos, e acho que usou intensamente o Skype durante esses dias em que me resignei a abandonar os produtores de damascos de Roussillon na sua queda rumo à aniquilação, hoje em dia minha indiferença nessa época em relação aos produtores de damascos de Roussillon me parece um sinal premonitório da indiferença que manifestei no momento decisivo em relação aos produtores de laticínios de Calvados e da Manche, e também da indiferença mais fundamental que desenvolveria depois em relação ao meu próprio destino e que me levava a buscar com avidez a companhia de velhos naquele momento, o que paradoxalmente não era tão fácil, muitos deles estavam dispostos a me desmascarar como um falso velho, fui sobretudo desprezado algumas vezes por aposentados ingleses (o que não era grave, um inglês nunca vai te receber bem, o inglês é quase tão racista quanto o japonês, do qual de certo modo é uma versão atenuada), mas também por holandeses, que obviamente não me rejeitavam por xenofobia (como um holandês poderia ser xenófobo?; por si só é uma contradição de termos, a Holanda não é um país, no máximo é uma empresa), mas porque negavam meu acesso a seu universo de velhos, eu não estava à altura, não podiam se abrir com naturalidade comigo sobre seus problemas de próstata ou suas safenas, surpreendentemente os *indignados* me receberam com mais facilidade, a juventude deles vinha acompanhada de uma ingenuidade real, e durante aqueles dias eu poderia ter passado para o outro lado, e deveria, era minha última chance, e ao mesmo tempo eu tinha muito o que ensinar a eles, conhecia à perfeição os meandros da agroindústria, sua militância ganharia consistência em contato comigo, ainda mais porque a política espanhola em relação aos transgênicos era mais do que questionável, a Espanha era um dos países europeus mais liberais e mais irresponsáveis em termos de transgênicos, e toda a Espanha, o conjunto dos campos espanhóis, corria o risco de se tornar uma bomba genética da noite para o dia, bastaria aparecer uma garota, sempre basta aparecer uma garota, mas não aconteceu nada que me fizesse esquecer a garota de cabelo castanho de El Alquián, e olhando em retrospecto não acuso as *indignadas* presentes, nem sequer sou capaz de me lembrar da atitude que tinham comigo, e pensando agora me parece que era uma simpatia superficial, mas tenho a impressão de que eu só era acessível superficialmente, estava arrasado com a volta de Yuzu e a evidência de que tinha que me livrar dela, e fazer isso o mais cedo possível, não tinha a menor possibilidade de apreciar seus encantos, e mesmo que pudesse apreciá-los não acreditaria neles, para mim aquelas garotas eram como um documentário sobre as cascatas do Oberland bernês visto na internet por um refugiado somali. Meus dias transcorriam cada vez mais dolorosamente por falta de acontecimentos tangíveis e simplesmente por falta de motivos para viver; afinal tinha abandonado por completo os produtores de damasco de Roussillon, ia pouco ao café por medo de me deparar com uma *indignada* de peitos de fora. Observava os movimentos do sol sobre os ladrilhos, esvaziava garrafas de brandy Cardenal Mendoza, e isso era mais ou menos tudo.

Apesar do vazio insuportável dos dias, eu pensava com temor na viagem de volta, durante a qual seria obrigado a dormir na mesma cama que Yuzu, não tínhamos como pedir quartos separados, eu não me sentia capaz de violentar, a tal ponto, a *Weltanschauung* dos recepcionistas e do pessoal do hotel, portanto ficaríamos grudados permanentemente um ao outro, vinte e quatro horas por dia, e esse calvário ia durar quatro dias inteiros. Na época de Camille eu só precisava de dois dias para percorrer esse trajeto, primeiro porque ela também dirigia e podia me substituir a qualquer momento, mas também porque ainda não se respeitavam os limites de velocidade na Espanha, ainda não havia sido implantado o sistema de pontos na carteira, e de qualquer maneira a coordenação das burocracias europeias era menos eficiente, daí a indulgência geral em relação às infrações menores cometidas por estrangeiros. Uma velocidade de cento e cinquenta ou cento e sessenta quilômetros por hora, em vez desse ridículo limite de cento e vinte, obviamente permitia reduzir o número de horas de viagem e, sobretudo, rodar por mais tempo e em melhores condições de segurança. Nas intermináveis estradas espanholas, retilíneas até o infinito, quase desertas, esmagadas pelo sol e atravessando uma paisagem que é um tédio absoluto, sobretudo entre Valência e Barcelona, e ir pelo interior não melhorava muito as coisas, o trecho entre Albacete e Madri também era completamente monótono, nessas estradas espanholas nem o consumo constante de café preto, nem fumar um cigarro atrás do outro evitavam a sonolência, depois de três ou quatro horas dessa viagem tediosa os olhos obrigatoriamente vão se fechando, só a descarga de adrenalina provocada pela velocidade pode manter a vigilância intacta, aquela absurda limitação de velocidade era de fato a causa direta do aumento de acidentes fatais nas estradas espanholas, e se eu não quisesse correr o risco de sofrer um acidente fatal — o que, na verdade, seria uma solução —, tinha que me limitar a fazer trechos de quinhentos ou seiscentos quilômetros por dia.

Na época de Camille já era difícil encontrar hotéis à beira da estrada que aceitassem fumantes, mas como já disse nós só precisávamos de um dia para atravessar a Espanha e outro para chegar a Paris, e tínhamos descoberto alguns estabelecimentos dissidentes, um na costa basca, outro na costa Vermeille e um terceiro também nos Pyrénées-Orientales, só que mais para o interior, precisamente em Bagnères-de-Luchon, já nas montanhas, e era talvez deste último, o castelo de Riell, que eu tinha a lembrança mais feérica, devido à decoração kitsch, pseudoexótica, improvável, dos quartos.

A opressão legal era menos eficiente naquela época, havia grandes buracos nessa peneira, e além disso eu era mais jovem, esperava permanecer nos limites da legalidade, ainda acreditava na justiça do meu país e tinha confiança no caráter totalmente benéfico de suas leis, ainda não havia adquirido a perícia de guerrilheiro que mais tarde me permitiria tratar com indiferença os detectores de fumaça: uma vez desaparafusada a tampa do equipamento, dois bons cortes de alicate para desativar o circuito elétrico de alarme, e assunto encerrado. É mais difícil burlar as arrumadeiras, cujo olfato hipertreinado para detectar odores de tabaco não costuma falhar, no caso a única solução é suborná-las, uma generosa gorjeta sempre consegue comprar o silêncio delas, mas é evidente que nessas condições a hospedagem acaba saindo mais cara, e você nunca está a salvo de uma traição.

Eu tinha planejado fazer nossa primeira escala no *parador* de Chinchon, era uma escolha inquestionável, os *paradores* de modo geral são uma escolha inquestionável, mas este, em particular, era charmoso, situado num convento do século XVI, os quartos davam para um pátio ladrilhado onde havia uma fonte, em todos os corredores e na própria recepção podia-se sentar em magníficas poltronas espanholas de madeira escura. Yuzu se acomodou numa delas e cruzou as pernas com sua habitual arrogância blasé, e sem prestar a menor atenção à sua volta ligou o smartphone, já pronta para reclamar da falta de sinal. Havia sinal, o que não deixou de ser uma boa notícia, ela estaria ocupada durante a noite. Mas teve que se levantar, não sem dar mostras de irritação, para apresentar pessoalmente o passaporte e o documento de residência na França e assinar nos lugares indicados, três ao todo, dos formulários que o funcionário lhe deu, a gerência dos *paradores* tinha uma faceta estranhamente burocrática e detalhista, absolutamente inadaptada ao que deve ser a recepção de um hotel de charme no imaginário turístico ocidental, drinques de boas-vindas não eram seu estilo, fotocopiar os passaportes sim, provavelmente as coisas não tinham mudado muito desde o tempo de Franco, mesmo assim os *paradores* eram hotéis de charme, aliás constituíam seu arquétipo quase perfeito, tudo o que ainda estava em pé na Espanha em termos de castelos medievais e conventos renascentistas fora transformado em *parador*. Essa política visionária, praticada desde 1928, adquirira sua verdadeira dimensão um pouco mais tarde, com a chegada de um homem ao poder: Francisco Franco, independente de outros aspectos às vezes discutíveis de sua ação política, pode ser considerado o verdadeiro inventor, em nível mundial, do *turismo de charme*, mas sua obra não parou aí, porque esse espírito universal seria o alicerce, mais tarde, de um autêntico *turismo de massas* (pensemos em Benidorm!, pensemos em Torremolinos!, por acaso existia no mundo, nos anos 1960, qualquer coisa comparável?), Francisco Franco na verdade foi um verdadeiro gigante do turismo, e a partir desse ponto de vista acabaria sendo reavaliado mais cedo ou mais tarde, coisa aliás que algumas escolas suíças de hotelaria já estavam começando a fazer, e num plano mais geral, no aspecto econômico o franquismo havia sido recentemente objeto de interessantes estudos em Harvard e Yale que mostram como o caudilho, pressentindo que a Espanha nunca chegaria a embarcar no trem da revolução industrial, que ia ficar totalmente de fora, na verdade, decidiu audaciosamente queimar etapas e investir na terceira fase, a fase final da economia europeia, a do setor terciário, turismo e serviços, dando assim uma vantagem competitiva decisiva ao seu país no momento em que os assalariados dos novos países industriais, com um poder aquisitivo mais alto, queriam utilizá-lo na Europa, tanto no turismo de charme como no de massas, dependendo da sua posição social, naquele momento não havia nenhum chinês no *parador* de Chinchon, um casal de universitários ingleses bem comuns esperava sua vez atrás de nós, mas os chineses iam chegar, com certeza iam chegar, eu não tinha a menor dúvida quanto a isso, a única providência a tomar seria talvez simplificar as formalidades na recepção, as coisas haviam mudado, seja qual for o apreço que se tenha e que se deve ter pela obra turística do caudilho, hoje em dia era pouco provável que espiões que vieram do frio pensassem em se infiltrar entre as hostes inocentes dos turistas normais; os próprios espiões que vieram do frio, por sua vez, se transformaram em turistas normais, a exemplo do seu chefe, Vladimir Putin, o principal deles.

Uma vez cumpridas as formalidades, assinadas e rubricadas todas as fichas de registro do hotel, ainda tive um momento de júbilo masoquista ao surpreender o olhar de ironia e até de desprezo que Yuzu me deu quando entreguei ao recepcionista o cartão dos Amigos de Paradores para que validasse meus pontos; ela não perdia por esperar. Fui para o nosso quarto puxando minha Samsonite; ela me seguiu, de cabeça audaciosamente erguida, deixando suas duas malas Zadig & Voltaire (ou Pascal & Blaise, esqueci) no meio do saguão da recepção. Fingi que não vi, e assim que entrei no quarto peguei uma Cruzcampo no frigobar e acendi um cigarro; não tinha nada a temer, diversas experiências haviam me convencido de que os detectores de fumaça dos *paradores* também eram do tempo franquista, ou melhor, do final desse período, e ninguém estava ligando para isso, tratava-se apenas de uma concessão tardia e superficial às normas do turismo internacional, baseada na esperança de receber uma clientela americana que de qualquer maneira nunca chegaria à Europa e muito menos aos *paradores*, Veneza era o único lugar da Europa que ainda podia se gabar de ter alguma presença americana, já era hora de os profissionais de turismo europeus voltarem os olhos para países mais toscos e mais novos, nos quais o câncer de pulmão era apenas um contratempo marginal e pouco documentado. Durante dez minutos não aconteceu nada, ou quase nada, Yuzu deu umas voltas por ali, confirmou que seu smartphone continuava tendo sinal, que nenhuma bebida do frigobar atendia ao seu status: havia cerveja, coca-cola normal (nem sequer light) e água mineral. Depois disse, num tom de voz que nem chegava a ser realmente interrogativo: "Não vão trazer a bagagem?". "Não sei", respondi, antes de abrir a segunda Cruzcampo. Os japoneses não se ruborizam de verdade, esse mecanismo psicológico existe, mas o resultado é quase ocre, por fim ela digeriu a afronta, tenho que admitir, ficou tremendo por um minuto, mas digeriu a afronta, e então se virou sem dizer nada e se dirigiu para a porta. Voltou alguns minutos depois, arrastando a mala enquanto eu terminava minha cerveja. Cinco minutos mais tarde, quando reapareceu com a bolsa de viagem, eu tinha aberto uma terceira — a viagem me deixara com sede. Como eu esperava, não me dirigiu mais a palavra durante o resto do dia, o que permitiu que me concentrasse nos pratos — desde o começo, os *paradores* optaram por adicionar à exploração do patrimônio arquitetônico o exercício das gastronomias regionais espanholas, e na minha opinião o resultado costuma ser delicioso, embora de modo geral um pouquinho gorduroso.

Para a nossa segunda escala, eu tinha aumentado a aposta escolhendo um Relais Châteaux, o castelo de Brindos, situado no território da comuna de Anglet, não longe de Biarritz. Dessa vez havia um drinque de boas-vindas, garçons diligentes e numerosos, biscoitinhos de canela e macarons arrumados para nós em potes de porcelana, uma garrafa de Ruinart nos esperava gelando no frigobar, em resumo, era um puta Relais Châteaux numa puta costa basca, tudo poderia ter corrido muito bem se de repente eu não tivesse lembrado, atravessando o salão de leitura onde umas poltronas fundas rodeavam mesinhas cobertas de pilhas de *Figaro Magazine*, *Côte Basque*, *Vanity Fair* e outras publicações, que eu já tinha estado naquele hotel com Camille, no final do verão anterior à nossa separação, no final do nosso último verão, e a minúscula e muito fugaz simpatia que eu possa ter voltado a sentir por Yuzu (que nesse ambiente mais favorável tinha se recuperado, de algum modo voltava a ronronar e começou a estender umas roupas em cima da cama, com a evidente intenção de estar *deslumbrante* na hora do jantar) foi logo anulada pela inevitável comparação que me vi forçado a fazer entre o comportamento das duas mulheres. Camille cruzara, boquiaberta, o saguão da recepção, contemplando de cabeça levantada os quadros em suas molduras, as paredes de pedra aparente, os lustres finamente trabalhados. Ao entrar no quarto havia parado, impressionada, diante de nossa imaculada cama king size, antes de se sentar com timidez na beirada para verificar como era flexível e macia. A suíte tinha vista para o lago, ela imediatamente resolvera tirar uma foto de nós dois, e quando abri a porta do frigobar e lhe perguntei se queria uma taça de champanhe, exclamou: "Ai, siiim!...", com uma expressão de felicidade total, e eu sabia que estava saboreando cada segundo dessa felicidade só acessível à classe média alta, meu caso era diferente, eu já conhecia hotéis daquela categoria, era nesse tipo de hotéis que meu pai se hospedava quando íamos passar as férias em Méribel, no castelo de Igé, em Saône-et-Loire, ou então no "Domaine de Clairefontaine" de Chonas-l'Amballan, eu pertencia à classe média superior, enquanto ela era filha da classe média intermediária, na verdade empobrecida pela crise.

Eu não estava com a menor vontade de dar um passeio pela beira do lago à espera da hora do jantar, essa ideia me parecia detestável, quase uma profanação, e foi com reticência que vesti um paletó (isso depois de ter bebido a garrafa de champanhe) para me dirigir ao restaurante do hotel, *uma estrela* no guia Michelin, onde John Argand *ressuscitava de forma criativa* a cozinha tradicional basca em seu menu "O mercado de John". Esses restaurantes até poderiam ser suportáveis se os garçons não tivessem adquirido recentemente a mania de declamar a composição de qualquer tira-gosto num tom empolado com uma ênfase ora gastronômica, ora literária, espreitando sinais de cumplicidade ou pelo menos de interesse no cliente, com o objetivo, imagino, de transformar a refeição numa experiência de convívio compartilhado, mas em geral a simples forma de desejar "Boa degustação!" no fim do seu discurso gourmet era suficiente para tirar meu apetite.

Outra inovação, ainda mais lamentável, era que depois da minha estadia com Camille haviam instalado detectores de fumaça nos quartos. Localizei-os assim que entrei, e ao mesmo tempo percebi que, dada a altura dos tetos — no mínimo uns três metros, provavelmente quatro —, ia ser impossível desativar. Depois de uma hora ou duas de hesitação, encontrei cobertores adicionais num armário e fui dormir na varanda — felizmente a noite estava agradável, eu já tivera acomodações piores durante um congresso sobre a indústria suína em Estocolmo. Um dos potes de porcelana com docinhos ia me servir de cinzeiro; bastava limpar de manhã e enterrar as guimbas numa das jardineiras de hortênsias.

O terceiro dia de viagem foi interminável, a estrada A-10 parecia estar toda em obras, enfrentamos duas horas de engarrafamento na saída de Bordeaux. Cheguei, então, num estado de irritação aguda a Niort, uma das cidades mais feias que já vi na vida. Yuzu não conseguiu reprimir uma expressão de espanto quando viu que a nossa escala do dia seria no hotel Mercure Marais Poitevin. Por que eu lhe infligia aquela humilhação? Uma humilhação inútil, ainda por cima, já que, como explicou a recepcionista com um toque evidente de satisfação malévola na voz, o hotel recentemente passara, "a pedido da clientela", para a categoria de cem por cento "não fumantes"; sim, é verdade, ela estava ciente de que a informação ainda não tinha sido corrigida no site.

Foi a primeira vez na vida que vi com alívio, no meio da tarde do dia seguinte, surgirem os contrafortes da periferia parisiense. Ainda jovem, quando todo domingo à noite saía de Senlis, onde vivi uma infância muito protegida, para voltar aos meus estudos no centro de Paris, atravessava Villiers-le-Bel, depois Sarcelles, depois Pierrefitte--sur-Seine, e aos poucos via aumentar à minha volta a densidade da população e os conjuntos de edifícios, crescendo a violência das conversas no ônibus e, visivelmente, o grau de perigo, eu sempre tinha a sensação claramente definida de estar voltando para o inferno, para um inferno construído pelos homens segundo suas próprias conveniências. Agora era diferente, um percurso social sem brilho particular, mas correto, me permitira fugir, esperava que definitivamente, do contato físico e mesmo visual com as classes perigosas, agora eu estava no meu próprio inferno, construído por mim segundo as minhas próprias conveniências.

Morávamos num grande apartamento de dois quartos no vigésimo nono andar da torre Totem, uma espécie de estrutura alveolar de concreto e vidro implantada em cima de quatro enormes pilares de concreto bruto, que lembrava aquele cogumelo de aspecto repugnante, mas aparentemente delicioso, que acho que se chama *morchella*. A torre Totem ficava no coração do bairro de Beaugrenelle, bem em frente à Île aux Cygnes. Eu detestava essa torre e de modo geral todo o bairro de Beaugrenelle, mas Yuzu adorava aquele cogumelo gigantesco de concreto, "tinha se apaixonado instantaneamente" por ele, como dizia a todos os nossos convidados, pelo menos nos primeiros momentos, e talvez continuasse dizendo, mas fazia muito que eu tinha desistido dos convidados de Yuzu, um pouco antes de eles chegarem eu me trancava no quarto e não saía a noite toda.

Tínhamos quartos separados havia alguns meses, eu tinha deixado a "suíte principal" para ela (uma suíte principal é feito um quarto, só que tem um cômodo para se vestir e um banheiro, explico isso pensando nos meus leitores das camadas populares) e fiquei com o "quarto de visitas", e utilizava o banheiro contíguo, não precisava de banheira: uma escovada nos dentes, uma chuveirada rápida e assunto encerrado.

Nossa relação estava em estágio terminal, nada mais podia salvá--la, e isso aliás não era desejável, mas preciso reconhecer que tínhamos o que se costuma chamar de uma "vista maravilhosa". Tanto a sala como a suíte davam para o Sena, e para além do Décimo Sexto Arrondissement viam-se o bosque de Boulogne, o parque de Saint--Cloud etc.; quando o tempo estava bom, até o palácio de Versalhes. Meu quarto dava diretamente para o hotel Novotel, situado a menos de duzentos metros, e mais à frente se divisava a maior parte de Paris, mas a vista não me interessava, eu deixava as cortinas duplas fechadas o tempo todo, não detestava apenas o bairro de Beaugrenelle, detestava Paris toda, sentia repulsa dessa cidade infestada de burgueses ecorresponsáveis, talvez eu também fosse um burguês, mas não era ecorresponsável, andava num 4×4 a diesel — pode ser que eu não tivesse feito grandes coisas na vida, mas pelo menos contribuiria para destruir o planeta — e sabotava sistematicamente o programa de coleta seletiva de lixo implantado pelo síndico jogando as garrafas vazias na lixeira destinada aos papéis e embalagens e os restos de comida no contêiner para vidro. Eu me orgulhava um pouco da minha falta de civismo, mas assim também me vingava mesquinhamente do preço indecente do aluguel e do condomínio; depois de pagar o aluguel e o condomínio e entregar a Yuzu a quantia mensal que ela me pedira para "ajudar nas despesas domésticas" (que basicamente consistiam em encomendar sushi), eu tinha gastado exatamente noventa por cento do meu salário, ou seja, minha vida de adulto se reduzia a torrar a herança do meu pai, e meu pai não merecia isso, decididamente era hora de acabar com essa besteira.

Desde que a conheci, Yuzu trabalhava na Casa de Cultura do Japão, no Quai Branly; ficava a quinhentos metros do apartamento, mas mesmo assim ela ia de bicicleta, na sua estúpida bicicleta holandesa que depois trazia no elevador e deixava na sala. Imagino que foram os pais que haviam lhe arranjado aquela sinecura. Eu não sabia muito bem o que os pais dela faziam, mas inegavelmente eram ricos (uma filha única de pais ricos dá nisso, pessoas como Yuzu, sejam quais forem o país e a cultura), não riquíssimos, com certeza não imaginava que o pai dela fosse presidente da Sony ou da Toyota, mas sim um funcionário, um alto funcionário.

Ela me explicou que tinha sido contratada para "renovar e modernizar" a programação das atividades culturais. Aquilo não era nenhuma maravilha: o folheto que peguei na primeira vez em que fui visitá-la no trabalho era um tédio mortal — oficinas de origami, de ikebana e de tenkoku, espetáculos de kamishibai e de tambores jômon, conferência sobre o jogo de tabuleiro Go e a via do chá (escola Urasenke, escola Omotosenke), os poucos convidados japoneses eram tesouros nacionais vivos, ou quase isso, a maioria deles tinha no mínimo uns noventa anos, seria mais apropriado chamá-los de tesouros nacionais moribundos. Resumindo, para cumprir seu contrato bastava que Yuzu organizasse uma ou duas exposições de mangás, um ou dois festivais sobre as novas tendências do pornô japonês; *it was quite an easy job*.

Fazia seis meses que eu tinha desistido de ir aos eventos organizados por Yuzu, depois da exposição de Daikichi Amano, um fotógrafo e videasta que apresentava imagens de garotas nuas cobertas por animais repulsivos como enguias, polvos, baratas, vermes anelados... Num vídeo, uma japonesa segurava com os dentes os tentáculos de um polvo que saíam da privada. Acho que eu nunca tinha visto uma coisa tão nojenta. Por azar tinha começado pelo bufê, como de costume, antes de me interessar pelas obras expostas; dois minutos depois corri até o banheiro do centro cultural e vomitei o arroz e o peixe cru.

Os fins de semana eram sempre um suplício por outro lado, eu podia passar semanas sem me encontrar com Yuzu. Quando eu saía para o Ministério da Agricultura, ela ainda estava longe da hora de acordar; raramente se levantava antes do meio-dia. E quando eu voltava, cerca das sete da noite, ela quase nunca estava em casa. Com certeza não era o trabalho que a fazia ter horários tão tardios, afinal de contas era normal, ela só tinha vinte e seis anos e eu, vinte a mais, o desejo de ter vida social diminui com a maturidade, você acaba achando que já viu tudo, e além do mais eu tinha mandado instalar um modem da SFR no meu quarto, podia acessar os canais esportivos e acompanhar os campeonatos de futebol francês, inglês, alemão, espanhol e italiano, o que representava um número considerável de horas de diversão, se Pascal conhecesse o modem da SFR talvez visse as coisas de outra maneira, e tudo isso pelo mesmo preço das outras operadoras, eu só não entendia por que a SFR não dava mais destaque na sua propaganda à maravilhosa variedade que oferecia na área de esportes, mas enfim, cada macaco no seu galho.

O que sem dúvida era mais criticável, do ponto de vista da moral aceita usualmente, era que Yuzu participava com bastante frequência, eu tinha certeza disso, de "festas libertinas". Fui com ela a uma, bem no começo da nossa relação. Ocorreu num palacete do Quai de Béthune, na Île Saint-Louis. Eu não tinha ideia de quanto podia valer no mercado um imóvel como aquele, talvez vinte milhões de euros, o fato é que nunca tinha visto nada parecido. Havia uma centena de participantes, mais ou menos dois homens para cada mulher, na média eles eram mais jovens que elas e de nível social nitidamente mais baixo, a maioria inclusive usava um look bem "suburbano", devem ser pagos, pensei por um instante, mas provavelmente não, transar de graça já é um bom negócio para a maioria dos homens, além disso, havia champanhe e *petits fours* servidos nos três salões seguidos, onde fiquei a noite toda.

Nada de sexual acontecia nesses espaços, mas a roupa extremamente erótica das mulheres, o fato de casais ou grupos se dirigirem com regularidade para a escada que levava aos quartos ou, no sentido contrário, ao subsolo, não deixavam a menor dúvida quanto ao espírito do evento.

Mais ou menos uma hora depois, quando ficou evidente que eu não tinha a menor intenção de ir explorar o que se tramava ou se trocava para além do bufê, Yuzu chamou um Uber. No caminho de volta não me repreendeu, mas também não manifestou qualquer arrependimento, qualquer vergonha; na verdade não fez a menor alusão àquela noite, e nunca mais, aliás, tocou no assunto.

Esse silêncio parecia confirmar minha hipótese de que ela não tinha desistido desses passatempos, e certa noite me deu vontade de tirar a dúvida, era uma coisa absurda, ela podia voltar a qualquer momento, e afinal meter o bedelho no computador da companheira não é lá muito honroso, a necessidade de saber é uma coisa curiosa, bem, a palavra necessidade talvez seja um pouco forte, digamos que nessa noite não havia nenhum jogo de futebol interessante.

Classificando os e-mails pelo tamanho, separei facilmente uma dezena que tinha vídeos anexados. No primeiro, minha companheira era o centro de uma clássica suruba *gang bang*: ela punhetava, chupava e era penetrada por uns quinze homens, que esperavam a vez sem pressa e usavam camisinha para as penetrações vaginais e anais; ninguém dizia uma palavra. Em determinado momento ela tentava abocanhar dois paus ao mesmo tempo, mas não conseguia totalmente. Numa segunda fase os participantes ejacularam na sua cara, que pouco a pouco foi ficando coberta de esperma, até que depois ela fechou os olhos.

Pois muito bem, para comentar algo, digamos que eu não estava exageradamente surpreso com aquilo, havia outra coisa que me perturbava mais: é que reconheci de cara a decoração, aquele vídeo tinha sido filmado no meu apartamento, mais especificamente na suíte principal, e isso, ah, isso não me agradava nem um pouquinho. Ela devia ter aproveitado uma das minhas viagens a Bruxelas, e fazia mais de um ano que eu não ia, portanto deve ter sido bem no começo da nossa relação, ou seja, numa época em que ainda transávamos, e até transávamos muito, acho que eu nunca tinha transado tanto na vida, ela estava disponível a qualquer hora, e por isso deduzi que estava apaixonada por mim, provavelmente foi um erro de análise, mas enfim, um erro de análise que muitos homens cometem, ou então não é um erro de análise, a maioria das mulheres funciona assim mesmo (como dizem nos livros de psicologia popular), está no software delas (como dizem nos debates políticos do canal Public Sénat), portanto Yuzu bem podia ser um caso particular.

Que ela era um caso particular, de fato, o segundo vídeo mostrava com clareza. Dessa vez a cena não era na minha casa, nem tampouco no palacete da Île Saint-Louis. Enquanto o mobiliário da Île Saint-Louis era estiloso, minimalista, preto e branco, o novo cenário era senhorial, burguês, Chippendale, evocava a Avenue Foch, um ginecologista rico ou talvez um apresentador de televisão famoso, o fato é que Yuzu estava se masturbando num sofá antes de escorregar para um tapete de motivos vagamente persas sobre o qual um dobermann de idade adulta a penetrava com todo o vigor que se atribui à sua raça. Depois a câmera mudava de eixo, e enquanto o dobermann continuava trabalhando (os cachorros ejaculam muito rápido em seu estado natural, mas a boceta da mulher deve ter diferenças notáveis em relação à da cadela, o animal não encontrava seus pontos de referência), Yuzu excitava a glande de um bull terrier para depois metê-la na boca. Sem dúvida mais jovem, o bull terrier ejaculou menos de um minuto antes de ser substituído por um boxer.

Depois dessa minissuruba canina parei o vídeo, estava enojado, sobretudo por causa dos cachorros, e ao mesmo tempo não podia ignorar que, para uma japonesa (segundo tudo o que eu pudera observar da mentalidade desse povo), transar com um ocidental já é quase como copular com um animal. Antes de sair da suíte principal salvei os vídeos num pen drive. O rosto de Yuzu era muito identificável, e comecei a esboçar um novo plano de libertação que consistia simplesmente (as boas ideias sempre são simples) em jogá-la pela janela.

A execução prática desse plano não apresentava dificuldades. Primeiro eu tinha que convencê-la a provar uma bebida, afirmando que era de uma qualidade absolutamente impressionante, digamos uma gentileza de um pequeno produtor de licor de ameixa de Vosges, ela era muito sensível a argumentos assim, nesse sentido continuava sendo uma verdadeira turista. Os japoneses, e de maneira geral todos os asiáticos, têm pouca resistência ao álcool porque em seu organismo a aldeído desidrogenase 2, que faz a transformação de etanol em ácido acético, não funciona bem. Em menos de cinco minutos ela entraria num estado de torpor etílico, eu já tinha essa experiência; bastaria abrir a janela e levar seu corpo, pesava menos de cinquenta quilos (mais ou menos o mesmo peso que sua bagagem), eu não ia ter dificuldade para arrastá-la, e vinte e nove andares não perdoam.

Podia alegar, claro, que fora um acidente provocado pela embriaguez, parecia bastante verossímil, mas eu tinha uma confiança enorme, talvez excessiva, na polícia do meu país, e meu plano inicial era confessar: com aqueles vídeos, pensava eu, tinha circunstâncias atenuantes. O Código Penal de 1810, no seu artigo 324, estipula que "o assassinato da esposa cometido pelo marido, ou deste por aquela, não é perdoável [...]; entretanto, em caso de adultério, previsto no artigo 336, o assassinato da esposa cometido pelo marido, assim como do seu cúmplice, no momento em que os surpreende em flagrante de delito em seu domicílio conjugal, é perdoável". Em suma, se eu estivesse com um fuzil kalashnikov no dia da suruba, e se fosse no tempo de Napoleão, seria absolvido sem nenhum problema. Mas não estávamos no tempo de Napoleão, nem sequer no de *Divórcio à italiana*, e uma rápida busca na internet me informou que a pena média por um crime passional cometido no âmbito conjugal era de dezessete anos de prisão; algumas feministas queriam ir mais longe, possibilitar a aplicação de penas mais duras, introduzindo o conceito de "feminicídio" no Código Penal, o que eu achava bastante divertido, soava a inseticídio ou a raticídio. De qualquer jeito, dezessete anos me pareceram muito.

Ao mesmo tempo pensei que talvez não se viva tão mal na prisão, os problemas administrativos desaparecem, também se encarregam da sua parte médica, o principal transtorno é que os outros presos espancam e sodomizam a gente o tempo todo, mas, pensando bem, os outros presos humilham e enrabam sobretudo os pedófilos, ou senão os rapazinhos bonitos, com cuzinho de anjo, delinquentes frágeis e mundanos que caem como idiotas por uma carreira de pó, eu era forte, corpulento, e um pouco alcoólico, na verdade meu perfil era mais de um preso comum. *Humilhados e arrombados* era um bom título, Dostoiévski trash, aliás tinha a impressão de que Dostoiévski havia escrito sobre o universo carcerário, talvez pudesse ser adaptado, enfim, eu não tinha tempo de verificar naquele momento, precisava tomar rapidamente uma decisão, e o que achava era que um cara que matou a mulher para "vingar a honra" devia inspirar certo respeito em seus colegas de prisão, é o que me dizia minha escassa compreensão do ambiente carcerário.

Por outro lado, ainda havia coisas aqui fora de que eu gostava muito, uma visita rápida ao supermercado G20, por exemplo, com suas catorze variedades de hummus, ou um passeio pelo bosque, quando era criança gostava muito de passear no bosque, deveria ter passeado mais, eu tinha perdido o contato com minha infância, enfim, o caso é que uma prisão prolongada talvez não fosse a melhor solução, mas acho que foi o hummus que fez eu me decidir. Sem falar, claro, dos aspectos morais ligados ao assassinato.

Curiosamente, foi vendo Public Sénat — um canal onde não esperava encontrar grande coisa, pelo menos nada desse tipo — que afinal achei a solução. O documentário, intitulado *Desaparecidos por escolha*, reconstruía o percurso de diferentes pessoas que um belo dia, de forma totalmente imprevisível, decidiram cortar os laços com a família, os amigos, a profissão: um sujeito que numa segunda-feira de manhã, quando ia trabalhar, largou o carro no estacionamento da estação e entrou no primeiro trem, deixando a escolha do destino da viagem nas mãos do acaso; outro que, em vez de voltar para casa depois de uma noitada, alugou um quarto no primeiro hotel que encontrou e ficou perambulando durante meses por diversos hotéis de Paris, mudando de endereço toda semana.

Os números eram impressionantes: todo ano, mais de doze mil pessoas na França optavam por desaparecer, abandonar a família e refazer sua vida, às vezes do outro lado do mundo, às vezes sem mudar de cidade. Fiquei fascinado e passei o resto da noite pesquisando na internet para me aprofundar no assunto, cada vez mais convencido de que estava indo ao encontro do meu próprio destino: eu também ia ser um desaparecido por escolha, e o meu caso era particularmente simples, não tinha que fugir de uma mulher, de uma família, de um grupo social pacientemente construído, mas apenas de uma simples companheira estrangeira que não tinha nenhum direito de me perseguir. Além disso, todos os artigos que li on-line insistiam num ponto já muito enfatizado pelo documentário: na França, qualquer pessoa adulta é livre para "ir e vir", o abandono da família não constitui um delito. Essa frase deveria ser gravada, em letras garrafais, em todos os prédios públicos: *na França o abandono da família não é delito*. Insistiam muito nesse aspecto, enumeravam provas impressionantes: caso a polícia ou a gendarmaria localizassem uma pessoa dada como desaparecida, a polícia e a gendarmaria eram *proibidas* de revelar o novo endereço sem o consentimento do sujeito; e em 2013 foi revogado o procedimento de busca a pedido da família. Era impressionante que, num país onde havia uma tendência a restringir de maneira progressiva as liberdades individuais, a legislação tivesse mantido essa, mais fundamental até, a meu ver, e mais filosoficamente perturbadora, que o suicídio.

Não dormi essa noite, e bem cedo fui tomar as providências necessárias. Sem qualquer destino em mente, eu tinha a sensação de que meu caminho ia me levar para áreas rurais, e por isso optei pelo Crédit Agricole. A abertura de uma conta era imediata, mas eu teria que aguardar uma semana para ter acesso pela internet e receber um talão de cheques. Fechar minha conta no BNP me levou quinze minutos, e a transferência do saldo para a nova conta foi instantânea. Recadastrar os compromissos que queria continuar pagando com débito automático (seguro do carro, plano de saúde) foi questão de alguns e-mails. O apartamento levou um pouco mais de tempo, resolvi inventar a história de que tinha um novo trabalho à minha espera na Argentina, numa vinícola situada na província de Mendoza, todo mundo na imobiliária achou que era uma ideia magnífica, quando se fala em sair da França todos os franceses acham magnífico, é um traço característico, mesmo se for para ir morar na Groenlândia acham magnífico, e na Argentina nem se fala, se fosse o Brasil acho que a responsável pelo atendimento teria um troço. Eu deveria ter avisado com dois meses de antecedência; ia quitar esses meses por transferência bancária; quanto à vistoria de final do contrato, eu certamente não ia poder estar presente, mas isso não era indispensável de modo algum.

Restava a questão do trabalho. Minha posição era de contratado pelo Ministério da Agricultura, com um contrato renovável anualmente no início de agosto. O chefe da área ficou surpreso com meu telefonema durante as férias, mas me recebeu para uma conversa naquele mesmo dia. Para esse homem relativamente informado sobre as questões agrícolas, era necessária uma mentira mais sofisticada, embora derivada da primeira. Inventei então uma narrativa que envolvia um cargo de conselheiro na área de "exportação agrícola" da embaixada argentina. "Ah, a Argentina...", disse ele em tom sombrio. De fato, as exportações agrícolas argentinas estavam literalmente explodindo fazia alguns anos, em todos os setores, e não era só isso, os especialistas estimavam que a Argentina, com uma população de quarenta e quatro milhões de habitantes, poderia eventualmente alimentar seiscentos milhões de pessoas, e o novo governo, com sua política de desvalorização do peso, tinha entendido muito bem isso, os sacanas iam literalmente inundar a Europa com seus produtos, e ainda por cima não tinham qualquer legislação restritiva aos transgênicos, o que significava que estávamos numa bela encrenca. "A carne de lá é uma delícia...", objetei em tom conciliador. "Se fosse só a carne...", respondeu ele, cada vez mais sombrio: os cereais, a soja, o girassol, o açúcar, o amendoim, toda a produção de frutas, a carne, claro, e até o leite, em todos esses setores a Argentina poderia prejudicar muito a Europa, e num prazo bem curto. "Ou seja, você vai passar para o lado do inimigo...", concluiu num tom aparentemente jocoso, mas impregnado de amargura real; preferi manter um silêncio prudente. "Você é um dos nossos melhores técnicos; imagino que a proposta que recebeu seja interessante financeiramente...", insistiu, com uma voz que fazia temer uma derrapada iminente; também não achei oportuno responder dessa vez, mas esbocei uma expressão ao mesmo tempo afirmativa, desolada, cúmplice e modesta; ou seja, uma expressão difícil de fazer.

"Certo...", ele tamborilou na mesa com os dedos. O caso é que eu estava de férias e isso coincidia com o final do meu contrato; tecnicamente, então, não precisava mais voltar. Era evidente que ele estava um pouco perturbado, havia sido pego de surpresa, mas não devia ser a primeira vez. O Ministério da Agricultura paga bem aos técnicos contratados quando estes demonstram uma capacidade operacional satisfatória, paga até bem mais que aos seus funcionários; mas não pode, óbvio, competir com a iniciativa privada, e nem com uma embaixada estrangeira quando esta decide desencadear um verdadeiro plano de conquista, o orçamento nesse caso é quase ilimitado, me lembro de um colega de faculdade a quem a embaixada dos Estados Unidos deu mundos e fundos, digamos assim, e ele por fim fracassou completamente na sua missão, os vinhos californianos continuaram muito mal distribuídos na França e os bois do Meio-Oeste não conseguiam conquistar o público, enquanto os da Argentina sim, sabe-se lá por quê, o consumidor é um serzinho impulsivo, muito mais que os bois, mas alguns assessores de comunicação construíram uma narrativa plausível, a imagem do caubói segundo eles tinha sido superexplorada, todo mundo sabia que o Meio-Oeste era um vago território anônimo onde se multiplicavam indústrias de carne, era muito hambúrguer para servir todo dia, de outra maneira não seria possível, precisávamos ser realistas, capturar o boi a laço não era mais possível. Já a imagem do gaúcho argentino (graças talvez à magia latina?) continuava cativando o consumidor europeu, que imaginava vastas pradarias a se perder de vista, animais selvagens e livres galopando pelo pampa (se é que boi galopa, tenho que pesquisar), em todo caso uma rota imperial se abria para a carne argentina.

Apesar de tudo, meu ex-chefe apertou minha mão, embora brevemente, quando saí do escritório, e ainda teve coragem de me desejar boa sorte na nova vida profissional.

Buscar minhas coisas levou menos de dez minutos. Eram quase quatro da tarde; em menos de um dia eu tinha acabado de reorganizar minha vida.

Havia eliminado sem grandes problemas os vestígios da minha vida social anterior, a verdade é que as coisas ficaram mais fáceis com a internet, agora todas as contas, declaração de impostos e outras obrigações podem ser feitas eletronicamente, um endereço físico se tornou supérfluo, um e-mail serve para tudo. Mas eu continuava tendo um corpo, esse corpo estava submetido a determinadas necessidades e o mais difícil na minha fuga, para dizer a verdade, foi encontrar um hotel em Paris que aceitasse fumantes. Tive que fazer mais de uma centena de ligações e suportar em cada uma delas o desprezo triunfante de um telefonista que tinha um prazer palpável em me repetir, com malévola satisfação: "Não, senhor, é impossível, nosso estabelecimento é exclusivamente para não fumantes, obrigado pela sua ligação", afinal levei dois dias inteiros nessa busca, e foi só no amanhecer do terceiro dia, quando já cogitava seriamente em me tornar um sem-teto (um sem-teto com setecentos mil euros na conta-corrente era uma coisa original e até engraçada), que voltei a pensar no hotel Mercure Niort Marais Poitevin, que até pouco tempo antes aceitava fumantes, talvez por ali houvesse uma possibilidade.

De fato, depois de uma busca na internet que me levou algumas horas descobri que, embora quase todos os hotéis Mercure parisienses adotassem uma política de aceitar exclusivamente não fumantes, havia exceções. Assim, a libertação não viria por parte de um independente, mas da recusa de um subalterno de seguir as diretrizes de sua chefia, uma espécie de insubmissão, como a rebeldia da consciência moral individual que foi descrita em diversas peças de teatro existencialistas logo após a Segunda Guerra Mundial.

O hotel ficava na Avenue de la Sœur-Rosalie, no Décimo Terceiro Arrondissement, perto da Place d'Italie, eu não conhecia aquela avenida nem aquela irmã Rosalie, mas a Place d'Italie me agradava, era longe o bastante de Beaugrenelle, eu não corria o risco de encontrar Yuzu por acaso, ela só saía para ir ao Marais e a Saint-Germain, bastava incluir algumas noites de sacanagem no Décimo Sexto ou no Décimo Sétimo Arrondissement e já estava traçado o seu percurso, eu estaria tão tranquilo na Place d'Italie como poderia estar em Vesoul ou em Romorantin.

Tinha marcado minha partida para a segunda-feira, dia 1º de agosto. Na noite de 31 de julho me sentei na sala para esperar a volta de Yuzu. Fiquei imaginando quanto tempo levaria para ela se dar conta da realidade, para perceber que eu tinha ido embora de verdade e não ia voltar mais. Sua permanência na França, de qualquer maneira, estava diretamente condicionada ao pagamento dos dois meses de aluguel referentes ao aviso prévio do encerramento do contrato do apartamento. Eu não sabia ao certo que salário ela recebia na Casa de Cultura do Japão, mas decerto não era suficiente para pagar o aluguel, e não a imaginava aceitando ir morar num conjugado miserável, para começar teria que se desfazer de três quartos de suas roupas e produtos de beleza, por mais amplos que fossem o closet e o banheiro da suíte, ela tinha conseguido encher cada um dos armários até o teto, era realmente alucinante o número de objetos indispensáveis para manter sua condição feminina, as mulheres em geral não sabem disso, mas é uma coisa que desagrada os homens, que dá até repulsa, acaba lhes provocando a sensação de que compraram um produto adulterado cuja beleza só se mantém graças a artifícios infinitos, artifícios que depois (seja qual for a indulgência inicial que um macho possa declarar pela lista de imperfeições femininas) acabam considerando imorais, durante as nossas férias me dei conta de que Yuzu passava um tempo inacreditável no banheiro: somando a higiene da manhã (por volta do meio-dia), o retoque um pouco mais sumário no meio da tarde e o interminável e exasperante cerimonial do banho vespertino (um dia ela me confessou que usava dezoito cremes e loções diferentes), calculei que dedicava seis horas por dia a essa atividade, o que era ainda mais desagradável porque nem todas as mulheres são assim, havia exemplos contrários, e fui atravessado por uma pontada dilacerante de tristeza ao lembrar a garota de cabelo castanho de El Alquián, sua bagagem minúscula, algumas mulheres dão a impressão de serem mais naturais, de estarem mais naturalmente em consonância com o mundo, às vezes chegam até a fingir indiferença à própria beleza, é óbvio que se trata de mais uma astúcia, mas na prática o resultado está aí, Camille, por exemplo, passava no máximo meia hora por dia no nosso banheiro, eu podia garantir que a garota de cabelo castanho de El Alquián também.

Sem poder pagar o aluguel, Yuzu estaria condenada a voltar para o Japão, a não ser, talvez, que decidisse se prostituir, tinha algumas das habilidades necessárias, seus serviços sexuais eram de excelente qualidade, especialmente no campo crucial do boquete, ela chupava a glande com dedicação, sem jamais perder de vista a existência das bolas, só tinha uma lacuna que era a prática da garganta profunda, devido ao tamanho pequeno de sua boca, mas essa prática, a meu ver, não passava de uma obsessão de maníacos minoritários, se você quer seu pau todo rodeado de carne, muito bem, aí está a boceta, ela foi feita para isso, de toda maneira a superioridade da boca, que consiste na língua, se anula no universo fechado da garganta profunda, onde a língua está ipso facto impossibilitada de qualquer ação, enfim, não vamos polemizar, mas o fato é que Yuzu era ótima na punheta, e o fazia de bom grado em todas as circunstâncias (quantas das minhas viagens de avião não foram embelezadas por suas surpreendentes punhetas!), e sobretudo tinha dotes extraordinários no âmbito anal, seu cu era receptivo e de fácil acesso, e ela o oferecia de completa boa vontade, pois bem, no serviço de acompanhantes sempre se aplica uma tarifa extra para sexo anal, na verdade ela até poderia cobrar muito mais que uma simples puta com anal, eu situava sua provável tarifa em cerca de setecentos euros a hora e cinco mil a noite: sua elegância real, seu nível de cultura limitado mas suficiente podiam fazer dela uma verdadeira acompanhante de luxo, uma mulher que se pode levar tranquilamente a um jantar, e mesmo a um jantar importante de negócios, para não mencionar suas atividades artísticas, fonte de conversas interessantes, pois nos ambientes empresariais são todos muito apreciadores de conversas artísticas, e por outro lado eu sabia que alguns dos meus colegas de trabalho desconfiavam que eu estava com Yuzu exatamente por essa razão, no fundo uma japonesa é sempre um pouco chique, quase por definição, mas ela, posso dizer sem falsa modéstia, era uma japonesa particularmente classuda, eu sabia que me admiravam por isso, e, no entanto, podem acreditar porque estou perto do fim e a vontade de mentir me abandonou definitivamente, não foram as qualidades de acompanhante "de alto nível" de Yuzu que me seduziram, mas, sim, suas aptidões de puta comum.

Mas no fundo eu não acreditava na Yuzu puta. Tinha conhecido muitas putas, sozinho ou com as mulheres com quem convivia, e ela carecia da qualidade essencial desse maravilhoso ofício: a generosidade. Uma puta não escolhe seus clientes, esse é o princípio, o axioma, ela dá prazer a todos, sem distinção, é por aí que ela tem acesso à grandeza.

Yuzu pode ter sido o centro de *gang bangs*, é verdade, mas tratava--se de uma situação particular em que a multiplicidade de paus a seu serviço deixa a mulher num estado de embriaguez narcisista, e certamente o mais excitante é estar rodeada de homens se masturbando enquanto esperam a vez, enfim, remeto aos livros de Catherine Millet, decisivos nesse assunto, o fato é que fora das surubas Yuzu escolhia seus amantes, e escolhia cuidadosamente, eu tinha conhecido alguns, em geral eram artistas (mas nem sempre artistas malditos, antes o contrário, na verdade), às vezes produtores culturais, em todo caso eram sempre rapazes bastante jovens, bastante bonitos, bastante elegantes e bastante ricos, o que representa um monte de gente numa cidade como Paris, onde sempre há alguns milhares de homens que correspondem a esse retrato falado, eu diria uns quinze mil para dar um número, mas ela ficou com menos, por certo centenas, e algumas dezenas durante o tempo que durou a nossa relação, enfim, pode-se dizer com tranquilidade que se divertiu à beça na França, mas agora acabou, agora a festa tinha acabado.

Durante a nossa relação ela nunca foi ao Japão nem planejava ir, e eu assisti a algumas das conversas telefônicas que teve com seus pais e as achei formais e frias, em todo caso breves, isso pelo menos era uma despesa da qual eu não podia reclamar. Eu desconfiava (não porque ela tenha se aberto comigo, a verdade surgiu durante os jantares que dávamos no começo da nossa relação, no tempo em que ainda queríamos ter amigos, entrar num círculo social refinado, caloroso e exigente, a verdade se insinuou porque outras mulheres, que ela considerava de seu próprio meio, criadoras de moda, por exemplo, ou *descobridoras de talentos*, estavam presentes, e sua presença era sem dúvida necessária para seus impulsos de confissão), eu desconfiava, digo, que seus pais, lá no fundo do seu incerto Japão, tinham planos matrimoniais para ela, e planos matrimoniais muito precisos (parece que havia apenas dois pretendentes possíveis, e talvez apenas um), planos que, assim que ela voltasse a depender dos pais, seriam extremamente difíceis de evitar, sinceramente impossíveis, a menos que criasse um *kanjei* e se visse numa situação de *hiroku* (aqui invento um pouco as palavras, bem, não totalmente, me lembro das combinações de sons durante os telefonemas), em suma, seu destino estaria selado assim que ela pusesse os pés no aeroporto internacional Narita de Tóquio.

É a vida.

Chegando a este ponto, talvez seja necessário tecer alguns esclarecimentos sobre o amor, destinados sobretudo às mulheres, porque elas não entendem direito o que é o amor para os homens, sempre ficam desconcertadas com a atitude e o comportamento masculinos e às vezes chegam à conclusão errônea de que os homens não são capazes de amar, mas raramente percebem que essa mesma palavra, amor, descreve no homem e na mulher duas realidades radicalmente diferentes.

O amor para a mulher é uma potência, uma potência geradora, tectônica, quando se manifesta na mulher o amor é um dos fenômenos naturais mais imponentes que a natureza pode nos oferecer, e tem que ser visto com receio, é uma potência criativa do mesmo tipo que um terremoto ou um desastre climático, a origem de outro ecossistema, outro entorno, outro universo, a mulher com seu amor cria um mundo novo, dois pequenos seres isolados estão chapinhando numa existência incerta e de repente a mulher cria as condições de existência de um casal, uma entidade social, sentimental e genética nova cuja vocação é efetivamente eliminar qualquer traço dos dois indivíduos preexistentes, essa nova entidade é perfeita em sua essência como já apontou Platão, e às vezes pode adquirir a complexidade de uma família, mas é quase um detalhe, ao contrário do que pensava Schopenhauer, a mulher sempre se entrega por completo a essa missão, mergulha nela, se dedica de corpo e alma, como se diz, e aliás não estabelece mesmo diferença entre as duas coisas, para ela essa diferença entre corpo e alma não passa de uma chicana masculina irrelevante. Ela sacrificaria sua vida sem pestanejar por essa missão que na verdade não é uma missão, é a pura manifestação de um instinto vital.

O homem, a princípio, é mais reservado, ele admira e respeita esse descontrole emocional sem compreendê-lo totalmente, acha um pouco estranho complicar tanto as coisas. Mas pouco a pouco ele se transforma, pouco a pouco é absorvido pelo vórtice de paixão e de prazer criado pela mulher, mais precisamente, reconhece a vontade da mulher, uma vontade incondicional e pura, e compreende que essa vontade, embora a mulher exija a homenagem de penetrações vaginais frequentes e de preferência cotidianas, pois são sua condição normal para manifestar-se, é uma vontade em si mesma absolutamente boa na qual o falo, núcleo do seu ser, muda de status porque se torna também condição de possibilidade de manifestar o amor, o homem não dispõe de outros meios, e por esse curioso atalho a felicidade do falo passa a ser um fim em si mesma para a mulher, um fim que não admite restrições quanto aos meios empregados. Pouco a pouco, o imenso prazer dado pela mulher modifica o homem, este lhe dá reconhecimento e admiração, sua visão de mundo é transformada, e de forma imprevista para si mesmo ele tem acesso à dimensão kantiana do *respeito*, pouco a pouco o homem passa a ver o mundo de outra maneira, a vida sem uma mulher (no caso, justo sem esta mulher que lhe dá tanto prazer) se torna verdadeiramente impossível, vira uma caricatura de vida; é nesse momento que ele começa a amar de verdade. O amor no homem, então, é um fim, uma realização, e não, como na mulher, um início, um nascimento; é isso que devemos considerar.

Mas pode acontecer, raramente, que no caso de homens mais sensíveis e imaginativos o amor se manifeste no primeiro instante, e então o *love at first sight* não é de forma alguma um mito; mas é que o homem, graças a um prodigioso movimento mental de antecipação, nesse momento já imaginou o conjunto de prazeres que a mulher pode lhe proporcionar no decorrer dos anos (e até que a morte, como se diz, os separe); o homem já (sempre já, como diria Heidegger em seus dias de bom humor) antecipou o fim glorioso, e já era essa infinidade, essa gloriosa infinidade de prazeres compartilhados o que eu vislumbrei no olhar de Camille (mas voltarei a falar de Camille depois), e também, de um modo mais incerto (e também com um pouco menos de vigor, mas é verdade que haviam passado dez anos e que no momento do nosso encontro o sexo havia desaparecido de todo da minha vida, não tinha mais espaço, eu já estava resignado, não era mais um homem completo), naquele olhar tão breve que troquei com a garota de cabelo castanho de El Alquián, a sempre dolorosa garota de El Alquián, a última e provavelmente definitiva possibilidade de ser feliz que a vida tinha posto no meu caminho.

Não senti nada semelhante com Yuzu, ela foi me conquistando pouco a pouco, e o fez usando meios secundários, recorrendo ao que normalmente chamamos de perversão, sobretudo com seu despudor, sua mania de me masturbar (e masturbar-se) em qualquer circunstância, quanto ao resto eu não sabia, tinha conhecido bocetas mais bonitas, a dela era um pouquinho complicada demais, pregas de pele demais (até podia ser qualificada, vista de certos ângulos, como pendente, apesar de sua juventude), o melhor nela, pensando bem, era o cu, a constante disponibilidade de seu cu aparentemente estreito, mas na verdade tão amigável, oferecia a permanente possibilidade de se escolher entre os três orifícios, quantas mulheres podem dizer isso? E, ainda, como considerar mulheres aquelas que não podem dizer o mesmo?

Com certeza vão me acusar de dar uma importância excessiva ao sexo; não concordo. Sem deixar de reconhecer que outras alegrias pouco a pouco ocupam o lugar do sexo, este continua sendo, durante o desenrolar normal de uma vida, o único momento em que se comprometem pessoal e diretamente os órgãos, de maneira que a passagem pelo sexo, e por um sexo intenso, continua sendo obrigatória para que ocorra a fusão amorosa, nada pode acontecer sem ele, e todo o resto, de forma geral, decorre suavemente dele. E mais uma coisa, o sexo é um momento perigoso, o momento por excelência em que a gente se arrisca. Não estou falando especificamente da aids, embora o risco de morte possa ser um problema real, mas da procriação, perigo muito mais grave em si mesmo; quanto a mim, eu tinha deixado de usar camisinha nas minhas relações, sempre que possível, na verdade a ausência de camisinha se tornou uma condição necessária para o meu desejo, no qual o medo de procriar incidia numa proporção considerável, e eu bem sabia que se por infortúnio a humanidade ocidental efetivamente chegasse a separar a procriação do sexo (como às vezes planejava fazer), condenaria de uma só vez a procriação e o sexo, e no mesmo movimento condenaria a si mesma, coisa que os católicos identitários tinham captado muito bem, mesmo quando suas posições implicavam, por outro lado, estranhas aberrações éticas, como suas reticências quanto a práticas tão inocentes como o sexo a três ou a sodomia, mas eu estava me perdendo pouco a pouco com os copos de conhaque que bebi esperando Yuzu, que aliás não era em absoluto católica e muito menos católica identitária, já eram dez horas, eu não ia passar a noite ali, mas me incomodava um pouco ir embora sem falar com ela, fiz um sanduíche de atum para passar o tempo, o conhaque tinha terminado mas havia uma garrafa de calvados.

Minha reflexão foi se aprofundando gradualmente graças ao calvados, o calvados é uma bebida potente, intensa e injustamente ignorada. O fato é que as infidelidades de Yuzu (para usar uma palavra suave) tinham me ferido, minha vaidade viril estava ressentida, e, em especial, fui dominado por uma dúvida, será que ela gostava de todos os paus tanto quanto do meu, é a pergunta clássica que os homens fazem nessas horas, e que eu também fiz antes de chegar à triste conclusão de que era isso mesmo, de fato nosso amor tinha sido maculado e aqueles elogios ao meu pau, que tanto orgulho me davam no começo da nossa relação (tamanho confortável sem ser excessivo, resistência excepcional), agora os via com outros olhos, agora os via como manifestação de um conceito friamente objetivo, resultado mais da constante visita a muitos paus que da ilusão lírica que emana do espírito ardente de uma mulher apaixonada, coisa que eu teria preferido, confesso com humildade, porque não alimentava qualquer ambição especial quanto ao meu pau, bastava que ela gostasse para eu gostar também, era essa minha atitude em relação ao meu pau.

Mas não foi por isso que meu amor por ela se extinguiu definitivamente, e sim por uma circunstância aparentemente mais inofensiva e de todo modo mais breve, nosso diálogo não durou nem um minuto e foi logo depois de uma das conversas telefônicas bimensais que Yuzu mantinha com os pais. Nesse dia falaram, eu não podia estar enganado, da volta dela para o Japão, e depois naturalmente fui lhe perguntar a respeito, mas a resposta dela tentou ser tranquilizadora, essa volta só ia acontecer dentro de muito tempo, e de qualquer jeito eu não teria que me preocupar, foi aí que entendi, numa fração de segundo entendi, de repente uma espécie de imenso resplendor branco anulou em mim qualquer laivo de consciência, mais tarde voltei a um estado mais normal e lhe fiz um breve interrogatório que imediatamente confirmou minha suspeita essencial: num plano de vida ideal, ela já tinha programado sua volta ao Japão, mas isso ia acontecer dentro de uns vinte ou trinta anos, para ser mais exato, logo depois da minha morte, quer dizer, ela já tinha incluído minha morte no seu plano de vida futura, já estava na programação.

Minha reação com certeza foi irracional, ela era vinte anos mais nova que eu, tudo indicava que viveria bem mais tempo, mas isso justamente é uma coisa que o amor incondicional tende a ignorar e, francamente, até negar, o amor incondicional se baseia nessa impossibilidade, nessa negação e, tanto se for validada pela fé em Cristo quanto pela crença no programa Google de imortalidade, o que a essa altura influi muito pouco, no amor incondicional o ser amado não pode morrer, é imortal por definição, o realismo de Yuzu era um outro nome para desamor, e essa ausência, essa falta de amor tinha um caráter definitivo, numa fração de segundo ela tinha acabado de sair do âmbito do amor romântico, incondicional, para entrar no da conveniência, e nesse momento eu soube que estava tudo acabado, que a nossa relação tinha se esgotado, e agora até seria melhor terminar de uma vez porque ao lado dela eu nunca mais teria a sensação de estar com uma mulher e sim com uma espécie de aranha, uma aranha que se alimentava do meu fluido vital e no entanto conservava uma aparência de mulher, tinha peitos, tinha bunda (que já tive oportunidade de elogiar) e até uma boceta (sobre a qual manifestei algumas reservas), mas nada disso adiantava mais, eu a via transformada numa aranha, uma aranha agressiva e venenosa que todo dia me picava, injetando um fluido paralisante e mortal, era importante que ela saísse da minha vida o mais cedo possível.

A garrafa de calvados também acabou, já eram mais de onze da noite, ir embora sem falar com ela talvez fosse, afinal, a melhor solução. Fui até a janela: um bateau-mouche, na certa o último do dia, dava sua meia-volta na ponta da Île aux Cygnes; foi então que percebi que ia me esquecer dela muito rápido.

Passei uma noite ruim, atravessada por sonhos desagradáveis nos quais eu quase perdia o avião, o que me levava a fazer coisas perigosas como me jogar do andar mais alto da torre Totem para tentar chegar ao Roissy por via aérea; às vezes tinha que mover as mãos, outras vezes simplesmente planar, mas não conseguia, e qualquer perda de concentração faria com que me espatifasse, passei um mau bocado sobrevoando o Jardin des Plantes, minha altitude havia caído para poucos metros, quase não conseguia ultrapassar o cercado das feras. A interpretação desse sonho estúpido mas espetacular era bem clara: eu estava com medo de não conseguir fugir.

Acordei às cinco em ponto, tive vontade de tomar um café mas não quis arriscar fazer barulho na cozinha. Era bem provável que Yuzu tivesse voltado. Independente do que acontecia nas suas noitadas, ela nunca dormia fora; ir para a cama sem se besuntar com seus dezoito cremes de beleza era algo impensável. Com certeza já estava dormindo, mas cinco da manhã ainda era um pouco cedo para ela, por volta das sete ou oito é que tinha o sono mais profundo, eu teria que esperar. Havia optado pelo *early* check-in no hotel Mercure, meu quarto estaria disponível a partir das nove, com certeza ia encontrar um café aberto no bairro.

Tinha arrumado minha mala na véspera, não havia mais nada a fazer antes de partir. Era um pouco triste constatar que não tinha qualquer lembrança pessoal para levar: nenhuma carta, nenhuma foto, nem mesmo um livro, tudo isso estava no meu MacBook Air, um objeto fino de alumínio escovado, meu passado pesava mil e cem gramas. Também me dei conta de que, nos dois anos da nossa relação, Yuzu nunca me dera um presente — absolutamente nada, nem unzinho.

Depois me dei conta de uma coisa muito mais surpreendente, e foi que na noite anterior, atordoado por Yuzu aceitar tacitamente a minha morte, durante alguns minutos esqueci as circunstâncias da morte dos meus pais. Havia de fato uma terceira solução para os amantes românticos, além da hipotética imortalidade trans-humanista e da também hipotética Jerusalém celestial; uma solução praticável de imediato que não exigia pesquisas genéticas de alto nível nem orações fervorosas dirigidas ao Eterno; a mesma solução que meus pais tinham adotado uns vinte anos antes.

Um escrivão de Senlis cuja clientela incluía todos os ilustres da cidade, uma ex-estudante da escola do Louvre que depois se contentou com o papel de dona de casa; à primeira vista, meus pais não tinham nada que permitisse imaginar uma história de amor louco. Eu já tinha constatado que as aparências raramente enganam; mas, nesse caso, enganavam.

Na véspera de completar sessenta e quatro anos, meu pai, que vinha sofrendo dores de cabeça persistentes fazia algumas semanas, consultou nosso médico de família, que lhe pediu uma tomografia. Três dias depois lhe informou o resultado: as imagens mostravam um tumor de grandes dimensões, mas naquele momento não era possível dizer se era canceroso ou não, tinham que fazer uma biópsia.

Uma semana depois, os resultados da biópsia foram de uma clareza total: o tumor era de fato canceroso, um tumor agressivo, de evolução rápida, uma mistura de glioblastoma e astrocitoma anaplásicos. O câncer no cérebro é relativamente raro, mas quase sempre mortal, com um índice de sobrevivência inferior a dez por cento; sua causa é desconhecida.

Devido à localização do tumor, estava descartada a possibilidade de uma intervenção cirúrgica; a quimioterapia e a radioterapia às vezes davam bons resultados.

Devo dizer que nem meu pai nem minha mãe acharam adequado me informar sobre esses fatos; eu descobri por acaso, numa das minhas visitas a Senlis, ao perguntar à minha mãe sobre um envelope de laboratório que ela tinha esquecido de guardar.

Outra coisa que também me deu muito o que pensar posteriormente foi que no dia da minha visita eles talvez já tivessem tomado sua decisão, talvez já tivessem até encomendado os produtos pela internet.

Foram encontrados uma semana depois, deitados um ao lado do outro no leito conjugal. Sempre cuidadosos, para evitar qualquer incômodo aos outros, meu pai tinha avisado por carta a polícia e chegou ao extremo de pôr uma cópia das chaves no envelope.

Tinham ingerido os produtos no começo da noite, era o dia do quadragésimo aniversário de casamento dos dois. A morte havia sido rápida, disse-me com gentileza o oficial da polícia; rápida mas não instantânea, pelas posições na cama era possível adivinhar facilmente que tinham desejado ficar de mãos dadas até o final, mas as convulsões da agonia separaram suas mãos.

Nunca se soube como conseguiram as substâncias, minha mãe tinha apagado o histórico de navegação no computador de casa (sem dúvida foi ela quem cuidou de tudo, meu pai detestava informática e, de modo geral, tudo o que pudesse evocar progresso tecnológico, adiou o máximo que pôde até que teve que se resignar a informatizar seu escritório, uma secretária cuidava de tudo, ele com certeza nunca encostou um dedo no teclado de um computador). Evidentemente, disse o oficial, talvez seja possível, com algum esforço, encontrar vestígios da compra, nada se apaga por completo na nuvem; era possível, mas será que também era necessário?

Eu não sabia que duas pessoas podiam ser enterradas no mesmo caixão, há tal quantidade de regulamentações sanitárias sobre isso e aquilo que a gente sempre pensa que quase tudo é proibido, mas isso não, aparentemente era possível, a não ser que meu pai tivesse recorrido post mortem aos seus contatos, escrevendo umas cartas, como eu já disse ele conhecia quase todos os ilustres da cidade e a maioria dos do município, enfim, de qualquer maneira as coisas foram feitas assim e os dois foram sepultados juntos no mesmo féretro, na ala norte do cemitério de Senlis. Minha mãe tinha cinquenta e nove anos quando morreu e uma saúde perfeita. O padre me irritou um pouco no sermão com suas alusões fáceis à magnificência do amor humano, prelúdio da magnificência ainda maior do amor divino, achei um pouco indecente a Igreja católica tentar *recuperá-los*, quando um padre se depara com um caso de amor autêntico tem mais é que *fechar o bico*, foi o que tive vontade de dizer a ele, o que aquele palhaço podia entender do amor dos meus pais? Nem eu mesmo tinha certeza de entender, sempre captei em seus gestos, em seus sorrisos, algo que era exclusivamente pessoal deles, algo a que eu nunca teria pleno acesso. Não quero dizer com isso que não me amavam, amavam sim, sem sombra de dúvida, e foram pais excelentes de todos os pontos de vista, cuidadosos, presentes sem exageros, generosos quando se fazia necessário; mas não era o mesmo amor, e eu sempre estava excluído do círculo mágico, sobrenatural, que os dois formavam (o grau de comunicação entre eles era decerto espantoso, tenho certeza de ter presenciado no mínimo dois casos inegáveis de telepatia). Não tiveram outros filhos, e lembro que no ano em que entrei, depois do ensino médio, no curso preparatório para agronomia do liceu Henri IV, quando expliquei a eles que, em decorrência da precariedade dos transportes públicos em Senlis, seria muito mais prático eu alugar um quarto em Paris, lembro claramente que surpreendi uma expressão de alívio no rosto da minha mãe, fugidia, mas indiscutível: o primeiro pensamento que teve foi que os dois finalmente iam poder ficar sozinhos. Quanto ao meu pai, ele não conseguiu esconder sua alegria, tomou sem perda de tempo as providências necessárias, e uma semana depois eu me mudava para um conjugado inutilmente luxuoso, muito maior, como logo percebi, que as águas-furtadas com que meus colegas se contentavam, localizado na Rue des Écoles, a cinco minutos a pé do liceu.

Às sete da manhã em ponto me levantei, atravessei a sala sem fazer barulho. A porta do apartamento, blindada e maciça, era tão silenciosa como a porta de uma caixa-forte.

Naquele primeiro dia de agosto, o trânsito em Paris estava fluido, consegui estacionar na Avenue de la Sœur-Rosalie, a poucos metros do hotel. Ao contrário dos eixos principais (a Avenue d'Italie, a Avenue des Gobelins, os Boulevards Auguste-Blanqui e Vincent-Auriol...) que, partindo da Place d'Italie, drenavam a maior parte do tráfego dos arrondissements do sudeste parisiense, a Avenue de la Sœur-Rosalie desembocava cinquenta metros depois, na Rue Abel-Hovelacque, também de modesta importância. Seu status de avenida poderia parecer usurpado se não tivesse uma surpreendente e inútil largura e uma faixa arborizada separando as duas pistas agora desertas, de certo modo a Avenue de la Sœur-Rosalie se parecia mais com uma avenida particular, lembrava aquelas pseudoavenidas (Vélasquez, Van Dyck, Ruysdael) que existem nas imediações do Parc Monceau, em suma, tinha um toque de luxo, e essa impressão se incrementava na entrada do hotel Mercure, curiosamente formada por um grande pórtico que dava para um pátio interno decorado com estátuas, cenário que parecia mais próprio de um palacete de categoria média. Eram sete e meia, e na Place d'Italie já havia três cafés abertos: o Café de France, o Café Margeride (especialidades de Cantal, mas era um pouco cedo para especialidades de Cantal) e o Café O'Jules, na esquina da Rue Bobillot. Escolhi este último apesar do nome estúpido, porque os donos tiveram a original ideia de traduzir happy hours, que aqui eram *heures hereuses*; eu não tinha dúvida de que Alain Finkielkraut aprovaria minha escolha.

O menu da casa me deixou entusiasmado logo de cara e me fez até reconsiderar a opinião negativa que havia formulado de início sobre seu nome: o uso do nome Jules permitira a criação de um sistema de cardápio profundamente inovador no qual a criatividade das denominações se associava a uma contextualização que lhe dava sentido, como já se revelava no capítulo das saladas, que reunia a "Jules no Sul" (alface, tomate, ovo, camarão, arroz, azeitonas, anchovas, pimentão) com a "Jules na Noruega" (alface, tomate, salmão defumado, camarão, ovo poché, torrada). Quanto a mim, pressenti que não ia demorar muito (talvez naquele mesmo dia na hora do almoço) a sucumbir aos atrativos da "Jules na granja" (alface, presunto cru, queijo cantal, batata salteada, nozes, ovo cozido) ou da "Jules pastor" (alface, tomate, queijo de cabra quente, mel, bacon).

De modo geral, os pratos do menu ignoravam uma polêmica obsoleta, traçando os contornos de uma convivência pacífica entre a cozinha tradicional (sopa de cebola gratinada, filé de arenque com batatas mornas) e *fooding* inovador (camarão panko ao molho verde, bagel de Aveyron). Via-se a mesma intenção de síntese no cardápio de bebidas, que continha, além do conjunto de referências clássicas, algumas criações realmente novas, como "Inferno Verde" (malibu, vodca, leite, suco de abacaxi, licor de hortelã), "Zumbi" (rum dourado, creme de damasco, suco de limão, suco de abacaxi, suco de romã) e o surpreendente mas simplicíssimo "Bobillot Beach" (vodca, suco de abacaxi, xarope de morango). Em suma, tive a sensação de que não iam ser horas, e sim dias, semanas, e até anos felizes que eu passaria naquele estabelecimento.

Por volta das nove da manhã, depois de terminar meu café regional e deixar uma gorjeta suficiente para garantir a simpatia dos garçons, me dirigi à recepção do hotel Mercure, onde me receberam de um modo que confirmou amplamente minhas impressões a priori positivas. A recepcionista confirmou antes mesmo de pedir o meu cartão Visa, adiantando-se às minhas expectativas: sim, tinham me reservado um quarto para fumantes, como eu desejava. "Vai ser nosso hóspede por uma semana?", prosseguiu ela, num delicioso tom interrogativo; assenti.

Eu disse uma semana como podia ter dito qualquer outra coisa, meu único projeto era me libertar de uma relação tóxica que estava me matando, meu plano de desaparecimento por escolha tinha sido um sucesso absoluto e agora eu era um homem ocidental de meia--idade, a salvo de passar necessidades por alguns anos, sem parentes nem amigos, carente de projetos pessoais tanto quanto de interesses verdadeiros, profundamente decepcionado com sua vida profissional anterior e que, no âmbito sentimental, tinha vivido experiências diversificadas cujo denominador comum era a interrupção; carente, no fundo, tanto de razões para viver como de razões para morrer. Podia aproveitar para começar de novo, para "me reinventar", como dizem comicamente nos programas de televisão e nos artigos sobre psicologia humana que saem em revistas especializadas; e também podia me entregar a uma inércia letárgica. Meu quarto de hotel, como entendi logo, me impulsionava nessa segunda direção: era de fato minúsculo, calculei ao todo uns dez metros quadrados, a cama de casal ocupava o espaço quase inteiro, era difícil andar em volta; em frente à cama, sobre um aparador estreito, estavam a indispensável televisão e uma bandeja com cortesias (isto é, uma cafeteira, suportes de copos de papel e cápsulas de café solúvel). Tinham até conseguido, nesse espaço limitado, dispor um frigobar e uma cadeira em frente a um espelho de trinta centímetros de largura; e mais nada. Era a minha nova casa.

Eu era capaz de ser feliz na solidão? Achava que não. Era capaz de ser feliz em geral? Eis o tipo de pergunta, acho eu, que é melhor não fazer.

O único problema da vida num hotel é que você precisa sair todo dia do quarto — e portanto da cama — para que a arrumadeira faça seu trabalho. O tempo de ausência é, a princípio, indeterminado, nunca informam ao cliente de quanto tempo essas mulheres precisam. Quanto a mim, sabendo que a limpeza nunca demorava muito, preferiria que me impusessem uma hora de saída, mas eles não faziam assim, e em certo sentido eu entendia por quê, não estaria de acordo com os valores da hotelaria, lembraria mais o funcionamento de uma prisão. Portanto, eu tinha que confiar no espírito de iniciativa e de reação da... ou melhor, das arrumadeiras.

Mas podia ajudá-las, dar um sinal virando o cartazinho pendurado na maçaneta da porta e mudando de posição "Shhh... estou dormindo. *Please do not disturb*" (estado simbolizado pela imagem de um buldogue cochilando em cima de um carpete) para "Estou acordado/a. *Please make up the room*" (agora se viam duas galinhas fotografadas em frente a uma cortina de teatro, num estado de vigília estrondoso e quase agressivo).

Depois de algumas tentativas nos primeiros dias, cheguei à conclusão de que uma ausência de duas horas seria suficiente. Não demorei a estabelecer um minicircuito que começava no O'Jules, pouco frequentado entre dez da manhã e meio-dia. Subia depois a Avenue de la Sœur-Rosalie, que terminava numa espécie de largo arborizado, quando o tempo estava bom me sentava num dos bancos entre as árvores, de modo geral ficava sozinho, mas de vez em quando havia um aposentado em outro banco, às vezes com um cachorrinho. Depois virava à direita na Rue Abel-Hovelacque; na esquina da Avenue des Gobelins nunca deixava de fazer uma escala no Carrefour City. Eu tinha intuído desde a minha primeira visita que esse mercado estava destinado a desempenhar um papel na minha nova vida. Na seção oriental, sem chegar à luxuriante fartura do G20 perto da torre Totem que eu frequentava até poucos dias antes, se enfileiravam oito variedades diferentes de hummus, dentre as quais o *abugosh premium*, o *misadot*, o *zaatar* e o raríssimo *mesabecha*; e não sei se a seção de sanduíches não era ainda melhor. Até então eu achava que o Daily Monop' dominava totalmente o setor de minimercados em Paris e nas redondezas; devia ter pensado que quando uma bandeira como Carrefour entra num novo mercado, como lembrou recentemente seu diretor-geral numa entrevista à revista *Challenges*, "não é para fazer papel de figurante".

O horário de funcionamento, de uma extensão excepcional, revelava a mesma vontade de conquista: nos dias úteis, das sete da manhã às onze da noite; aos domingos, das oito à uma da tarde, nem os árabes chegavam a isso. E mesmo esse horário dominical reduzido era fruto de um áspero conflito iniciado por uma ação dos fiscais do trabalho no Décimo Terceiro Arrondissement, como fui informado por um pequeno cartaz exibido na loja, que, em termos de uma virulência que cortava a respiração, estigmatizava a "decisão aberrante" do tribunal de segunda instância, que afinal os obrigou a acatá-la sob ameaça de uma multa "cujo valor exorbitante ameaçaria a existência do seu comércio de proximidade". Portanto, a liberdade de comércio, e também a do consumidor, havia perdido uma batalha, mas a guerra, como ficava claro pelo tom marcial do cartaz, estava longe de terminar.

Raramente eu parava no café La Manufacture, bem em frente ao Carrefour City; algumas cervejas artesanais de lá pareciam tentadoras, mas não me atraía nada aquele ambiente de trabalhosa imitação de um "café operário" num bairro cujos últimos operários tinham sumido provavelmente por volta de 1920. Eu não demoraria a conhecer coisa muito pior quando meus passos me levassem à sinistra zona de Butte-aux-Cailles; mas ainda não sabia disso.

Depois descia uns cinquenta metros pela Avenue des Gobelins até voltar à Avenue de la Sœur-Rosalie, e esse trecho constituía a única parte realmente urbana do meu circuito, aquela que me permitiria perceber, pelo aumento do tráfego de pedestres e de veículos, que tínhamos ultrapassado a barreira de 15 de agosto, primeira etapa do reinício da vida social, e depois aquela, mais decisiva, de 1º de setembro.

Eu estava tão infeliz, no fundo? Se eventualmente um dos seres humanos com quem tinha contato (a recepcionista do hotel Mercure, os garçons do Café O'Jules, a funcionária do Carrefour City) tivesse perguntado pelo meu ânimo, com certeza eu o qualificaria como "triste", mas era uma tristeza pacífica, estabilizada, que por outro lado não aumentava nem diminuía, uma tristeza, em suma, que se podia considerar definitiva. Mas eu não caí nessa armadilha; sabia que a vida ainda podia me proporcionar muitas surpresas, atrozes ou jubilosas, depende.

Mas nesse momento eu não tinha nenhum desejo, o que muitos filósofos, pelo menos era a minha impressão, consideravam um estado invejável; os budistas estavam todos na mesma longitude de onda. Mas outros filósofos, assim como os psicólogos, consideravam que essa ausência de desejo era patológica e insalubre. Após um mês de estadia no hotel Mercure, eu continuava sem conseguir resolver essa questão clássica. Pagava a hospedagem todas as semanas para me manter em estado de liberdade (estado, aliás, que o conjunto de filosofias existentes vê com bons olhos). Na minha opinião, não estava indo tão mal. Na verdade só havia um ponto em que meu estado mental me causava sérias inquietações, era o cuidado do corpo, e mesmo assim apenas as abluções. Chegava no máximo a escovar os dentes, isso ainda conseguia, mas a perspectiva de tomar uma chuveirada ou um banho de banheira me dava clara repugnância, na verdade eu preferiria não ter mais corpo, o fato de ter um, de ser obrigado a lhe dar atenção e cuidados, me parecia cada vez mais insuportável, e embora a impressionante multiplicação do número de pessoas sem-teto tivesse levado a sociedade ocidental a atenuar pouco a pouco seus critérios a esse respeito, eu sabia que um estado de fedor muito acentuado acabaria me singularizando de forma inadequada.

Eu nunca tinha consultado um psiquiatra, e no fundo acreditava pouco na eficácia dessa corporação, por isso escolhi no Doctolib um especialista que tinha consultório no Décimo Terceiro Arrondissement, para minimizar pelo menos o tempo do transporte.

Sair da Rue Bobillot para chegar à bifurcação da Rue de la Butte--aux-Cailles (as duas se juntavam na altura da Place Verlaine) era sair do universo do consumo normal e entrar num mundo de creperias militantes e bares alternativos (o Temps des Cerises e o Merle Moqueur eram quase um em frente ao outro), intercalados com lojas de produtos ecologicamente corretos e estabelecimentos onde se fazia piercing ou corte de cabelo afro; eu sempre tive a intuição de que a década de 1970 não havia desaparecido na França, só tinha se retirado. Alguns grafites não eram ruins, e percorri a rua até o fim, sem entrar na Rue des Cinq-Diamants, onde ficava o consultório do dr. Lelièvre.

Ele próprio tinha uma pinta meio que de ativista ambiental, pensei quando o vi, com seu cabelo um pouco comprido e cacheado que começava a ser invadido por fios brancos; mas a gravata-borboleta contradizia um pouco essa primeira impressão, assim como o luxuoso mobiliário do consultório; reconsiderei meu ponto de vista, era no máximo um simpatizante.

Quando resumi minha vida nos últimos tempos, ele opinou que, de fato, eu realmente necessitava de tratamento e me perguntou se às vezes pensava em suicídio. Não, respondi, a morte não me interessa. Ele reprimiu uma expressão de desagrado, adotou um tom cortante, era evidente que não me achava simpático; havia um antidepressivo de última geração (era a primeira vez que eu ouvia falar do Captorix, que iria desempenhar um papel tão importante na minha vida) que podia ser eficaz no meu caso, era preciso esperar uma ou duas semanas para sentir os primeiros efeitos, mas o remédio exigia uma rigorosa vigilância médica, eu tinha que marcar sem falta uma consulta para o mês seguinte.

Concordei logo, procurando não me apoderar da receita com excessiva avidez; estava totalmente decidido a nunca mais procurar aquele babaca.

* * *

Ao voltar para casa, quer dizer, para o meu quarto de hotel, estudei com atenção a bula, que me informou que possivelmente eu ficaria impotente e minha libido desapareceria. O Captorix agia aumentando a produção de serotonina, mas toda a informação que consegui obter na internet a respeito dos hormônios do funcionamento psíquico dava uma impressão de confusão e incoerência. Havia algumas observações cheias de bom senso, tipo: "Nenhum mamífero decide, ao acordar de manhã, se vai continuar com o grupo ou se afastar dele para viver sua própria vida", ou esta outra: "Um réptil não possui qualquer sentimento de apego aos outros répteis; os lagartos não confiam nos lagartos". Mais especificamente, a serotonina é um hormônio ligado à autoestima, ao reconhecimento obtido dentro do grupo. Por outro lado, é produzido essencialmente no nível do intestino e se observa sua presença em inúmeras espécies vivas, incluindo as amebas. Que autoestima podiam ter as amebas? Que reconhecimento dentro do grupo? A conclusão a que pouco a pouco se chega é que a ciência médica continua confusa e aproximativa nessas questões, e que os antidepressivos fazem parte do numeroso grupo de medicamentos que funcionam (ou não) sem que se saiba exatamente por quê.

No meu caso parecia funcionar, bem, achei que o chuveiro estava forte demais, mas aos poucos consegui tomar um banho morno e até me ensaboar de leve. E do ponto de vista da libido não via grande mudança, em todo caso não sentia nada parecido com desejo sexual desde a garota de El Alquián, a inesquecível garota de cabelo castanho de El Alquián.

Não foi, certamente, um impulso de concupiscência o que me fez telefonar para Claire alguns dias depois, no meio da tarde. O que foi, então? Eu não tinha a menor ideia. Fazia mais de dez anos que não mantínhamos qualquer contato; na verdade eu achava que seu número de telefone devia ter mudado. Mas não, não tinha mudado. Também não tinha mudado de endereço — mas isso era normal. Parecia um tanto surpresa de me ouvir — mas no fundo não muito, e me propôs um jantar naquela mesma noite num restaurante de seu bairro.

* * *

    Quando conheci Claire, eu estava com vinte e sete anos, minha época de estudante havia ficado para trás e já tinha conhecido um monte de garotas, a maioria estrangeiras. É bom lembrar que nessa época não existia a bolsa Erasmus, que mais tarde iria facilitar tanto as relações sexuais entre estudantes europeus, e que um dos únicos lugares em que era possível ficar com estudantes estrangeiras era a Cidade Universitária Internacional do Boulevard Jourdan, onde milagrosamente o curso de Agricultura dispunha de um pavilhão onde todos os dias havia shows e festas. Assim conheci carnalmente garotas de diversos países e me convenci de que o amor só pode se desenvolver a partir de alguma diferença, de que o semelhante nunca se apaixona pelo semelhante, e de que na prática muitas diferenças podem funcionar: uma diferença extrema de idade, como se sabe, pode gerar paixões de uma violência inexplicável; a diferença racial sempre tem sua eficácia; e não podemos desdenhar a simples diferença nacional e linguística. Não é bom que os amantes falem a mesma língua, não é bom que possam se entender de verdade, que consigam se comunicar verbalmente, porque a vocação da palavra não é criar amor, mas sim divisão e ódio, a palavra separa à medida que é formulada, enquanto um balbucio amoroso sem forma, semilinguístico, falar com sua mulher ou com seu homem como se fala com seu cachorro, cria as condições de um amor incondicional e duradouro. As coisas até poderiam correr bem se pudéssemos nos limitar a questões imediatas e concretas — cadê as chaves da garagem?, a que horas vem o eletricista? —, mas passando daí começa o reino da confusão, do desamor e do divórcio.

    Estive, então, com diversas mulheres, principalmente espanholas e alemãs, algumas sul-americanas, também uma holandesa, apetitosa e redonda, que parecia um anúncio de queijo gouda. Tive Kate, por fim, o último amor da minha juventude, o último e o mais sério, depois dela pode-se dizer que minha juventude acabou, nunca mais passei por esses estados mentais que costumam ser associados à palavra "juventude", uma despreocupação charmosa (ou, dependendo do gosto, uma irresponsabilidade repugnante), a sensação de mundo indefinido, aberto, mas depois de Kate a realidade caiu sobre mim, definitivamente.

Kate era dinamarquesa, e sem dúvida a pessoa mais inteligente que conheci na vida, bem, digo isso não porque tenha alguma importância, as qualidades intelectuais não têm a menor importância numa relação de amizade, e muito menos, obviamente, numa relação amorosa, aliás contam bem pouco se comparadas à bondade do coração; falo disso sobretudo porque a incrível agilidade intelectual de Kate, sua extraordinária capacidade de assimilação eram realmente uma curiosidade, um fenômeno. Ela tinha vinte e sete anos quando nos conhecemos — ou seja, cinco a mais que eu — e sua experiência de vida era muito mais ampla, ao lado dela eu me sentia uma criança. Depois de se formar em direito numa velocidade recorde, foi trabalhar num escritório de advocacia londrino. "*So you should have met some kind of yuppies...*", lembro que lhe disse na manhã seguinte à nossa primeira noite de amor. "*Florent, I was a yuppie*", respondeu com suavidade, eu me lembro bem dessa resposta e me lembro bem dos seus peitos pequenos e firmes sob a luz matinal, e toda vez que isso volta à minha memória sinto uma vontade enorme de morrer, enfim, é melhor deixar para lá. Dois anos depois Kate se rendeu à evidência: sua condição de yuppie não correspondia em nada a suas aspirações, seus gostos, sua forma geral de encarar a vida. Por isso decidiu voltar a estudar, dessa vez medicina. Não lembro muito bem o que ela estava fazendo em Paris, acho que um hospital francês de grande renome internacional em não sei que doença tropical era o motivo de sua presença. Para dar uma ideia dos talentos dessa garota: na noite em que nos conhecemos — por acaso, ou, mais exatamente, eu me ofereci para ajudá-la a levar as malas até o seu quarto no terceiro andar do pavilhão da Dinamarca, depois tomamos uma cerveja, depois duas etc. —, ela tinha acabado de chegar a Paris naquela manhã e não falava uma palavra de francês; duas semanas depois, dominava a língua quase à perfeição.

A última foto que tenho de Kate deve estar em algum lugar no meu computador, mas não preciso disso para me lembrar dela, basta fechar os olhos. Tínhamos acabado de passar o Natal na sua casa, bem, na dos pais dela, não era em Copenhague, esqueci o nome da cidade, em todo caso eu quis voltar para a França de trem, lentamente, a viagem começou de uma forma estranha, o trem atravessando a superfície do mar Báltico, apenas dois metros nos separavam da superfície cinzenta das águas, às vezes uma onda mais forte batia nas escotilhas do nosso habitáculo, estávamos sozinhos no vagão em meio a duas imensidões abstratas, o céu e o mar, eu nunca tinha me sentido tão feliz na vida, e provavelmente minha vida deveria ter acabado ali, uma onda gigantesca, o mar Báltico, nossos corpos misturados para sempre, mas isso não aconteceu, o trem chegou à estação de destino (era Rostock ou Stralsund?), Kate havia decidido me acompanhar por alguns dias, as aulas na faculdade começavam no dia seguinte mas ela ia dar um jeito.

A última foto que tenho dela foi tirada nos jardins do castelo de Schwerin, uma pequena cidade alemã, capital do land de Mecklembourg-Pomerânia Ocidental, e as alamedas do parque estão cobertas por uma neve espessa, ao longe se veem as torres do castelo. Kate está virada para mim e sorri, eu na certa devo ter gritado que se virasse para tirar a foto, ela me olha e seu olhar está transbordando de amor, mas também de indulgência e de tristeza porque talvez já entendeu que vou traí-la e aquela história vai terminar.

Na mesma noite jantamos numa cervejaria de Schwerin, ainda me lembro do garçom, um quarentão magro, nervoso e infeliz, provavelmente emocionado por nossa juventude e pelo amor que nós irradiávamos, na verdade sobretudo ela, o garçom simplesmente interrompeu suas tarefas, depois de arrumar os pratos e talheres, para se dirigir a mim (bem, aos dois, mas em especial a mim, deve ter pensado que eu era o elo mais fraco) para me dizer em francês (ele também devia ser francês, como é que um francês tinha acabado sendo garçom numa cervejaria de Schwerin, a vida é um mistério), enfim, para me dizer com uma gravidade incomum, solene: "Continuem assim, vocês dois. Por favor, continuem assim".

Nós poderíamos salvar o mundo, e com certeza poderíamos salvar o mundo num piscar de olhos, *in einem Augenblick*, mas não o fizemos, bem, pelo menos eu não o fiz, e o amor não triunfou, eu traí o amor, e muitas vezes, quando não consigo dormir, ou seja, quase todas as noites, volto a ouvir dentro da minha pobre cabeça a mensagem da secretária eletrônica, *"Hello this is Kate leave me a message"*, e a voz dela parecia tão fresca, era como entrar debaixo de uma cachoeira no final de uma tarde poeirenta de verão, você imediatamente se sente limpo de toda a sujeira, de todo o desamparo e de todo o mal.

Os últimos segundos foram na estação central de Frankfurt, a Frankfurter Hauptbahnhof, dessa vez ela realmente tinha que voltar para Copenhague, havia exagerado em relação aos compromissos universitários, enfim, não podia ir comigo a Paris de jeito nenhum, agora me vejo de novo em pé na porta do trem e ela na plataforma, havíamos transado a noite toda, até as onze da manhã, até chegar a hora final de ir para a estação, ela havia trepado e chupado até o limite de suas forças, e suas forças eram grandes, na época eu também dava várias com facilidade, bem, na verdade a questão não é essa, não é *essencialmente* essa, a questão é que Kate, em dado momento, de pé na plataforma, começou a chorar, não chorou pra valer, mas escorreram algumas lágrimas pelo seu rosto, e ficou me olhando, ficou me olhando durante mais de um minuto até o trem sair, seu olhar não desviou do meu por um único segundo, e em determinado momento, à sua revelia, as lágrimas começaram a cair e eu não me mexi, não saltei para a plataforma, esperei as portas se fecharem.

Por isso mereço a morte, e até castigos muito piores: vou acabar minha vida infeliz, rabugento e sozinho, e mereço. Como é que um homem, depois de conhecer Kate, podia se afastar dela? É incompreensível. Acabei lhe telefonando, depois de deixar sem resposta não sei quantas mensagens, e tudo isso por uma brasileira imunda que ia me esquecer assim que pusesse os pés de novo em São Paulo, telefonei para Kate e telefonei exatamente *tarde demais*, no dia seguinte ela ia para Uganda, tinha se inscrito num programa de ajuda humanitária, os ocidentais em geral a haviam decepcionado muito, mas eu em particular.

A gente sempre acaba se interessando pelas contas da casa. Claire tinha conhecido sua cota de melodrama, vivido anos agitados sem chegar nem perto da felicidade, mas quem consegue isso?, pensava ela. Ninguém mais vai ser feliz no Ocidente, pensava também, nunca mais, hoje em dia devemos considerar a felicidade como um sonho antigo; pura e simplesmente não há condições históricas.

Insatisfeita, e mesmo desesperada em sua vida pessoal, Claire tivera, contudo, intensas alegrias imobiliárias. Quando sua mãe entregou sua pequena e malvada alma a Deus — ou mais provavelmente a um nada —, o terceiro milênio havia acabado de começar, e era talvez, para o Ocidente antes qualificado de judaico-cristão, o milênio além da conta, no mesmo sentido em que se fala de um combate além da conta para um boxeador, em todo caso essa ideia se espalhou amplamente pelo Ocidente antes qualificado de judaico-cristão, enfim, digo isso para situar o contexto histórico, mas Claire estava pouco ligando para essas coisas, tinha outras preocupações na cabeça, antes de mais nada sua carreira de atriz — depois, pouco a pouco, as despesas de seu apartamento foram ocupando um lugar predominante em sua vida, mas não vamos nos adiantar.

Eu a conheci no réveillon de 1999, que passei na casa de um especialista em comunicação de situações de crise que havia conhecido no trabalho — na época eu trabalhava na Monsanto, e a Monsanto vivia mais ou menos permanentemente alguma situação de crise que exigia um plano de comunicação. Não sei como ele havia conhecido Claire, acho que na verdade não a conhecia, mas transava com uma amiga dela, enfim, amiga não é bem a palavra, digamos outra atriz que trabalhava na mesma peça.

Claire estava no início de seu primeiro grande sucesso teatral —
que também seria, por outro lado, o último. A partir de então teve que
se conformar com figurações em filmes franceses de baixo ou médio
orçamento e em algumas peças de radioteatro na France Culture. Nessa
época era a principal atriz feminina de uma obra teatral de Georges
Bataille — bem, não era exatamente uma obra de Georges Bataille,
aliás não era em absoluto uma obra de Georges Bataille, o diretor fez
um *trabalho de adaptação* de diversos textos de Bataille, alguns de ficção e outros teóricos. Como declarou em várias entrevistas, seu projeto
era reler Bataille sob a luz das novas experiências de sexo virtual. E se
declarava especialmente interessado na masturbação. Não pretendia
esconder a diferença, e mesmo a oposição, entre as ideias de Bataille
e as de Genet. Tudo ia ser montado num teatro subvencionado na
zona leste de Paris. Enfim, dessa vez se podia esperar importantes
repercussões midiáticas.

Fui à estreia. Estava transando com Claire fazia pouco mais de
dois meses, mas ela já estava instalada na minha casa, digamos que
o quarto onde morava era bem miserável, o chuveiro que havia no
corredor, que ela compartilhava com uns vinte inquilinos, era tão
imundo que ela acabou se inscrevendo na academia do Club Med
Gym só para tomar banho. Claire me impressionou muito mais que
o espetáculo, exalava uma espécie de erotismo gélido durante toda a
peça, a figurinista e o iluminador tinham feito um bom trabalho, não
é que dava vontade de comê-la, mas sim de ser comido por ela, via-se
que era uma mulher que podia ser tomada de uma hora para outra pelo
impulso irresistível de comer alguém, e de fato era o que acontecia na
nossa vida cotidiana, seu rosto não se alterava e de repente botava a
mão no meu pau, desabotoava a braguilha em poucos segundos e se
ajoelhava para me chupar, ou então a variante, em que tirava a calcinha e começava a se tocar, lembro que fazia isso em quase qualquer
lugar, inclusive uma vez na sala de espera da secretaria municipal de
impostos diretos, havia uma negra com duas crianças que parecia um
pouco escandalizada, enfim, Claire fazia um suspense permanente em
matéria sexual. A crítica foi unanimemente elogiosa, a peça mereceu
uma página inteira na seção cultural do *Le Monde* e duas no *Libération*. Claire recebeu mais que o esperado nesse concerto de elogios, o

Libération em particular a comparou com aquelas heroínas louras e frias de Hitchcock que na verdade são ardorosas por dentro, enfim, essas comparações tipo sobremesa norueguesa (gelada por fora, quente por dentro), que eu tinha lido dezenas de vezes e que me permitiam entender imediatamente de que se tratava sem nunca ter visto um filme de Hitchcock, eu sou mais da geração *Mad Max*, mas enfim, de qualquer forma era bastante adequado no caso de Claire.

Na penúltima cena da peça, que o diretor considerava explicitamente uma cena capital, Claire levantava a saia e, de pernas abertas para o público, se masturbava enquanto outra atriz lia um longo texto de Bataille que tratava fundamentalmente, pelo que me pareceu, do ânus. O crítico do *Le Monde* havia gostado sobretudo dessa cena e elogiava o "hieratismo" de Claire em sua interpretação. A palavra hieratismo me pareceu um pouco forte, mas digamos que ela estava calma e não parecia nada excitada — de fato, não estava nem um pouco, como me confirmou na noite da estreia.

Sua carreira, em suma, havia decolado, e essa primeira alegria se completou com uma segunda quando, num domingo de março, o voo AF232 da Air France com destino ao Rio de Janeiro explodiu bem no meio do Atlântico Sul. Não houve nenhum sobrevivente e a mãe de Claire estava entre os passageiros. Uma equipe de assistência psicológica foi mobilizada imediatamente para atender os parentes das vítimas. "Aí provei que sou uma boa atriz...", veio me dizer Claire na noite da primeira conversa com os psicólogos especialistas, "interpretei uma filha arrasada, aniquilada, acho que realmente consegui esconder minha alegria."

De fato, apesar do ódio que sentiam uma pela outra, Claire pressentia que sua mãe era egocêntrica demais para se incomodar em fazer um testamento, para pensar durante um minuto no que podia acontecer depois de sua morte, e de qualquer maneira é muito difícil deserdar os filhos, como filha única ela tinha direito legal e inalienável à sua parte predeterminada de cinquenta por cento, ou seja, Claire não tinha nada a temer, e um mês depois daquele milagroso acidente aéreo, tomou posse da herança, que consistia basicamente num magnífico apartamento localizado na Passage du Ruisseau-de-Ménilmontant, no Vigésimo Arrondissement. Duas semanas depois nos mudamos para lá, foi o tempo que levamos para nos livrar das coisas da velha, que aliás não era tão velha assim, tinha quarenta e nove anos e o acidente aéreo que lhe custou a vida aconteceu quando ia passar férias no Brasil com um cara de vinte e seis: a minha idade, exatamente.

O apartamento ficava numa antiga trefilaria que havia fechado as portas no começo dos anos 1970, depois o lugar ficou algum tempo vazio até que o pai de Claire, um arquiteto empreendedor com faro para bons negócios, o comprou e dividiu em lofts. A entrada era um grande alpendre protegido por uma grade reforçada, a senha numérica do porteiro eletrônico tinha acabado de ser substituída por um sistema biométrico de identificação da íris; os visitantes, por seu lado, dispunham de um interfone com câmera.

Ultrapassada essa barreira, entrava-se num amplo pátio de chão de pedra, cercado pelas antigas edificações industriais — havia uns vinte proprietários. O loft da mãe de Claire, um dos maiores, consistia num grande *open space* de cem metros quadrados — e seis de altura até o teto —, uma cozinha aberta equipada com uma ilha central, um banheiro grande, com ducha italiana e jacuzzi, dois quartos, um deles num mezanino e o outro com um closet anexo, e um escritório que dava para um pequeno jardim. O conjunto media um pouco mais de duzentos metros quadrados.

Embora o termo ainda não fosse muito conhecido nessa época, os outros proprietários eram exatamente o que mais tarde se chamaria de *bobos*, burgueses boêmios, e eles só podiam comemorar o fato de terem uma atriz de teatro como vizinha, aliás o que seria do teatro sem os burgueses boêmios, na época o jornal *Libération* não era lido apenas pelos eventuais partícipes do mundo do espetáculo, mas também por uma parte (embora decrescente) do público, e o *Le Monde* ainda mantinha mais ou menos suas vendas e seu prestígio, de maneira que Claire foi recebida com entusiasmo no condomínio. Eu tinha ciência de que meu caso podia ser mais delicado, para eles a Monsanto devia parecer uma firma quase tão honorável quanto a CIA. Uma boa mentira sempre usa alguns elementos da realidade, e então logo espalhei que trabalhava com pesquisa genética em doenças raras, as doenças raras são inatacáveis, você logo imagina um autista, uma dessas pobres crianças vítimas de progéria que aos doze anos já têm aspecto de velhos, eu não seria capaz de trabalhar nesse campo, mas sabia o suficiente de genética para encarar qualquer *bobo*, mesmo que fosse um *bobo* instruído.

Para falar a verdade, estava me sentindo cada vez mais desconfortável no meu emprego. Não havia nada que estabelecesse claramente a periculosidade dos transgênicos, e os ecologistas radicais eram na maioria uns imbecis ignorantes, mas também não havia nada que estabelecesse sua inocuidade, e meus superiores na empresa eram simplesmente uns mentirosos patológicos. O fato é que não se sabia nada ou quase nada sobre as consequências a longo prazo das manipulações genéticas vegetais, mas para mim o problema nem sequer era esse, o problema era que os produtores de sementes, de adubos e de pesticidas, por sua própria existência, desempenhavam um papel destrutivo e letal em matéria agrícola, o fato é que a agricultura intensiva, baseada em explorações gigantescas e na maximização do rendimento por hectare, essa agroindústria totalmente baseada na exportação e na separação entre agricultura e pecuária, é exatamente o contrário, a meu ver, do que deve ser feito se quisermos chegar a um desenvolvimento aceitável, teríamos que privilegiar a qualidade, consumir e produzir localmente, proteger os solos e os lençóis freáticos, voltando às alternâncias complexas de cultivos e à utilização de fertilizantes animais. Devo ter surpreendido a mais de um, durante os múltiplos *aperitivos de vizinhos* que se sucederam nos primeiros meses depois da nossa mudança, com a veemência e o caráter extremamente documentado das minhas intervenções sobre esses problemas, é claro que eles pensavam o mesmo que eu embora não entendessem nada do assunto, na verdade por puro conformismo de esquerda, e eu tive ideias, talvez até mesmo um ideal, não era por acaso que tinha estudado agronomia em vez de ir para uma instituição generalista como a Politécnica ou a Escola de Estudos Superiores de Comércio, em suma, tive um ideal e agora o estava traindo.

Entretanto, não podia cogitar pedir demissão, meu salário era indispensável para nossa subsistência porque a carreira de Claire, apesar do sucesso crítico daquela obra adaptada de Georges Bataille, permanecia teimosamente em ponto morto. Seu passado a confinava no mundo da cultura, e isso era um mal-entendido, porque o sonho dela era trabalhar no cinema de entretenimento, só ia ver filmes acessíveis a todo mundo, adorava *Imensidão azul* e mais ainda *Os visitantes*, enquanto o texto de Bataille lhe pareceu "uma babaquice total", tanto quanto um texto de Leiris que lhe impingiram um pouco mais tarde, mas sem dúvida o pior foi uma leitura de uma hora de Blanchot para a France Culture, eu nunca desconfiei, disse ela depois, que existissem merdas assim, era incrível, disse, que tivessem coragem de apresentar ao público uma asneira daquelas. Pessoalmente eu não tinha nenhuma opinião sobre Blanchot, só me lembrava de um parágrafo divertido de Cioran explicando que Blanchot é o autor ideal para se aprender datilografia porque "o sentido do texto não atrapalha".

Para azar de Claire, seu físico combinava com seu currículo: aquela beleza loura, elegante e fria parecia predispô-la a ler textos com voz inexpressiva num teatro subvencionado, na época a indústria pesada do espetáculo estava mais ávida de mulheronas latinas ou mulatas sensuais, em suma, ela não estava nessa onda, e no ano seguinte não conseguiu nenhum papel além das bobagens intelectualoides que mencionei, apesar de sua leitura regular da *Film français*, apesar de sua teimosia nunca desmentida de participar de todo e qualquer casting. Nem em anúncio de desodorante havia lugar para uma sobremesa norueguesa. Paradoxalmente, talvez fosse na indústria do pornô que ela poderia ter mais oportunidades: claro, sem subestimar as mulheronas latinas ou negras, esse segmento procurava ter atrizes com uma grande diversidade de físicos e etnias. Claire talvez tivesse se decidido na minha ausência, mesmo sabendo que uma carreira no pornô jamais havia desembocado em uma carreira no cinema tradicional, mas acho que, se a remuneração fosse mais ou menos equivalente, ela preferiria o pornô a ler Blanchot na France Culture. Em todo caso, a coisa não ia durar muito tempo, a indústria do pornô vivia seus últimos meses antes que a pornografia amadora pela internet a destruísse, o YouPorn ia destruir essa indústria com mais rapidez até que o YouTube destruiu a indústria musical, o pornô sempre esteve na vanguarda da inovação tecnológica, como já observaram inúmeros ensaístas, sem que nenhum deles percebesse o que havia de paradoxal nessa constatação, porque afinal de contas a pornografia é o campo da atividade humana em que a inovação tem menos importância, ali não se produz absolutamente nada de novo, tudo o que se possa imaginar em matéria de pornografia já existia amplamente na Antiguidade grega ou romana.

Quanto a mim, a Monsanto estava começando a me irritar de verdade e comecei a olhar com seriedade as ofertas de emprego, mais ou menos em todos os canais que estivessem ao alcance de um ex-aluno de agronomia, especialmente por intermédio da associação de ex-alunos, mas foi só no começo de novembro que deparei com uma possibilidade de fato interessante oferecida pela Direção Regional de Agricultura e Bosques (DRAF) da Baixa Normandia. O trabalho era criar uma nova estrutura dedicada à exportação de queijos franceses. Enviei meu currículo e rapidamente me chamaram para uma entrevista, fui a Caen e voltei no mesmo dia. O diretor da DRAF também era um veterano da agronomia, um jovem veterano, eu o conhecia de vista, estava no segundo ano quando cursei o primeiro. Não sei onde tinha feito seu estágio de fim de curso, mas tinha a mania (ainda pouco usada na administração francesa) de empregar palavras anglo-saxônicas sem a menor necessidade. Sua constatação inicial foi de que o queijo francês continuava sendo exportado quase que exclusivamente para a Europa, que sua presença nos Estados Unidos continuava sendo insignificante, e sobretudo que, ao contrário do vinho (nesse ponto fez uma longa e fundamentada homenagem aos produtores de vinho de Bordeaux), o setor queijeiro não soube prever a chegada dos países emergentes, em particular a Rússia, mas depois a China, e decerto a Índia um pouco mais tarde. Isso valia para todos os queijos franceses, mas estávamos na Normandia, lembrou sensatamente, e a primeira ambição da *task force* que planejava criar seria promover os "soberanos da trilogia normanda": o camembert, o pont-l'évêque e o livarot. Até então, só o camembert gozava de verdadeiro renome internacional, por razões históricas apaixonantes, sem dúvida, mas sobre as quais não tinha tempo de se estender, o livarot e o pont-l'évêque eram perfeitos desconhecidos na Rússia e na China, ele não dispunha de recursos ilimitados mas, enfim, pelo menos havia conseguido a verba necessária para contratar cinco pessoas e o que estava procurando primeiro era o chefe dessa *task force*, o job me interessava?

Interessava, e confirmei a resposta com uma mistura adequada de profissionalismo e entusiasmo. Nesse momento tive uma primeira ideia e achei que era oportuno expô-la: muitíssimos americanos, bem, não sabia exatamente se eram tantos, digamos que todo ano havia americanos visitando as praias do Desembarque onde membros de suas famílias, às vezes seus próprios pais, haviam realizado o sacrifício supremo. Naturalmente, o tempo de recolhimento devia ser respeitado, não era o caso de organizar degustações de queijo na saída dos cemitérios militares; mas, enfim, o pessoal sempre acaba comendo, será que os queijos normandos tiram suficiente proveito desse turismo da memória? Ele se entusiasmou: era justamente esse tipo de coisas que queria implementar, e de maneira geral a imaginação era indispensável; eram poucas as possibilidades de imitar a sinergia que a viticultura *champenoise* desenvolveu com a indústria francesa do luxo: não passava pela imaginação de ninguém ver Gisele Bündchen degustando um livarot (mas sim com uma taça de Moët et Chandon na mão). Enfim, eu teria mais ou menos carta branca, ele não ia frear minha criatividade, e além do mais meu trabalho na Monsanto não devia ser fácil (na verdade não tive que me esforçar muito, a argumentação que a produtora de sementes usava era de uma simplicidade brutal: sem os transgênicos não haveria como alimentar uma população humana em constante crescimento; em suma, era ou a Monsanto ou a fome). Afinal, no momento em que saí do escritório dele já sabia, sobretudo pela forma como falou no passado do meu emprego na Monsanto, que tinha me escolhido para o cargo.

Meu contrato começava no dia 1º de janeiro de 2001. Após algumas semanas no hotel, encontrei uma bonita casa para alugar, isolada no meio de uma paisagem montanhosa de florestas e pastos, a dois quilômetros do vilarejo de Clécy, que se orgulhava do título um tanto exagerado de "capital da Suíça normanda". Era uma casa realmente encantadora, com vigas de madeira; tinha uma grande sala de estar com piso de lajotas hexagonais de terracota, três quartos com tábua corrida, um escritório. Em anexo, um antigo lagar reformado poderia servir para alojar hóspedes; tinham instalado aquecimento central.

    Era uma casa realmente encantadora, e durante a visita percebi que seu proprietário gostava muito dela, cuidava dessa casa com um meticuloso esmero, era um velhinho bastante adoentado, de setenta e cinco ou oitenta anos, tinha vivido muito bem lá, disse logo de cara, mas agora não dava mais, precisava de assistência médica com muita frequência, uma enfermeira a domicílio no mínimo três vezes por semana, diariamente em períodos de crise, de forma que era mais razoável morar num apartamento em Caen, mas na verdade tinha sorte, seus filhos cuidavam bem dele, a filha insistira em escolher pessoalmente a enfermeira, tinha muita sorte pensando em tudo o que se vê por aí hoje em dia, e eu concordei, de fato tinha sorte mesmo, só que desde a morte da mulher ele não era mais o mesmo, e nunca voltaria a ser, o velhinho, evidente, era religioso e o suicídio estava fora de cogitação, mas às vezes achava que Deus estava demorando um pouco para chamá-lo, para que mais podia servir na sua idade, fiquei com lágrimas nos olhos durante quase toda a visita.

    Era uma casa encantadora, mas eu ia ocupá-la sozinho. Claire tinha rejeitado enfaticamente a ideia de se mudar para um vilarejo na Baixa Normandia. Cheguei a pensar em sugerir que poderia "voltar a Paris para os castings", mas vi logo que era absurdo, ela participava de mais ou menos uns dez castings por semana, não fazia sentido, ir morar no campo seria um suicídio para sua carreira, mas, ao mesmo tempo, será de fato grave suicidar o que já está morto?, eu pensava bem lá no fundo, mas claro que não podia lhe dizer diretamente, e como dizer indiretamente? Não encontrei nenhuma solução.

    Então decidimos, de forma aparentemente razoável, que eu é que viria a Paris nos fins de semana, embarcamos juntos na ilusão de que essa separação e esses reencontros semanais dariam fôlego e energia ao nosso relacionamento, que todo fim de semana seria uma festa amorosa etc.

Não houve término entre nós, pelo menos um término claro e definitivo. Não é complicado pegar o trem Caen-Paris, a viagem é direta e leva pouco mais de duas horas, a questão é que eu ia cada vez menos, a princípio usando o pretexto de uma sobrecarga de trabalho, depois sem nenhuma desculpa, e alguns meses mais tarde tudo estava dito. Lá no fundo eu nunca tinha desistido da ideia de que Claire viesse morar comigo naquela casa, de que abrisse mão de sua improvável carreira de atriz e aceitasse ser simplesmente minha mulher. Cheguei a lhe mandar várias vezes por correio umas fotografias da casa tiradas em dias de tempo bom, todas as janelas abertas para as florestas e os prados, lembrar disso me dava um pouco de vergonha.

Ao olhar para trás, o mais notável é que, tal como aconteceria vinte anos depois com Yuzu, todos os meus pertences materiais cabiam numa mala. Era óbvio meu desapego às posses materiais; o que, segundo alguns filósofos gregos (epicuristas?, estoicos?, cínicos?, um pouco dos três?), era uma disposição mental muito favorável; e tenho a impressão de que raramente se defendia a posição contrária; havia, então, *consenso* entre os filósofos em relação a esse ponto concreto, fato insólito o suficiente para destacá-lo.

Eram cinco e pouco da tarde quando desliguei o telefone depois de falar com Claire, faltavam três horas de espera até o jantar. Logo em seguida, em questão de minutos, comecei a me perguntar se aquele encontro era realmente uma boa ideia. Estava claro que não levaria a nada de positivo, só ia despertar sentimentos de decepção e de amargura que, depois de vinte anos, tínhamos conseguido mais ou menos enterrar. Nós dois já sabíamos que a vida é amarga e decepcionante, adiantava gastar com táxi, com a conta de um restaurante, para obter mais uma confirmação disso? E eu queria mesmo saber *o que se tornou* Claire? Provavelmente nada muito brilhante, em todo caso nada à altura de suas esperanças, caso contrário eu ficaria sabendo nos anúncios de filmes colados na rua. Minhas próprias aspirações profissionais eram menos definidas e o fracasso menos visível, mas mesmo assim, na época, eu tinha bastante clareza de que era um fracassado. O reencontro entre dois quarentões perdedores e ex-amantes poderia ser uma cena magnífica num filme francês com os atores adequados, digamos, por exemplo, Benoît Poelvoorde e Isabelle Huppert; mas na vida real, será que eu estava tão a fim disso?

Em certas circunstâncias críticas da minha vida recorri a uma forma de *telemancia* que eu mesmo, até onde sabia, tinha inventado. Os cavaleiros da Idade Média, e mais tarde os puritanos da Nova Inglaterra, quando tinham que tomar uma decisão difícil, abriam a Bíblia ao léu, pousavam um dedo na página ao léu e tentavam dar uma interpretação ao versículo apontado para depois tomar sua decisão no sentido indicado por Deus. Do mesmo modo, eu costumava ligar a televisão ao léu (sem escolher o canal, só apertando o botão *on*) e tentava interpretar as imagens que me eram transmitidas.

Exatamente às seis e meia da tarde apertei o botão *on* da televisão do meu quarto no hotel Mercure. A princípio o que vi me pareceu desconcertante, difícil de decifrar (mas às vezes acontecia o mesmo com os cavaleiros medievais e também com os puritanos da Nova Inglaterra): topei com uma homenagem a Laurent Baffie, o que já era surpreendente por si só (tinha morrido?; ele ainda era jovem, mas alguns apresentadores da TV morrem fulminados em plena glória e são arrancados brutalmente do amor de seus fãs, é a vida). Em todo caso, o tom era de homenagem, e todos os participantes destacavam a "profunda humanidade" de Laurent, para alguns ele era um "supercolega, o rei da piada, um maluquete total", outros que não o conheciam tão de perto insistiam no "profissional impecável", e essa polifonia bem orquestrada pela montagem levava a uma verdadeira releitura do trabalho de Laurent Baffie e concluía de forma sinfônica com a repetição quase em coro de uma expressão unânime: Laurent era, de todos os pontos de vista, "uma bela pessoa". Chamei um táxi às 19h20.

Cheguei às oito em ponto ao Bistrot du Parisien, na Rue Pelleport, Claire tinha reservado uma mesa, era um ponto positivo, mas senti desde os primeiros segundos, já enquanto atravessava o restaurante semivazio, afinal de contas era domingo à noite, que seria o único da noite.

Dez minutos depois, um garçom veio me perguntar se queria tomar um aperitivo enquanto esperava. O homem parecia ter uma natureza benévola e abnegada, intuí de cara que tinha adivinhado um encontro problemático (como podia deixar de ser um pouco xamã, e até um pouco psicopompo, um garçom no Vigésimo Arrondissement?), e também entendi que nessa noite ele ia ficar mais do meu lado (será que já percebera minha angústia crescente?; é verdade que eu já tinha devorado um monte de grissini), no estado em que estava pedi um Jack Daniels, triplo.

Claire chegou por volta das oito e meia, andando com cautela, teve que se apoiar em duas mesas antes de chegar à nossa, já estava visivelmente bêbada, será que a ideia de me ver a transtornava tanto, ainda seria tão dolorosa para ela a lembrança das promessas frustradas de felicidade? Tive essa esperança durante alguns segundos, não mais que dois ou três, e depois me veio um pensamento mais realista, provavelmente Claire ficava naquele estado todos os dias à mesma hora, mais ou menos tão bêbada como naquele momento.

Abri os braços com ímpeto para exclamar que ela estava em plena forma, que não tinha mudado nada, não sei de onde me vem essa habilidade para a mentira, dos meus pais não, em todo caso, talvez dos meus primeiros anos escolares, mas o fato é que Claire estava horrivelmente acabada, com gordura por todos os lados e o rosto inteiro tomado por rosácea, seu primeiro olhar foi incrédulo, sem dúvida a primeira coisa que pensou foi que eu estava de gozação, mas isso não durou nem dez segundos, depois ela abaixou rapidamente a cabeça e logo a levantou, e sua expressão tinha mudado, reapareceu a Claire jovem que me deu uma piscadela quase travessa.

A análise do menu, agradavelmente de bistrô, me permitiu ganhar tempo. Afinal escolhi uma caçarola de escargots da Borgonha (seis) na manteiga de alho, e depois vieiras fritas em azeite de oliva e tagliatelle. Desse modo procurava superar o dilema tradicional entre terra e mar (vinho tinto versus vinho branco), pedindo pratos que nos permitissem tomar uma garrafa de cada um. O raciocínio de Claire parecia seguir o mesmo critério, pois se decidiu por uma tartine de tutano com sal de Guérande, seguida de uma sopa de tamboril à provençal com seu aioli.

Eu temia ter que falar de mim mesmo, ter que contar minha vida, mas isso não aconteceu, assim que pedimos, Claire iniciou um longo relato de índole totalmente pessoal que pretendia nada menos que sintetizar os vinte anos que haviam transcorrido desde nosso último encontro. Bebia rápido, direto, e ficou logo evidente que íamos precisar de duas garrafas de tinto (e mais tarde de duas garrafas de branco). Depois da minha partida nada tinha melhorado, sua busca de trabalho continuou infrutífera e a situação acabou ficando um pouco estranha, entre 2002 e 2007 os preços dos imóveis em Paris duplicaram e no bairro de Claire o aumento foi até mais rápido, a Rue de Ménilmontant ganhava cada vez mais *hype* e circulou um insistente boato de que Vincent Cassel tinha acabado de se mudar para lá, que Kad Merad e Béatrice Dalle não iam demorar a segui-lo, tomar café no mesmo lugar que Vincent Cassel era um privilégio considerável, e essa informação não desmentida provocou um novo salto nos preços, por volta de 2003 ou 2004 Claire percebeu que todos os meses seu apartamento ganhava muito mais que ela, tinha que dar algum jeito, vender nesse momento teria sido um suicídio do ponto de vista imobiliário, então recorreu a soluções desesperadas como gravar uma série de CDs de Maurice Blanchot para a France Culture, quando contou isso tremia sem parar, me olhava com olhos de louca e roía literalmente o osso do tutano, fiz um sinal ao garçom para que apressasse o serviço.

A sopa de tamboril a apaziguou um pouco e coincidiu com um momento mais pacífico de seu relato. No começo de 2008 ela aceitou uma oferta da Pôle Emploi: a organização pretendia criar oficinas de teatro para desempregados com a intenção de recuperar a autoconfiança, o salário não era grande coisa mas pingava regularmente todos os meses, fazia mais de dez anos que ela ganhava a vida assim, já era uma figura da casa na Pôle Emploi, e agora podia dizer com uma perspectiva real que a ideia não era absurda, em todo caso funcionava melhor que psicoterapia, de fato o desempregado inevitavelmente se transforma a longo prazo numa pessoa retraída e muda, e o teatro — em particular, por razões obscuras, o repertório de vaudevile — devolvia àquelas tristes criaturas o mínimo de desenvoltura social indispensável para uma entrevista de emprego, em todo caso hoje ela até poderia se virar com aquele salário, modesto mas regular, se não fosse o problema das despesas do condomínio, porque uma parte dos proprietários, embriagados pela gentrificação fulminante do bairro de Ménilmontant, tinha resolvido fazer investimentos absolutamente delirantes, a troca do porteiro eletrônico numérico por um sistema biométrico de identificação da íris havia sido apenas o prelúdio de uma sucessão de projetos insensatos como substituir o pátio de pedras por um jardim zen com pequenas cascatas e blocos de granito importados direto de Côtes-d'Armor, tudo isso sob a supervisão de um mestre japonês mundialmente conhecido. Agora Claire já tinha tomado a decisão e falado com uma imobiliária, sobretudo porque, depois do segundo e mais breve boom que ocorreu por volta de 2015 a 2017, o mercado imobiliário parisiense estava passando por uma longa paralisia.

No campo afetivo ela tinha menos coisas a contar, havia passado por alguns relacionamentos e até duas tentativas de vida em comum, e conseguiu mobilizar suficiente emoção para falar disso, mas mesmo assim não podia esconder: os dois homens (dois atores cujo sucesso era mais ou menos igual ao dela) que tinham pretendido compartilhar sua vida estavam mais apaixonados pelo apartamento do que por ela. No fundo, eu era talvez o único homem que a havia amado de verdade, concluiu Claire, demonstrando uma espécie de surpresa. Eu não quis desenganá-la.

Apesar do caráter desencantado e até claramente triste do relato, eu havia saboreado minhas vieiras e me debrucei com interesse sobre o cardápio de sobremesas. O merengue com creme e seu coulis de framboesa atraiu de imediato minha atenção; Claire preferiu um clássico, profiteroles com calda de chocolate quente; pedi uma terceira garrafa de vinho branco. Eu estava começando a me perguntar se ela, em dado momento, não ia me perguntar: "E você?", enfim, essas coisas que são ditas nesse tipo de circunstâncias, pelo menos nos filmes, e até, me parecia, na vida real.

Considerando o desenrolar da noite, eu deveria ter recusado a proposta de "tomar a saideira" na casa dela, e ainda hoje me pergunto o que me fez aceitar. Um pouco talvez a curiosidade de rever o apartamento onde afinal de contas eu passara um ano da minha vida; mas, também, precisava começar a me questionar o que tinha visto naquela garota. Com certeza deve ter havido alguma coisa além de sexo; ou talvez não, e era muito assustador pensar isso, talvez só tenha havido sexo.

Em todo caso, não havia ambiguidade em suas intenções, e depois de me oferecer uma taça de conhaque me atacou de seu modo direto tão característico. Cheio de boa vontade, tirei a calça e a cueca para facilitar a chupada, mas na verdade eu já estava com uma premonição inquietante, e quando ela ficou dois ou três minutos mordiscando meu membro inerte sem o menor sucesso, senti que a situação podia desandar e confessei que naquele momento estava tomando antidepressivos ("doses maciças" de antidepressivos, acrescentei, para dar ideia da quantidade), que tinham a propriedade de anular totalmente a libido.

O efeito dessas palavras foi mágico, ela ficou mais tranquila na mesma hora, evidentemente é sempre melhor culpar os antidepressivos do outro que a gordura dos próprios pneuzinhos, mas além disso uma expressão de sincera compaixão cruzou seu rosto, pela primeira vez na noite ela parecia se interessar por mim quando perguntou se eu estava passando por um período de depressão, por que e desde quando.

Fiz então um relato simplificado dos meus últimos infortúnios conjugais e lhe disse praticamente toda a verdade (menos as aventuras caninas de Yuzu, que considerei supérfluas para a compreensão do cenário), a única diferença significativa era que no meu relato foi Yuzu que afinal decidiu voltar para o Japão, aquiescendo por fim às exortações insistentes da família, e a coisa assim apresentada ficava bastante bonita, um conflito clássico entre o amor e o dever familiar e/ou social (como escreveria um esquerdista dos anos 1970), era um pouco como um romance de Theodor Fontane, expliquei a Claire, embora provavelmente ela não conhecesse o autor.

A japonesa dava um selo exótico à aventura ao estilo de Loti, ou de Segalen, sempre os confundo, de qualquer maneira era evidente que Claire tinha gostado muito da história. Aproveitando que a vi cair em profundas reflexões femininas, agravadas por um segundo copo de conhaque, me arrumei discretamente e no momento exato em que estava fechando a braguilha me veio o pensamento de que estávamos no dia 1º de outubro, prazo final para a devolução do apartamento da torre Totem. Yuzu na certa deve ter aguardado até o último dia e naquele momento estava a bordo do avião que a levava de volta para Tóquio, era possível até que já iniciando a aproximação do aeroporto de Narita, e seus pais estavam atrás das barreiras na área de chegada de passageiros, o noivo talvez a esperasse no estacionamento, perto do carro, já estava tudo escrito e agora ia se realizar, e talvez tenha sido exatamente por isso que telefonei para Claire, até poucos minutos antes eu tinha esquecido que era 1º de outubro, mas algo dentro de mim, com certeza meu inconsciente, não tinha esquecido, vivemos todos sob a influência de divindades incertas, "o caminho que aquelas garotas nos fizeram seguir era totalmente falacioso, devo acrescentar que chovia", como provavelmente escreve Nerval em algum lugar, naquela época eu já não pensava com muita frequência em Nerval, e no entanto ele se enforcou aos quarenta e seis anos, e Baudelaire também morreu com essa idade, não é uma idade fácil.

A cabeça de Claire caía agora em seu peito, sua garganta emitia roncos, ela estava visivelmente bêbada e a princípio eu deveria ter ido embora naquele momento, mas me sentia bem no sofá gigantesco de seu *open space*, uma preguiça enorme me invadiu com a ideia de ter que atravessar Paris, e então me deitei e virei de lado para não vê-la, e um minuto depois adormeci.

Naquela casa só havia café solúvel, o que em si já era um escândalo, se não havia uma máquina Nespresso num apartamento como aquele, onde poderia haver?, enfim, fiz um café instantâneo, uma luz tênue já se filtrava pelas persianas e apesar de todas as precauções esbarrei em alguns móveis, logo depois Claire apareceu na soleira da cozinha, a camisola curta e semitransparente disfarçava pouco seus atrativos, por sorte ela parecia estar pensando em outra coisa e aceitou o copo de café solúvel que lhe ofereci, porra, ela nem sequer tinha xícaras, bebeu num gole só e começou imediatamente a falar, era engraçado saber que eu moro na torre Totem, disse (eu não tinha mencionado minha recente mudança para o hotel Mercure), porque seu pai participou do projeto, fora ajudante de um dos dois arquitetos, Claire havia conhecido pouco o seu pai, ele morreu quando tinha seis anos, mas lembrava que a mãe guardara um recorte de jornal onde ele se justificava em relação às polêmicas que a construção havia gerado, a torre Totem foi classificada várias vezes como um dos edifícios mais feios de Paris, sem nunca chegar ao nível da torre Montparnasse, sempre considerada nas pesquisas o edifício mais feio da França e, numa pesquisa recente do Touristworld, o mais feio do mundo, bem atrás da prefeitura de Boston.

Claire foi até o *open space* e, para meu ligeiro espanto, voltou dois minutos depois com um álbum de fotos que ameaçava servir de referência para uma extensa narração biográfica. Nos longínquos anos 1960 seu pai obviamente fora uma espécie de playboy, fotos dele com um terno Renoma, na saída do Bus Palladium, não deixavam a menor dúvida a respeito, em suma, tinha levado a boa vida de um jovem rico dos anos 1960, aliás ele se parecia um pouco com Jacques Dutronc, e depois se transformou num arquiteto empreendedor (e sem dúvida um tanto ambicioso) na época de Pompidou e Giscard, até encontrar a morte ao volante de sua Ferrari 308 GTB quando voltava de um fim de semana em Deauville, que havia passado em companhia de uma amante sueca, no mesmo dia em que François Mitterrand foi eleito presidente da República. Sua carreira já muito compensadora iria receber um novo impulso, ele tinha muitos amigos socialistas e Mitterrand era um presidente construtor, poucas coisas o impediriam de chegar ao nível mais alto da profissão, mas um caminhão de trinta e cinco toneladas que derrapou para o centro da pista sentenciou outra coisa.

A mãe de Claire chorou a morte daquele marido volúvel mas generoso, e que além do mais lhe dava muita liberdade, mas sobretudo não suportou a ideia de ficar sozinha com a filha, seu marido certamente era um arrivista, mas também um pai bastante carinhoso que assumia muito os cuidados da menina, e a mãe não tinha o menor instinto maternal, absolutamente nenhum, e, em relação aos filhos, ou a mãe se dedica plenamente, esquece sua própria felicidade para se dedicar a eles, ou acontece o contrário, e para ela os filhos não passavam de uma presença primeiro incômoda, depois hostil.

Ela mandou Claire aos sete anos para um internato feminino, em Ribeauvillé, dirigido pela congregação de Irmãs da Divina Providência, eu já conhecia essa parte da história e nela não havia croissant, nem *pain au chocolat*, nada disso. Claire se serve um copo de vodca, a situação era essa, enchia a cara desde as sete da manhã. "Você fugiu aos onze anos...", interrompi-a para abreviar a história. Eu me lembrava dessa fuga, foi um momento crucial de sua aventura heroica, da conquista de independência, e depois voltou a Paris de carona, coisa arriscada, poderia ter acontecido algo de ruim, sobretudo porque ela estava começando seriamente, segundo suas próprias palavras, a "se interessar por pica", mas não aconteceu nada, isso para ela foi um sinal, neste momento pressenti que estávamos chegando ao túnel do seu relacionamento com a mãe e tive coragem de exigir que fôssemos tomar um café da manhã normal em algum lugar, um expresso duplo com tartines, talvez até uma omelete de presunto, eu estava com fome, aleguei num tom lamuriento, estava com fome de verdade.

Vestiu um casaco em cima da camisola, na Rue de Ménilmontant se encontrava de tudo, talvez tivéssemos a sorte de ver Vincent Cassel sentado a uma mesa tomando um pingado, pelo menos tínhamos saído do apartamento, o que já era um progresso, na rua nos deparamos com uma manhã de outono, um pouco fria e com vento, se aquilo se prolongasse eu pretendia alegar uma consulta médica no meio da manhã.

Para minha grande surpresa, assim que nos sentamos Claire voltou à história da "minha japonesa", queria saber mais, a coincidência da torre Totem a havia impressionado. "As coincidências são piscadelas de Deus", não me lembrava se a frase era de Vauvenargues ou de Chamfort, talvez de La Rochefoucauld, ou então não era de ninguém, em todo caso eu tinha capacidade de prolongar por muito tempo o assunto Japão, já tinha experimentado, começava afirmando sutilmente: "O Japão é uma sociedade mais tradicionalista do que se pensa", e depois podia dissertar durante duas horas sem risco de me contradizer, de qualquer forma ninguém sabia nada sobre o Japão nem sobre os japoneses.

Dois minutos depois percebi que falar me cansava mais do que ouvir, meu problema eram as relações humanas de modo geral, e muito especialmente, preciso reconhecer, a relação humana com Claire, então lhe devolvi as rédeas da conversa, a decoração do café era agradável mas o serviço um pouco lento, e voltamos a mergulhar nos onze anos de Claire, enquanto alguns clientes, todos com aspecto de colaboradores eventuais do mundo do espetáculo, ocupavam pouco a pouco o local.

Imediatamente se estabeleceu uma disputa com a mãe, uma disputa que durou quase sete anos, uma disputa feroz, baseada acima de tudo numa rivalidade sexual permanente. Eu conhecia alguns episódios mais fortes, como aquele em que Claire, depois de descobrir uns preservativos bisbilhotando na bolsa da mãe, chamou-a de "puta velha". O que eu não sabia, e fiquei sabendo, é que Claire, unindo de certo modo o ato à palavra, começou a seduzir a maioria dos amantes da mãe utilizando a técnica, simples mas eficaz, que tinha empregado comigo. E sabia ainda menos que a mãe de Claire, por sua vez, contra-atacando com os meios mais sofisticados que a mulher madura vai aprendendo com as leituras femininas de referência, tinha começado a pegar todos os namorados da filha.

Num filme tipo YouPorn teríamos uma sequência do gênero *Mom Teaches Daughter*, mas a realidade, como acontece tão frequentemente, era menos divertida. Os croissants vieram bem rápido, mas a omelete de presunto demorou mais e só chegou quando Claire tinha catorze anos, terminei antes que ela fizesse dezesseis, agora estava bem alimentado e me senti bastante bem, de repente me pareceu possível abreviar o encontro sintetizando, num tom intenso e feliz: "E depois, no dia em que fez dezoito anos você foi embora, arranjou um trabalho num bar perto da Bastille e um quarto onde morar, depois disso nós nos conhecemos, meu amor, eu tinha esquecido de dizer mas tenho uma consulta com o cardiologista às dez, beijinhos, a gente se fala", já tinha deixado uma nota de vinte euros em cima da mesa, não lhe dei a menor possibilidade de escapatória. Ela me dirigiu um olhar um pouco estranho, um pouco abatido, quando saí do café acenando com a mão, lutei um ou dois segundos contra um último reflexo de compaixão e depois desci rapidamente a Rue de Ménilmontant. Por puro reflexo dobrei na Rue des Pyrénées em passo acelerado, e em menos de cinco minutos estava no metrô Gambetta, ela estava claramente fodida, seu consumo de álcool ia aumentar e em breve já não seria suficiente, então incluiria remédios, seu coração ia acabar cedendo e a encontrariam sufocada em vômito no meio de seu pequeno quarto e sala que dava para um pátio interno do Boulevard Vincent-Lindon. Não apenas eu não estava em condições de salvar Claire, como ninguém estava, exceto talvez alguns membros de seitas cristãs (os mesmos que acolhem ou fingem que acolhem com amor, como irmãos em Cristo, os velhos, os deficientes e os pobres) das quais de qualquer maneira ela não ia querer saber nada, não iria suportar essa compaixão fraternal, do que ela precisava mesmo era de ternura conjugal normal e, mais imediatamente, de um pau na boceta, mas justamente isso não era mais possível, a ternura conjugal normal só pode ocorrer como complemento de uma sexualidade satisfeita, tem que passar necessariamente pelo capítulo "sexo", que daí por diante, e para sempre, lhe estava vedado.

    Na verdade era muito triste, mas durante alguns anos, antes de mergulhar num alcoolismo definitivo, Claire deve ter sido uma quarentona relativamente vistosa, talvez até pudesse ser chamada de mulherão ou de coroa gostosa, sem filhos, claro, de qualquer maneira eu tinha certeza de que sua boceta continuou lubrificada por bastante tempo, a vida não a tratara tão mal assim. Lembrei, em comparação, que havia três anos, logo antes de cair nas garras de Yuzu, eu tivera a infortunada ideia de rever Marie-Hélène, estava num dos meus muitos períodos de apatia sexual, com certeza só tinha a intenção de encontrar alguém, provavelmente nem sequer queria transar, para fazer isso seria necessário que as circunstâncias fossem propícias, o que me parecia pouco verossímil com aquela pobre Marie-Hélène, já esperava o pior quando apertei a campainha, mas a situação era ainda mais penosa do que eu podia imaginar, ela havia passado por uma crise psiquiátrica, não sei se de bipolaridade ou esquizofrenia, e saiu terrivelmente deteriorada, morava numa residência ultraprotegida na Avenue René-Coty, suas mãos não paravam de tremer e tinha medo literalmente de tudo: de soja transgênica, da chegada ao poder da Frente Nacional, da contaminação por partículas finas... Só se alimentava de chá verde e sementes de linhaça, durante a meia hora que minha visita durou só falou da pensão que recebia por deficiência. Saí de lá com vontade de tomar umas cervejas e comer um sanduíche de pernil, e ao mesmo tempo consciente de que ela ia aguentar muito tempo assim, pelo menos até os noventa anos, com certeza ia viver muito mais do que eu, tremendo cada vez mais, cada vez mais ressecada e amedrontada, criando problemas com os vizinhos o dia todo, quando na verdade já estava morta, eu tinha metido *o nariz na boceta de uma morta*, para empregar a eloquente expressão que li não sei mais onde, na certa num romance de Thomas Disch, autor de ficção científica e poeta, hoje em dia injustamente esquecido, que teve o seu momento de glória e se suicidou num dia 4 de julho, um pouco, é verdade, porque seu companheiro tinha acabado de morrer de aids, mas também porque seus direitos autorais não eram mais suficientes para se sustentar e ele queria mostrar, com a escolha simbólica dessa data, o destino que a América reservava para seus escritores.

 Comparativamente, Claire estava quase bem, afinal de contas ainda podia entrar para os Alcoólicos Anônimos, parece que às vezes conseguem resultados surpreendentes, e além do mais, compreendi quando voltei para o hotel Mercure, Claire ia morrer sozinha, decerto ia morrer infeliz, mas pelo menos não ia morrer pobre. Depois da venda de seu loft, considerando os preços do mercado, ela teria o triplo de dinheiro que eu. Assim, uma única operação imobiliária foi suficiente para que seu pai ganhasse muito mais do que o meu levara quarenta anos para somar, duramente, registrando atas notariais e hipotecas, o fato é que o dinheiro nunca recompensou o trabalho, uma coisa não tem estritamente nada a ver com a outra, nenhuma sociedade humana jamais foi construída com base na remuneração do trabalho, nem mesmo a sociedade comunista futura pretendia isso, o princípio da distribuição das riquezas foi reduzido por Marx a uma fórmula perfeitamente oca: "A cada qual segundo suas necessidades", que seria motivo de chicanas e contestações intermináveis se alguém por azar tivesse tentado colocá-la em prática, felizmente isso nunca aconteceu, nem nos países comunistas nem nos outros, o dinheiro vai atrás do dinheiro e acompanha o poder, essa é a palavra definitiva sobre a organização social.

Quando me separei de Claire, minha sorte foi suavizada em grande medida pela convivência com as vacas normandas, que foram um consolo para mim, quase uma revelação. As vacas, porém, não me eram desconhecidas; na infância, todo ano eu passava um mês do verão em Méribel, onde meu pai tinha comprado cotas de um chalé em condomínio. Enquanto meus pais passavam os dias percorrendo trilhas nas montanhas como um casal apaixonado, eu ficava vendo televisão, principalmente o Tour de France, pelo qual iria desenvolver um vício duradouro. Mas também saía de vez em quando, os focos de interesse dos adultos eram um mistério para mim, certamente devia ter algo de interessante, pensava eu, atravessar aquelas altas montanhas, já que tantos adultos o faziam, a começar pelos meus próprios pais.

    Fracassei na tentativa de desenvolver uma emoção estética real diante das paisagens alpinas, mas me afeiçoei às vacas, pois cruzava muitas vezes com um rebanho indo de um pasto para outro. Eram de raça tarentesa, vacas pequenas e vivazes, de pelo ocre, excelentes andarilhas e de temperamento impulsivo; muitas vezes elas avançavam aos pulos pelos caminhos de montanha e, antes mesmo de vê-las, as sinetas penduradas em seu pescoço já faziam um som agradável.

Em contrapartida, não dava para imaginar uma vaca normanda *pulando*, essa ideia por si só tinha algo de irreverente, uma simples aceleração de sua marcha, na minha opinião, só poderia acontecer numa situação de extremo perigo vital. Amplas e majestosas, as vacas normandas *eram*, e a existência parecia ser mais que suficiente para elas; foi com essas vacas normandas que entendi por que os hindus consideravam sagrado esse animal. Durante os fins de semana solitários que passei em Clécy, dez minutos contemplando um rebanho dessas vacas entre os arbustos ao redor me bastavam para esquecer a Rue de Ménilmontant, os castings, Vincent Cassel, os esforços desesperados de Claire para ser aceita por um meio social que a rejeitava e, por fim, a própria Claire.

Eu ainda não tinha trinta anos, mas pouco a pouco entrava numa zona invernal que não se amenizava com nenhuma lembrança da bem-amada, nenhuma esperança de renovar o milagre, e essa astenia dos sentidos era duplicada por um desinvestimento profissional cada vez maior, a *task force* se desvanecia pouco a pouco, houve ainda algumas fagulhas, algumas declarações de princípio, particularmente nas conversas de bar com os colegas (na DRAF, pelo menos uma vez por semana), tínhamos que admitir que os normandos não sabiam vender seus produtos, o calvados, por exemplo, tinha todas as qualidades de uma grande bebida, um bom calvados era comparável a um Bas-armagnac ou até a um conhaque, e no entanto estava cem vezes menos presente nos free shops dos aeroportos de todo o mundo, e mesmo nos supermercados franceses quase sempre tinha um papel simbólico. Sem falar da sidra, a sidra estava praticamente ausente da grande distribuição, só havia nos bares. Nas reuniões da empresa ainda havia declarações veementes, prometíamos agir de imediato, e depois tudo amainava suavemente e, ao longo de semanas idênticas e não totalmente desagradáveis, terminava se impondo com tranquilidade a ideia de que afinal de contas não dava para fazer quase nada, o próprio diretor, tão agressivo e dinâmico quando me contratou, foi afrouxando aos poucos, ele tinha acabado de se casar e só falava das reformas da fazenda que comprara para sua futura família. Houve um pouco mais de animação por alguns meses, durante a breve passagem de uma exuberante estagiária libanesa que conseguiu uma foto de George W. Bush fazendo as honras a uma farta bandeja de queijos, foto que suscitaria uma pequena polêmica em alguns meios de comunicação americanos, aparentemente o cretino do Bush nem tinha conhecimento de que a importação de queijos feitos com leite cru tinha acabado de ser proibida em seu país, houve então um leve impacto midiático, mas ainda assim as vendas não decolaram, e os repetidos envios de livarot e de pont-l'évêque a Vladimir Putin não surtiram efeito.

    Eu não era muito útil, mas não era nocivo, em relação à Monsanto houve até um progresso, e de manhã, quando ia para o trabalho, atravessando a bruma que flutuava sobre a floresta ao volante do meu G 350, ainda podia me dizer que minha vida não havia fracassado totalmente. Atravessando o vilarejo de Thury-Harcourt, sempre me perguntava se tinha uma relação com Aymeric e acabei encontrando a resposta na internet, naquele tempo dava trabalho, a rede estava muito menos desenvolvida, mas acabei encontrando a resposta no site ainda embrionário do *Patrimoine Normand*, "a revista da história e da arte de viver na Normandia". Sim, havia uma relação, e até muito direta. A vila originalmente se chamava Thury, e depois Harcourt, em referência à família; depois tinha voltado a se chamar Thury durante a Revolução, até adotar seu nome atual, Thury-Harcourt, numa tentativa de reconciliação das "duas Franças". Lá havia, desde a época de Luís XIII, um castelo gigantesco, muitas vezes qualificado de "Versalhes normando", que servia de residência para os duques de Harcourt, na época governadores da província. A Revolução o deixou quase intacto, mas afinal foi incendiado em agosto de 1944, durante a retirada da divisão "das Reich", apanhada num movimento de pinça pelo 59º Regimento Staffordshire.

    Durante meus três anos na agronomia, Aymeric d'Harcourt--Olonde era meu único amigo de verdade, e eu passava quase todas as noites no quarto dele — primeiro em Grignon, depois no pavilhão da agronomia na Cidade Universitária — bebendo *packs* de cerveja 8.6 e fumando maconha (bem, era mais ele quem fumava, eu no fundo preferia cerveja, mas ele devia fumar uns trinta baseados por dia, deve ter passado os dois primeiros anos do curso constantemente chapado), e sobretudo ouvindo discos. Com seu cabelo comprido, louro e encaracolado, suas camisas de lenhador canadense, Aymeric tinha um estilo *grunge* bem típico, mas foi muito mais longe que o Nirvana e o Pearl Jam, ele realmente voltou às origens e todas as estantes de seu quarto estavam tomadas por centenas de vinis dos anos 1960 e 1970: Deep Purple, Led Zeppelin, Pink Floyd, The Who, tinha até The Doors, Procol Harum, Jimi Hendrix, Van der Graaf Generator... Ainda não existia o YouTube, e nessa época ninguém se lembrava desses grupos, em todo caso para mim foi uma descoberta total, uma fascinação absoluta.

Às vezes ficávamos sozinhos à noite, outras vezes vinham um ou dois colegas da turma — não muito interessantes, tenho dificuldade para rememorar seus rostos e esqueci por completo seus nomes —, nunca havia garotas, era uma coisa curiosa, pensando agora, não me lembro de ter presenciado nenhum relacionamento amoroso de Aymeric. Ele não era virgem, enfim, acho que não, não dava a impressão de ter medo de garotas, e sim de estar pensando em outra coisa, talvez na vida profissional, tinha um lado sério que eu não percebi naquela época, porque estava pouco ligando para a minha própria vida profissional, tenho a impressão de que não pensei no assunto por mais de meio minuto, achava inconcebível me interessar seriamente por algo que não fossem as garotas — e o pior é que aos quarenta e seis anos percebo que tinha razão naquela época, as garotas podem até ser umas putas, pode-se encarar dessa maneira, mas a vida profissional é uma puta muito maior, e não te dá nenhum prazer.

No final do segundo ano, esperava que, como eu, Aymeric fosse escolher uma especialidade fácil, tipo sociologia rural ou ecologia, mas ele acabou se matriculando em zootecnia, considerada um ramo de CDF. Na volta às aulas, em setembro, chegou de cabelo curto e com o vestuário totalmente renovado, e quando foi fazer o estágio de fim de curso na Danone já estava de terno e gravata. Naquele ano nos vimos um pouco menos, lembro desse período quase como um ano de férias, afinal eu tinha optado por uma especialização em ecologia e ficava o tempo todo viajando pela França para estudar essa ou aquela formação vegetal no seu próprio hábitat. No final do ano tinha aprendido a reconhecer as diferentes formações vegetais que existem na França, podia prever sua incidência com a ajuda de um mapa geológico e informações meteorológicas locais, e praticamente mais nada, e isso já iria me servir no futuro para calar a boca dos militantes ambientais em relação às consequências reais do aquecimento climático. Já Aymeric fez boa parte de seu estágio no departamento de marketing da Danone, e era razoável supor que sua carreira estivesse voltada para a concepção de novos iogurtes ou novas bebidas lácteas. Tive outra surpresa no dia da cerimônia de formatura, quando ele me disse que tinha intenção de tocar uma propriedade agrícola na Manche. Há engenheiros-agrônomos em quase todos os setores da indústria agroalimentar, às vezes em postos técnicos, com mais frequência em cargos de direção, mas quase nunca se tornam agricultores; ao consultar o anuário dos ex-alunos de agronomia para encontrar seu endereço, vi que Aymeric era o único da nossa turma que havia feito essa escolha.

Ele morava em Canville-la-Rocque, pelo telefone me avisou que não ia ser fácil encontrar o lugar, eu teria que perguntar aos moradores pelo castelo de Olonde. Sim, esse também pertencia à família, mas era muito anterior a Thury-Harcourt, o castelo foi destruído pela primeira vez em 1204 e depois reconstruído na metade do século XIII. Ele também me disse que estava casado desde o ano anterior, que na sua propriedade havia um rebanho de trezentas vacas leiteiras, que tinha investido bastante, enfim, depois me contaria. Não, não tinha visto ninguém da agronomia desde que se instalou lá.

Cheguei ao castelo de Olonde no fim da tarde. Mais que um castelo, aquilo parecia um conjunto incoerente de construções num estado de conservação variável, era difícil recompor seu plano inicial; no centro, um prédio com a casa principal, retangular e maciça, parecia se manter de pé com dificuldade, o capim e o musgo tinham começado a mordiscar as pedras, mas eram blocos de granito espesso, provavelmente granito de Flamanville, e ainda seriam necessários alguns séculos para erodi-los de verdade. Mais atrás, um torreão cilíndrico, elevado e fino, parecia quase intacto; mais perto da entrada, porém, o torreão principal, que deve ter sido quadrado, constituindo o núcleo militar da fortaleza, havia perdido as janelas e o telhado, as ruínas que ainda restavam pareciam suavizadas, arredondadas pela erosão, aproximando-se lentamente de seu destino geológico. A uns cem metros, um grande galpão e um silo destoavam da paisagem por seu brilho metálico, acho que eram as primeiras edificações recentes que eu via nos últimos cinquenta quilômetros.

Aymeric estava de cabelo comprido outra vez e voltara a usar suas grossas camisas quadriculadas, que agora tinham recuperado sua utilidade original: roupa de trabalho. "Este lugar serviu de cenário para o final do último romance de Barbey d'Aurevilly, *Une Histoire sans nom*", explicou. Em 1882, Barbey o descreveu como um "velho castelo quase em ruínas"; como se pode ver, não melhorou muito.

"O Patrimônio Histórico não ajuda?"

"Muito pouco… Estamos inscritos no inventário, mas é difícil conseguir um apoio. Cécile, minha mulher, quer fazer uma grande reforma e transformar isto em hotel, sabe, um hotel de charme, esse tipo de coisa. Na verdade, temos uns quarenta quartos vazios, nós só aquecemos cinco aposentos ao todo. O que você quer beber?"

Aceitei um copo de Chablis. Eu não sabia se o projeto do hotel de charme tinha algum sentido, mas em todo caso a sala era quente e agradável, tinha uma grande lareira, poltronas fundas de couro verde--garrafa, e aquela decoração não era certamente obra de Aymeric, sua indiferença em relação a essas coisas sempre fora total, o quarto dele na agronomia era um dos mais impessoais que eu já vi, parecia um acampamento militar provisório — exceto pelos discos.

Ali, os discos ocupavam uma parede inteira, era impressionante. "Contei de novo no inverno passado, são mais de cinco mil...", disse Aymeric. Ainda tinha o mesmo toca-discos, um Technics MK2, mas os alto-falantes eu nunca tinha visto — dois enormes tijolões de nogueira crua de mais de um metro de altura. "São Klipschorn", disse ele, "os primeiros alto-falantes fabricados pela Klipsch, e talvez os melhores; meu avô os comprou em 1949, ele era louco por ópera. Depois da sua morte meu pai me deu, ele nunca se interessou por música."

Tive a impressão de que aquele equipamento não era muito usado, uma camada de poeira caiu sobre a tampa do MK2. "Sim, é verdade...", confirmou Aymeric, que deve ter surpreendido alguma coisa no meu olhar, "não tenho mais cabeça para ouvir música. É complicado, sabe?, eu nunca consegui uma estabilidade financeira, então de noite fico pensando, revendo as contas, mas, enfim, como você está aqui, vamos ouvir um som, enquanto isso vai enchendo os copos."

Depois de procurar nas prateleiras durante alguns minutos, pegou "Ummagumma". "O disco da vaca seria o mais adequado", comentou, antes de pousar a agulha no início de "Grantchester Meadows". Era extraordinário; eu nunca tinha ouvido uma coisa assim; cada canto de pássaro, cada chapinhar do rio era perfeitamente definido, os graves soavam tensos e potentes, os agudos, de uma pureza incrível.

"Cécile vai chegar daqui a pouco", continuou, "ela teve uma reunião no banco sobre o projeto do hotel."

"Tenho a impressão de que você não acredita muito nesse projeto."

"Sei lá, você também teve a impressão de que há muitos turistas aqui na região?"

"Quase nenhum."

"Pois é… Mas, olha, eu concordo com ela num ponto: temos que fazer alguma coisa. Não podemos continuar perdendo dinheiro desse jeito todos os anos. Nós só sobrevivemos aqui graças ao arrendamento e, principalmente, à venda de terras."

"Você tem muitas terras?"

"Milhares de hectares; quase toda a região entre Carentan e Carteret era nossa. Bem, digo 'nossa', mas tudo continua pertencendo ao meu pai, ele decidiu me passar o dinheiro dos arrendamentos desde que montei a fazenda, e mesmo assim muitas vezes sou obrigado a vender uma parcela. O pior é que não vendo para agricultores daqui, e sim para investidores estrangeiros."

"De que países?"

"Principalmente belgas, holandeses e, cada vez mais, chineses. Ano passado vendi cinquenta hectares para um conglomerado chinês, eles estavam dispostos a comprar dez vezes mais e pagar o dobro do preço de mercado. Os agricultores locais não podem concorrer, já têm dificuldade para quitar seus empréstimos e pagar os arrendamentos, sempre há alguns que desistem e vão embora, quando eles estão apertados procuro não pressionar muito, eu os entendo perfeitamente, estou agora na mesma situação que eles, para o meu pai tudo era mais fácil, ele morou em Paris durante muito tempo antes de se afastar para viver em Bayeux, de qualquer maneira era o patrão… Então, sim, esse projeto de hotel, sei lá, talvez seja mesmo uma forma de…"

Durante toda a viagem fiquei pensando no que iria dizer a Aymeric sobre as minhas funções concretas na DRAF. Não me via confessando que estava diretamente vinculado ao projeto de fomento à exportação de queijos normandos, que na verdade merecia ser chamado de meu fracasso no fomento à exportação de queijos normandos. Dei mais ênfase a tarefas de tipo administrativo, ligadas à transformação das DOC francesas em DOP europeias; o que aliás não era mentira porque essas questões, de um formalismo jurídico exasperante, ocupavam parte considerável do meu dia de trabalho, eu tinha que "estar sempre na linha", nunca soube exatamente em relação a quê, sem a menor dúvida não existe atividade humana mais chata que o Direito. Mas afinal de contas também tive alguns sucessos nas minhas novas tarefas; uma das minhas recomendações, por exemplo, formulada num documento de síntese, fez com que esse queijo, alguns anos mais tarde, quando foi aprovado o decreto que definiu a DOP Livarot, passasse a ser fabricado obrigatoriamente com leite de vacas normandas. Naquela altura eu estava prestes a vencer um conflito administrativo com o grupo Lactalis e a cooperativa Isigny Sainte-Mère, que queriam se eximir da obrigação de utilizar leite cru na fabricação do camembert.

Estava no meio das minhas explicações quando chegou Cécile. Era uma morena bonita, magra e elegante, mas havia uma tensão, quase um sofrimento, em seu rosto, via-se que tivera um dia difícil. Mesmo assim foi simpática comigo e fez seus melhores esforços para preparar uma refeição, mas senti que aquilo era um peso enorme, que sua primeira atitude ao chegar, se eu não estivesse lá, seria ir para a cama depois de tomar um analgésico. Estava contente, disse ela, por Aymeric receber uma visita, os dois trabalhavam muito, não viam ninguém, viviam enfurnados em sua toca embora ainda não tivessem sequer trinta anos. Para falar a verdade eu estava na mesma situação, só que minha carga de trabalho não tinha nada de excessiva, no fundo todo mundo estava na mesma situação, os anos de estudante são os únicos anos felizes da vida, os únicos em que o futuro parece em aberto, em que tudo parece possível, depois disso a vida adulta, a vida profissional, não passa de um lento e progressivo estancamento, com certeza é por isso que as amizades da juventude, aquelas que fazemos durante os anos de estudante e que no fundo são as únicas verdadeiras, nunca sobrevivem à entrada na maturidade, nós sempre evitamos rever os amigos da juventude para não ter que encarar testemunhas das nossas esperanças frustradas nem a evidência do nosso próprio fracasso.

Em suma, a visita a Aymeric tinha sido um erro, mas não foi um erro muito grave, durante dois dias nós íamos conseguir nos comportar, depois do almoço ele pôs o disco do show ao vivo de Jimi Hendrix na ilha de Wight, não foi com certeza sua melhor apresentação mas foi a última, menos de duas semanas antes de morrer, intuí que aquela volta ao passado incomodava um pouco Cécile, certamente nessa época ela não era nada *grunge*, parecia mais uma versalhesa, bem, uma versalhesa moderada, um pouco tradicional sem ser integrista,

Aymeric tinha se casado com alguém de seu círculo social, afinal essa é a escolha mais frequente e que a princípio dá melhor resultado, pelo menos foi o que ouvi dizer, no meu caso o problema é que eu não tinha círculo social, nenhum círculo social definido.

Na manhã seguinte me levantei por volta das nove e o encontrei sentado à mesa diante de um farto café da manhã que incluía ovos fritos, morcela grelhada e bacon, tudo regado a café e, em seguida, calvados. Havia começado sua jornada muito antes, explicou, todo dia se levantava às cinco para ordenhar, não tinha comprado ordenhadeira mecânica, segundo ele era um investimento desmedido, a maioria dos colegas que fizeram isso afundou pouco depois, e além do mais as vacas gostam de ser ordenhadas por mãos humanas, enfim, era o que ele pensava, também havia um lado sentimental. Depois me chamou para ver o rebanho.

O galpão metálico, reluzente, que eu vira na véspera ao chegar era na verdade um estábulo, os compartimentos alinhados em quatro fileiras eram quase todos ocupados, como notei de imediato, exclusivamente por vacas normandas. "Sim, é uma escolha", confirmou Aymeric, "o rendimento delas é um pouco inferior ao das Prim'Holstein, mas acho o leite claramente superior. Por isso, é óbvio que me interessei pelo que você disse ontem sobre o DOP Livarot — mas neste momento estou vendendo sobretudo para os produtores de pont-l'évêque."

Ao fundo, uns tabiques de compensado isolavam um pequeno escritório onde havia um computador, uma impressora e arquivos de metal. "Você usa o computador para controlar a alimentação?", perguntei.

"Ocasionalmente, o computador pode ativar o abastecimento das manjedouras com o milho ensilado; também posso programar a adição de complementos vitamínicos, os depósitos são todos ligados. Bem, enfim, tem um monte de gadgets, mas na verdade uso principalmente para a contabilidade."

Ao pronunciar a palavra "contabilidade", ficou sombrio. Quando saímos o céu estava sereno, de um azul vibrante. "Antes da DRAF eu trabalhava na Monsanto", confessei, "mas imagino que você não usa milho transgênico."

"Não, eu respeito a regulamentação de produtos ecológicos, e além disso tento limitar o uso de milho, uma vaca a princípio come capim. Bem, procuro fazer as coisas corretamente, isto aqui não tem nada de produção industrial, você viu que as vacas têm seu espaço, saem um pouco todo dia, mesmo no inverno. Mas quanto mais eu tento fazer as coisas corretamente, mais elas dão errado."

O que eu podia responder? Em certo sentido, muitas coisas, poderia passar três horas debatendo essas questões em qualquer meio de comunicação. Mas com Aymeric, logo com Aymeric, naquela situação, eu não podia falar grandes coisas, ele conhecia o problema tanto quanto eu. O céu estava tão claro naquela manhã que ao longe se via o mar. "No final do meu estágio me propuseram que ficasse na Danone...", disse ele, pensativo.

Passei o resto do dia visitando o castelo, havia uma capela no lugar onde os senhores de Harcourt iam cumprir suas obrigações religiosas, mas o mais impressionante era um salão de dimensões gigantescas, com as paredes inteiras cobertas de retratos de antepassados e uma lareira de sete metros de largura onde era fácil imaginar que assavam javalis ou cervos durante intermináveis comilanças medievais, a ideia do hotel de charme ganhava um pouco mais de consistência, eu não tive coragem de dizer a Aymeric, mas achava pouco provável que a situação dos pecuaristas fosse melhorar, tinha ouvido boatos de que já estavam falando, em Bruxelas, de acabar com cotas de leite — essa medida, que jogaria na miséria e levaria à falência milhares de pecuaristas franceses, só foi adotada definitivamente em 2015, sob a presidência de François Hollande, porque a entrada de dez novos países no espaço europeu desde 2002, em decorrência do tratado de Atenas, tornou-a quase inevitável e deixou a França numa posição claramente minoritária. Estava ficando cada vez mais difícil falar com Aymeric porque, embora os produtores rurais tivessem toda a minha simpatia e eu estivesse disposto a defender sua causa em todas as circunstâncias, não podia ignorar que agora eu estava do lado do Estado francês, nós dois não estávamos mais totalmente no mesmo campo.

* * *

    Fui embora no dia seguinte depois do café, sob um céu dominical resplandecente que contrastava com a minha tristeza cada vez maior. Hoje até me surpreendo quando recordo essa tristeza enquanto dirigia em baixa velocidade pelas estradas desertas da Manche. Todo mundo adora premonições ou sinais, mas em geral essas coisas não acontecem, e nada naquela tarde ensolarada e morta me permitia prever que na manhã seguinte iria conhecer Camille e que aquela manhã de segunda-feira seria o começo dos anos mais belos da minha vida.

Antes de falar sobre meu encontro com Camille, voltemos a um mês de novembro muito diferente, quase vinte anos depois, um mês de novembro sensivelmente mais triste na medida em que minhas *apostas vitais* (como se fala de *prognóstico vital*) já estavam totalmente definidas. Perto do final de mês, os primeiros enfeites de Natal invadiram o centro comercial Italie II e eu comecei a me perguntar se ia ficar no hotel Mercure durante o período das festas. Na verdade não tinha nenhum motivo para sair de lá, além da vergonha, que em si já é um motivo sério, mesmo hoje em dia não é fácil confessar uma solidão absoluta, e comecei a pensar em diferentes destinos, o mais óbvio eram os conventos, muita gente vai fazer um retiro nessas jornadas comemorativas do nascimento do Salvador, pelo menos foi o que li num número especial da *Pèlerin Magazine*, e nesse caso a solidão não apenas é normal, mas até recomendável, de fato era a melhor solução, ia me informar sobre alguns conventos possíveis, já estava em cima da hora, aliás tinha passado da hora, como descobri na primeira busca que fiz na internet (e aquele número da *Pèlerin Magazine* já me fizera desconfiar), todos os conventos que consultei estavam lotados.

  Outro problema, até mais urgente, era conseguir minha receita de Captorix, cuja utilidade medicinal era inegável, graças a ele minha vida social não tinha empecilhos, eu fazia todas as manhãs uma higiene mínima, mas suficiente, e cumprimentava com efusão e familiaridade os garçons do O'Jules, mas não tinha a menor vontade de ir falar com um psiquiatra de novo, não só o da Rue des Cinq-Diamants, aquele fantoche, claro que não, mas com nenhum outro psiquiatra, os psiquiatras de modo geral me faziam *vomitar*; foi aí que pensei no dr. Azote.

Esse clínico de sobrenome estranho tinha um consultório na Rue d'Athènes, a dois passos da estação Saint-Lazare, e uma vez tinha me atendido por causa de uma espécie de bronquite, na volta de uma das viagens entre Caen e Paris. Eu me lembrava dele como um homem de uns quarenta anos e uma calvície considerável, o pouco cabelo que lhe restava era comprido, grisalho e bastante sujo, o homem dava mais a impressão de ser baixista de um grupo de hard-rock do que médico. Também lembrava que no meio da consulta ele tinha acendido um Camel, "desculpe, é um mau hábito, sou o primeiro a desaconselhar...", e lembrava principalmente que tinha me receitado, sem muita frescura, um xarope de codeína que já estava começando a despertar suspeitas entre seus colegas.

Ele estava vinte anos mais velho, mas a calvície não tinha avançado muito (também não tinha diminuído, claro), e o cabelo que lhe restava continuava comprido, grisalho e sujo. "Sim, o Captorix é bom, tenho boas referências...", disse sobriamente. "Quer para seis meses?"

"O que vai fazer durante as festas?", perguntou pouco depois, "temos que tomar cuidado nesse período, para os depressivos muitas vezes é fatal, já tive um bocado de pacientes que se consideravam estabilizados e, *pum*, no dia 31 os caras se matam, sempre na noite de réveillon, quando ultrapassam a meia-noite estão salvos. Dá para imaginar a situação, já tinham passado o Natal fodidos, tiveram a semana inteira para ruminar a própria merda, quem sabe fizeram planos de fugir da festa e esses planos falharam, e então chega a noite do réveillon e não aguentam, se jogam pela janela ou dão um tiro na cabeça, conforme o caso. Eu digo as coisas como elas são, mas meu trabalho consiste basicamente em impedir as pessoas de morrerem, quer dizer, impedir durante algum tempo, o tempo que for possível." Então lhe falei da minha ideia do convento. "É, nada mau", aprovou, "tenho outros pacientes que fazem isso, mas na minha opinião você está chegando um pouco tarde. Senão, também pode-se pensar nas putas da Tailândia, o significado do Natal é uma coisa que a gente esquece completamente na Ásia, e o réveillon pode passar com suavidade, as garotas servem para isso, ainda deve haver passagens, tem menos procura que os conventos, e também dá bons resultados, às vezes é quase terapêutico, conheci homens que voltaram renovados, totalmente convencidos da própria sedução viril, enfim, eram uns caras um pouco inocentes, quer dizer, uns babacas fáceis de enrolar, mas você não me dá essa impressão, infelizmente. Outro problema no seu caso é o Captorix, com o Captorix você vai brochar, na certa, não fica de pau duro nem com duas putinhas gostosas de dezesseis anos, esta é a cagada do produto, e ainda por cima não pode parar de repente, desaconselho enfaticamente, além do mais não adiantaria nada, são duas semanas de latência, mas, enfim, se acontecer fique sabendo que foi o Captorix, no pior dos casos sempre se pode tomar sol e comer curry de camarão."

Respondi que ia pensar na ideia, que era, de fato, interessante, mas não bem adaptada ao meu caso porque não era apenas a capacidade de ereção que tinha desaparecido, era o próprio desejo, atualmente a ideia de trepar já me parecia desatinada, inaplicável, e nem mesmo duas putinhas tailandesas de dezesseis anos, para mim era evidente, iam resolver o problema; de qualquer jeito Azote tinha razão, aquilo era bom para caras um pouco inocentes, em geral ingleses das classes populares predispostos a acreditar em qualquer manifestação de amor ou simplesmente de excitação sexual vinda de uma mulher, por mais inverossímil que fosse a coisa, saíam renovados de seus braços, de suas bocetas e de suas bocas, claramente não eram mais os mesmos, eles haviam sido destruídos pelas mulheres ocidentais, ainda mais os anglo-saxões, que voltavam para casa completamente renovados, mas não era esse o meu caso, eu não tinha nada a reclamar das mulheres e de qualquer jeito isso não me afetava, porque nunca mais ia ficar de pau duro e a sexualidade tinha desaparecido do meu horizonte mental, o que curiosamente não tive coragem de confessar a Azote, limitei-me a falar de "dificuldades eréteis" embora ele fosse um excelente médico, e quando saí do consultório tinha recuperado um pouco da minha confiança na humanidade, na medicina e no mundo, entrei na Rue d'Amsterdam com passos quase ligeiros, e foi na altura da estação de Saint-Lazare que cometi o erro, mas no fundo não sei se foi mesmo um erro, só vou saber no final, é verdade que o final se aproxima, mas ainda não chegou, não totalmente.

Tive a estranha sensação de ingressar numa espécie de autoficção quando entrei na *sala dos passos perdidos* da estação Saint-Lazare, transformada num shopping bastante vulgar focado em prêt-à-porter, mas que fazia jus ao nome porque meus passos de fato estavam perdidos, eu perambulava sem palavras entre rótulos incompreensíveis, na verdade a palavra autoficção só me evocava ideias imprecisas, tinha ficado na minha memória depois da leitura de um livro de Christine Angot (bem, as cinco primeiras páginas), o caso é que enquanto me aproximava da plataforma ficava cada vez mais claro para mim que essa palavra era adequada à minha situação, que na verdade tinha sido inventada para mim, minha realidade se tornou insustentável, nenhum ser humano pode sobreviver numa solidão tão rigorosa, sem dúvida eu estava tentando criar uma espécie de realidade paralela, me remontar à origem de uma bifurcação temporal, de algum modo adquirir créditos suplementares de vida, talvez eles tenham ficado escondidos ali durante todos aqueles anos, os meus créditos de vida, me esperando entre duas plataformas, ocultos sob a fuligem e a graxa das locomotivas, nesse momento meu coração começou a bater loucamente como o coração de um musaranho diante de um predador, que criaturinhas mais lindas são os musaranhos, tinha chegado à plataforma 22 e era ali, exatamente ali, a poucos metros, que Camille me esperava, no final da plataforma 22, quando eu voltava de Caen toda sexta-feira à noite, durante quase um ano. Assim que me via, arrastando minha "bagagem de mão" sobre umas lamentáveis rodinhas, ela corria ao meu encontro, corria pela plataforma, corria com toda a sua alma, no limite da capacidade pulmonar, e então nós estávamos juntos e a ideia de nos separar não existia, não existia mais, não teria o menor sentido falar dela.

    Conheci a felicidade, sei o que é isso, posso descrevê-la com competência, e também conheço como é seu final, que é o que normalmente acontece. Quando nos falta uma única pessoa tudo fica despovoado, como dizia o outro, e o termo "despovoado" ainda é fraco, lembra um pouco o estúpido século XVIII, ainda não há nele a violência sadia do romantismo em gestação, o fato é que quando nos falta uma única pessoa tudo em volta está morto, o mundo está morto e você mesmo está morto, ou então é transformado numa figurinha de cerâmica, e os outros também são figurinhas de cerâmica, um isolante perfeito do ponto de vista térmico e elétrico, e então absolutamente nada pode nos atingir, apenas os sofrimentos internos, provocados pela desintegração de nosso corpo independente, mas eu ainda não tinha chegado a isso, por enquanto meu corpo se comportava decentemente, a única questão era que eu estava sozinho, literalmente sozinho, e não havia o menor prazer na minha solidão nem no funcionamento livre da minha alma, eu precisava de amor, e de amor numa forma muito concreta, precisava de amor em geral, mas de maneira particular precisava de uma boceta, havia muitas, milhões e milhões na superfície deste planeta de extensão moderada, se você parar para pensar é alucinante o número de bocetas que existe, dá até enjoo, acho que todos os homens já sentiram essa vertigem, por outro lado as bocetas têm necessidade de paus, bem, pelo menos é o que elas imaginam (feliz engano sobre o qual descansam o prazer do homem, a perpetuação da espécie e talvez até a da social-democracia), a princípio o problema tem solução, mas na prática não, e é assim que morre uma civilização, sem transtornos, sem perigos e sem dramas, e com muito pouca carnificina, uma civilização morre simplesmente de lassidão, de nojo de si mesma, o que a social-democracia pode me propor?, é evidente que nada, só a perpetuação da carência, um convite ao esquecimento.

Sair mentalmente da plataforma 22 da estação Saint-Lazare foi, acho, questão de microssegundos, logo me lembrei de que nosso encontro tinha sido no outro extremo, enfim, depende do trem, alguns vão até Cherbourg e outros param em Caen, não sei por que estou falando disso, informações inúteis sobre os horários de trem Paris-Saint-Lazare desfilam intermitentemente em meu cérebro disfuncional, mas o fato é que nos conhecemos na plataforma C da estação de Caen, na manhã ensolarada de uma segunda-feira de novembro, dezessete anos atrás, ou dezenove, não sei mais.

A situação era estranha por si só: não era normal que me mandassem receber uma estagiária do serviço de veterinária (Camille nessa época estudava veterinária, estava no segundo ano da faculdade de Maisons-Alfort), agora me consideravam no trabalho uma espécie de interino de luxo ao qual podiam dar tarefas variadas, porém não muito degradantes, de qualquer maneira eu era um ex-aluno de agronomia, enfim, isso devia ser uma confissão implícita de que a diretoria levava cada vez menos a sério minha missão "queijos normandos". Dito isso, cabe não insistir na importância do acaso em assuntos amorosos: se eu tivesse cruzado com Camille alguns dias depois, num corredor da DRAF, teria ocorrido mais ou menos a mesma coisa; mas acontece que foi na estação de Caen, no extremo da plataforma C.

A acuidade das minhas percepções já havia aumentado nitidamente alguns minutos antes da chegada do trem, o que constitui um caso estranho de premonição; notei a presença não só de capim entre os trilhos, mas também de plantas com uma flor amarela cujo nome esqueci, soubera de sua existência na disciplina "vegetação espontânea no ambiente urbano" que cursei no segundo ano de faculdade, uma matéria bastante divertida para a qual íamos colher espécimes entre as pedras da igreja de Saint-Sulpice, no talude da via perimetral de Paris... Também descobri atrás da estação uns estranhos blocos listrados nas cores salmão, ocre e bistre que me evocavam uma cidade futurista babilônica; na verdade era o shopping Les Bords de l'Orne, um dos orgulhos da nova prefeitura, nele estavam as principais referências do consumo moderno, de Desigual a The Kooples, graças a esse shopping os baixo-normandos chegavam também à modernidade.

Ela desceu os degraus metálicos do vagão e se virou para mim, não trazia mala com rodinhas, notei com uma estranha satisfação — só uma grande bolsa de tecido, dessas que se levam a tiracolo. Quando me disse, depois de um silêncio bastante prolongado, sem que houvesse, porém, qualquer mal-estar (ela me olhava, eu olhava para ela, e isso era absolutamente tudo), mas quando me disse, talvez uns dez minutos depois: "Sou a Camille", o trem já tinha partido rumo a Bayeux, depois Carentan e Valognes, o final do trajeto era a estação de Cherbourg.

A essa altura uma enormidade de coisas já estavam ditas, determinadas e "constavam na ata", como diria meu pai no seu jargão notarial. Os olhos de Camille eram de um castanho suave, ela me seguiu ao longo da plataforma C e depois pela Rue d'Auge, eu tinha estacionado a uns cem metros, e quando pus sua bagagem no porta-malas ela se sentou tranquilamente no banco da frente como se já tivesse feito aquilo dezenas, centenas de vezes, e como se fosse fazer dezenas, centenas, milhares de vezes mais, não havia absolutamente nada em jogo e eu me sentia muito calmo, uma calma que nunca tinha conhecido, uma calma tão grande que levei, acho, uma boa meia hora para girar a chave do carro, talvez balançando a cabeça feito um imbecil feliz, mas ela não esboçou qualquer reação de impaciência, o menor sinal de surpresa por minha imobilidade; o dia estava resplandecente, o céu, de um azul-turquesa quase irreal.

Passando pela perimetral norte, e depois ao contornar o hospital universitário, vi que entrávamos numa área meio sinistra, formada em sua maior parte por construções baixas de chapa ondulada cinza; o ambiente não era sequer hostil, era apenas de uma neutralidade assustadora, fazia um ano que eu cruzava aquele cenário todas as manhãs e nunca tinha reparado em sua existência. O hotel de Camille ficava entre um fabricante de próteses e um escritório de contabilidade.

"Fiquei na dúvida entre o Appart City e o Adagio Aparthotel", balbuciei, "o Appart City não é nada central mas está a quinze minutos a pé da DRAF, se você quiser sair de noite, é bem perto do bonde Claude-Bloch, leva dez minutos para chegar ao centro e circula até meia-noite, mas isso também cabe no sentido inverso, você poderia ir trabalhar de bonde; no Adagio teria vista para o Quai de l'Orne, por outro lado no Appart City os apartamentos premium têm varanda, pensei que isso talvez seja agradável, enfim, podemos trocar se você quiser, claro que é a DRAF que paga..." Ela me lançou um olhar estranho, difícil de interpretar, misturando perplexidade com uma espécie de compaixão; mais tarde me explicou que na hora não estava entendendo por que eu me incomodava tanto em dar aquelas explicações cansativas, quando era evidente que íamos morar juntos.

    Naquele ambiente suburbano hard-core, os prédios da DRAF davam uma estranha impressão de desuso e também, falando abertamente, de negligência e abandono, e não era só impressão, expliquei a Camille, quando chovia caíam goteiras na maioria das salas — e lá chovia quase o tempo todo. Mais que prédios administrativos, aquilo parecia uma aldeia formada por casas particulares esparsadas ao léu no que poderia ter sido um parque, mas que lembrava mais um descampado invadido por uma vegetação inextricável, alguns trechos do asfalto que havia entre as construções, aliás, estavam começando a rachar com a pujança da vegetação. Depois lhe disse que ia levá-la ao responsável oficial pelo seu estágio, o diretor de serviços veterinários, que com objetividade só podia descrever, continuei resignadamente, como um velho escroto. De natureza mesquinha e belicosa, ele perseguia sem dó nem piedade todos os funcionários que tinham o azar de estar sob as suas ordens, sobretudo os jovens, tinha aversão especial pela juventude e achava que a obrigação que lhe era imposta de receber uma jovem estagiária era uma ofensa pessoal. Não detestava apenas os jovens, também não gostava muito de animais, exceto cavalos, que para ele eram os únicos animais dignos de interesse, via os outros quadrúpedes como um subproletariado animal indiscriminado, destinados ao abate em prazo curto. Durante a maior parte de sua carreira trabalhou no haras nacional de Pin, e embora sua nomeação para a DRAF tenha sido uma promoção — e até, para falar a verdade, a culminação de sua vida profissional —, ele a viveu como uma afronta. De todo modo, isso era apenas um mau momento que ela teria que passar, contei-lhe, a aversão do diretor pelos jovens era tanta que ele ia fazer o impossível para evitar outros contatos, Camille podia ter certeza, quase absoluta, de que não o veria mais durante seus três meses de estágio.

Depois do mau momento ("De fato, é um velho escroto...", confirmou ela sobriamente), deixei-a com um dos veterinários de serviço — um cara simpático de uns trinta anos com quem sempre tive boa relação. E durante uma semana não aconteceu nada. Tinha anotado o número de Camille na agenda, sabia que eu é que devia telefonar, isso era algo que realmente não havia mudado nas relações entre homem e mulher; por outro lado, eu era dez anos mais velho que ela, fato a considerar. Tenho uma lembrança estranha desse período, só o posso comparar àqueles momentos raros que acontecem apenas quando você está extremamente apaziguado e feliz, e resiste a dormir, tenta aguentar até o último segundo, já sabendo que o sono que se aproxima será profundo, reparador e delicioso. Não creio estar muito errado se comparar o sono ao amor; não creio estar muito errado se comparar o amor a uma espécie de *sonho a dois*, que decerto inclui breves instantes de sonho individual, pequenos jogos de conjunções e encruzilhadas, mas que em todo caso permite fazer da nossa existência terrestre um momento pelo menos suportável — aliás é a única forma de conseguir isso.

Na verdade, as coisas não aconteceram como eu imaginava; o mundo externo impôs sua presença, e o fez com brutalidade: Camille me ligou quase uma semana depois, no começo da tarde. Estava em pânico, refugiada dentro de um McDonalds na área fabril de Elbeuf, tinha acabado de passar a manhã num aviário industrial, aproveitou o intervalo do meio-dia para fugir e eu tinha que ir, tinha que ir lá imediatamente para resgatá-la e salvá-la.

Desliguei, furioso: quem era o imbecil da DRAF que decidira mandá-la para lá? Eu conhecia muito bem aquele aviário, era enorme, mais de trezentos mil frangos, e exportava ovos até para o Canadá e a

Arábia Saudita, mas também tinha uma reputação nefasta, uma das piores da França, todos os visitantes davam opiniões negativas sobre o estabelecimento: nos galpões iluminados do alto por poderosas luzes halógenas, milhares de galinhas tentavam sobreviver apertadas umas contra as outras, não havia gaiolas, era uma "granja de chão", estavam todas quase sem penas, descarnadas, com a epiderme irritada e infestada de piolhos-vermelhos, viviam em meio aos cadáveres em decomposição de seus congêneres, passavam cada segundo da sua breve existência — no máximo um ano — cacarejando de terror. Isso acontecia também em aviários bem cuidados, era a primeira coisa que chamava a atenção, aquele cacarejar incessante, aquele olhar de pânico permanente das galinhas, um olhar de pânico e de incompreensão, elas não pediam piedade, não eram capazes disso, mas não captavam, não conseguiam entender aquelas condições em que eram destinadas a viver. Para não falar dos pintinhos machos, inúteis para postura de ovos, jogados nos trituradores ainda vivos e aos punhados; eu conhecia tudo isso, tivera oportunidade de visitar diversos aviários e o de Elbeuf era sem dúvida o pior, mas minha torpeza comum, como a de todo mundo, tinha me permitido esquecer aquilo.

Camille correu na minha direção assim que me viu chegar ao estacionamento e se lançou nos meus braços, ficou assim por um bom tempo sem parar de chorar. Como as pessoas podiam fazer aquilo? Como podiam deixar que fizessem? Eu não tinha nada a dizer sobre o assunto além de generalidades desinteressantes sobre a natureza humana.

Já dentro do carro, a caminho de Caen, fez perguntas ainda mais embaraçosas: como é que veterinários, inspetores da saúde pública, podiam admitir aquilo? Como podiam visitar esses lugares onde a tortura aos animais era cotidiana e permitir que funcionassem, até colaborar com seu funcionamento, mesmo sendo, a princípio, veterinários? Confesso que eu já tinha me perguntado: será que ganhavam por fora para ficar calados? Acho que não. Seja como for, seguramente havia médicos, com diploma de medicina e tudo, nos campos nazistas. Enfim, isso era outra fonte de reflexões banais e pouco animadoras sobre a humanidade, preferi ficar em silêncio de novo.

Mesmo assim, reagi quando ela me disse que estava pensando em parar, desistir do curso de veterinária. Tive que lhe lembrar que veterinária era uma profissão liberal; ninguém podia obrigá-la a trabalhar num aviário industrial, ninguém podia sequer forçá-la a ver outro, e ainda tive que explicar que ela já tinha visto o pior, o pior exemplo possível (bem, pelo menos na França, em outros países as galinhas viviam em situação ainda pior, mas me abstive de lhe contar isso). Agora ela sabia, era aquilo — era muito, mas era só aquilo. Também me abstive de lhe explicar que a situação dos porcos não era muito melhor, nem tampouco, cada vez mais frequentemente, a das vacas — achei que já era suficiente para um dia.

Chegando à altura de seu Appart City, ela me disse que não podia voltar para o hotel naquele estado, que precisava imperiosamente beber alguma coisa. Não havia muitos lugares aceitáveis na área, não era uma região muito acolhedora, na verdade só havia o hotel Mercure Côte de Nacre, cuja clientela era toda formada por executivos médios fazendo negócios com alguma das empresas do parque industrial.

O bar era curiosamente agradável, pontuado por sofás e poltronas acolhedoras forrados de tecido ocre, com um barman de presença discreta. Camille tinha mesmo levado um choque, era nova demais para visitar um aviário industrial, e foi só no quinto martíni que conseguiu relaxar de verdade. Eu me sentia esgotado, extremamente cansado, era como se tivesse acabado de chegar de uma viagem muito longa, não me sentia em condições nem de voltar para a estrada de Clécy, na verdade estava quase sem forças, mas de bem com a vida e feliz. Pedimos então um quarto para passar a noite no hotel Mercure Côte de Nacre, que é o que se pode esperar de um hotel Mercure, enfim, foi lá que passamos nossa primeira noite, e provavelmente vou me lembrar dela até o último dia da minha vida, as imagens daquela decoração ridícula me assombrarão até o instante final, na verdade elas voltam toda noite à minha mente e sei que isso não vai parar, muito pelo contrário, vai se acentuar de uma forma cada vez mais lancinante, até que a morte me liberte.

Eu esperava, evidentemente, que Camille gostasse da casa de Clécy, meu senso estético sempre foi rudimentar, mas eu era capaz de ver que era uma casa bonita; o que não tinha previsto é que ela a adotaria tão rápido como sua, que teria ideias de decoração e mobiliário desde os primeiros dias, que ia querer comprar uns tecidos, trocar de lugar alguns móveis, enfim, que se comportaria tão rapidamente como mulher — no sentido pré-feminista do termo —, embora só tivesse dezenove anos. Até então eu morava lá como se estivesse num hotel, um bom hotel, um hotel charmoso bem-sucedido, mas foi só depois da chegada de Camille que tive a sensação de que aquela era mesmo a minha casa — e só porque era a casa dela.

Meu cotidiano sofreu outras modificações; até então eu fazia as compras, sem prestar muita atenção, no Super U de Thury-Harcourt, que tinha a vantagem adicional de que se podia encher o tanque na saída do supermercado e calibrar os pneus de vez em quando; nunca tinha sequer visitado o vilarejo de Clécy, que por certo tinha seus encantos, proclamados por guias turísticos de variadas origens, capital da Suíça normanda, o que não era pouco.

Tudo isso mudou com Camille, e viramos fregueses habituais do açougue-charcutaria, e também da padaria-confeitaria, ambos situados na Place du Tripot, assim como a prefeitura e o serviço de atendimento ao turista. Bem, para ser mais exato, foi Camille que ficou freguesa — eu em geral a esperava tomando um chope na cervejaria Le Vincennes, que também era tabacaria e casa lotérica, situada na Place Charles-de-Gaulle, bem em frente à igreja. Um dia até jantamos no Au Site Normand, o restaurante do vilarejo, que se orgulhava de ter recebido os Charlots em 1971, para rodar uma cena do filme *Les Bidasses en folie*, antes só tinham estado lá o Pink Floyd e o Deep

Purple, os anos 1970 tiveram seu lado sombrio, mas em todo caso o restaurante era bom e a tábua de queijos, suntuosa.

Para mim era um estilo de vida novo, cuja possibilidade eu nunca havia imaginado com Claire, cheio de atrativos inesperados, enfim, o que quero dizer é que Camille tinha suas ideias sobre como viver, se ela estava num vilarejo normando perdido no meio do campo, descobria logo o jeito de tirar o melhor proveito possível desse vilarejo normando. Os homens de modo geral não sabem viver, não têm qualquer familiaridade real com a vida, nunca se sentem inteiramente à vontade, estão sempre correndo atrás de diferentes projetos, mais ou menos ambiciosos ou mais ou menos grandiosos, depende, e claro que na maioria das vezes fracassam e chegam à conclusão de que teria sido melhor, pura e simplesmente, viver, mas em geral já é tarde demais.

Eu era feliz, nunca tinha sido tão feliz na vida e nunca voltaria a ser; entretanto, não esquecia em momento algum o caráter efêmero da situação. Camille só estava estagiando na DRAF, inevitavelmente teria que ir embora no fim de janeiro para reiniciar seus estudos na Maisons-Alfort. Inevitavelmente? Poderia ter lhe proposto que largasse a faculdade, que virasse dona de casa, ou seja, que se tornasse minha mulher, e hoje em dia, quando penso nisso (e penso sem parar), acho que ela teria concordado — ainda mais depois do aviário. Mas não propus, e com certeza não poderia propor, eu não tinha sido *formatado* para essas coisas, não fazia parte do meu software, eu era um homem moderno, e para mim, assim como para todos os meus contemporâneos, a carreira profissional das mulheres era algo que devia ser respeitado acima de tudo, era esse o critério absoluto, a superação da barbárie, a saída da Idade Média. Ao mesmo tempo, talvez eu não fosse tão moderno assim porque, pelo menos durante alguns segundos, pude pensar em contrariar esse imperativo, só que mais uma vez não fiz nada, não disse nada, deixei que os acontecimentos seguissem seu rumo, embora no fundo não tivesse a menor confiança naquela volta a Paris; como todas as cidades, Paris era feita para gerar solidão, e depois de passar aquele tempo juntos, naquela casa, um homem e uma mulher sozinhos frente a frente, durante alguns meses tínhamos sido o resto do mundo um para o outro, será que conseguiríamos manter isso? Não sei, agora estou velho, não lembro direito, mas acho que já sentia medo, e que já havia entendido, naquela época, que o mundo social era uma máquina de destruição do amor.

Daquele período em Clécy só me restam duas fotografias, imagino que tínhamos coisas demais a viver para ficar perdendo tempo com selfies, mas talvez esse costume fosse menos comum na época, o desenvolvimento das redes sociais ainda era embrionário, se é que já existia; é, de fato naquela época se vivia mais. Essas fotos foram tiradas provavelmente no mesmo dia, num bosque perto de Clécy; são surpreendentes porque talvez sejam de novembro, embora tudo na imagem — a luz cheia de frescor e viva, o esplendor da folhagem — leve a pensar no começo da primavera. Camille está de saia curta e jaqueta jeans por cima de uma camiseta branca amarrada na cintura, com uma estampa de frutas vermelhas. Na primeira fotografia, um sorriso radiante ilumina seu rosto, ela está literalmente resplandecendo de felicidade... — E hoje acho até insensato pensar que a fonte dessa felicidade era eu. A segunda foto é pornográfica, é a única imagem pornográfica que conservei dela. Sua bolsa, de um rosa intenso, está a seu lado na grama. Ajoelhada à minha frente, ela tomou meu sexo na boca e seus lábios envolvem metade da glande. Está de olhos fechados, e tão concentrada na felação que seu rosto é inexpressivo, seus traços são perfeitamente puros, eu nunca mais voltei a ver uma representação de doação como essa.

Fazia dois meses que eu morava com Camille e pouco mais de um ano que tinha me instalado em Clécy quando meu senhorio morreu. Estava chovendo no dia do enterro, como é comum na Normandia em janeiro, e quase todo o vilarejo compareceu, praticamente só gente velha, chegou a hora dele, ouvi dizerem no cortejo, teve uma vida boa, lembro que o padre veio de Falaise, a uns trinta quilômetros, com a desertificação, a descristianização e todas essas coisas com "des", o coitado do padre tinha um bocado de trabalho, vivia na estrada, mas enfim, aquele enterro era fácil: o ser mortal que acabara de partir nunca se afastou dos sacramentos, manteve sua fidelidade intacta, um cristão de verdade tinha acabado de entregar sua alma a Deus, uma coisa se podia afirmar com certeza: o lugar dele já estava reservado ao lado do Pai. Seus filhos ali presentes podiam chorar, claro, porque o dom das lágrimas foi concedido aos homens e era muito necessário, mas não deviam ter qualquer temor, em breve todos se reencontrariam num mundo melhor onde a morte, o sofrimento e as lágrimas estariam abolidos.

Foi fácil reconhecer os dois filhos mencionados, eram trinta anos mais novos que a população de Clécy, e reparei logo que a filha tinha algo a me dizer, algo difícil, então esperei que ela viesse ao meu encontro, sob uma chuva obstinada e fria, enquanto as pazadas de terra eram espalhadas lentamente em cima do túmulo, mas a moça só conseguiu falar no café onde todos se reuniram depois da cerimônia. Pois bem, estava muito constrangida por ter que me dizer aquilo, mas eu ia ter que me mudar, a casa do pai já estava vendida com um contrato de usufruto e os compradores holandeses queriam recuperá--la rapidamente, é bastante estranho que propriedades vendidas no sistema de usufruto sejam alugadas, isso acontece no caso de uma casa em que o vendedor manteve o usufruto, nesse momento entendi que em termos financeiros a família estava de fato na merda, alugar uma propriedade com usufruto é coisa que não se faz quase nunca, principalmente porque o inquilino poderia criar dificuldades na hora de restituir o imóvel. Logo tentei tranquilizá-la, tudo bem, eu não ia criar dificuldades, não havia problema para mim, eu tinha meu salário, mas eles estavam mesmo em apuros? Pois é, estavam, o marido dela havia perdido o emprego na Graindorge, que passava por uma situação realmente difícil, e aí tocou no cerne do meu trabalho, o cerne inconfessável da minha incompetência. A empresa Graindorge, fundada em 1910 na localidade de Livarot, se diversificara depois da Segunda Guerra com o camembert e o pont-l'évêque, e viveu seu momento de glória (liderança indiscutível no livarot, segundo lugar na produção dos outros dois queijos da trilogia normanda) antes de entrar, no começo dos anos 2000, na espiral de uma crise cada vez mais aguda que só acabaria em 2016, quando foi comprada pela Lactalis, maior produtor mundial de leite.

Eu estava bem informado sobre a situação, mas não disse nada à filha do meu falecido senhorio porque há momentos em que é melhor calar a boca, afinal de contas não tinha nada de que me gabar, eu havia fracassado na tentativa de ajudar a empresa do marido e assim salvar o emprego dele, mas de qualquer maneira disse que não tinha nada a temer, eu devolveria a casa o mais cedo possível.

Eu tinha um afeto genuíno pelo pai dela e percebia que ele sentia o mesmo, de vez em quando ele vinha me presentear com uma garrafa, para os velhos as garrafas de bebida são importantes, é quase a única coisa que têm. Simpatizei de cara com a filha, e ela amava muito o pai, dava para ver, aquele amor filial era sincero, completo, incondicional. Mas nós não estávamos destinados a nos reencontrar, e nos despedimos com a certeza de que nunca mais voltaríamos a nos ver, a imobiliária ia se encarregar dos detalhes. Esse tipo de coisas acontece o tempo todo na vida da gente.

Na verdade eu não tinha a menor vontade de morar sozinho naquela casa onde havia morado com Camille, tampouco de morar em outro lugar, mas não havia alternativa, precisava fazer alguma coisa, o estágio dela realmente estava acabando, só tínhamos algumas semanas, e em breve poucos dias. É evidente que essa foi a causa principal e quase única da minha decisão de voltar para Paris, mas não sei que pudor masculino me fazia alegar outros motivos quando comentava isso com todo mundo à minha volta, e até com Camille. Felizmente ela não era boba, e quando eu falava das minhas ambições profissionais, me lançava um olhar incrédulo e piedoso, era mesmo lamentável que eu não tivesse coragem de lhe dizer simplesmente: "Quero voltar para Paris porque amo você e quero morar com você", ela devia pensar que os homens têm suas limitações, eu era seu primeiro homem mas acho que ela já tinha entendido com rapidez, e facilidade, as limitações masculinas.

Esse discurso sobre minhas ambições profissionais não era, aliás, totalmente mentira, na DRAF tomei conhecimento dos limites estreitos da minha margem de ação, o verdadeiro poder estava em Bruxelas, ou pelo menos nos setores da administração central que colaboravam com Bruxelas, na verdade era para lá que eu tinha que ir se quisesse que o meu ponto de vista fosse ouvido. Mas eram raros os empregos nesse nível, muito mais raros que em lugares como a DRAF, e levei quase um ano para conseguir um cargo, um ano durante o qual não tive coragem de procurar outro apartamento em Caen, o Aparthotel Adagio oferecia uma solução medíocre mas aceitável para quatro noites por semana, foi lá que destruí meu primeiro detector de fumaça.

Quase toda sexta à noite o pessoal da DRAF ia para um bar, era impossível escapulir, acho que nunca consegui pegar o trem das 17h53. O das 18h53 me deixava às 20h46 na estação Saint-Lazare, como já disse conheço a felicidade e as coisas que a constituem, sei exatamente como é. Todo casal tem seus pequenos ritos, ritos às vezes insignificantes, até um pouco ridículos, que não contam a ninguém. Um dos nossos era começar o fim de semana jantando, toda sexta-feira, na cervejaria Mollard, bem em frente à estação. Tenho a impressão de que eu sempre comia búzios com maionese e lagosta ao Thermidor, e sempre gostei, nunca senti necessidade, nem mesmo vontade, de explorar o resto do cardápio.

Em Paris tinha encontrado um lindo apartamento de dois quartos de frente para um pátio na Rue des Écoles, a menos de cinquenta metros do conjugado onde morei nos meus tempos de estudante. Mas nem por isso podia dizer que a vida com Camille me lembrava meus tempos de estudante; não era a mesma coisa, eu não era mais estudante e, acima de tudo, Camille era diferente, carecia da desenvoltura e do desdém generalizado que eu tinha quando estudava agronomia. É uma banalidade dizer que as garotas são mais sérias nos estudos, e com certeza é uma banalidade verdadeira, mas havia outra coisa, eu só era dez anos mais velho que Camille mas não se podia negar que algo tinha mudado, o ambiente daquela geração não era mais o mesmo, eu via isso em todos os colegas dela, independente do que estudassem: eram sérios, CDFs, valorizavam muito o sucesso acadêmico, como se já soubessem que lá fora ninguém dá nada de graça, que o mundo que os esperava era inóspito e duro. Às vezes sentiam necessidade de relaxar e então tomavam porres em grupo, mas até seus porres eram diferentes dos que eu conhecia: enchiam a cara pra valer, ingeriam doses enormes de álcool em grande velocidade, para ficar tontos o mais rápido possível, eles se embebedavam exatamente como deviam fazer os mineiros da época de *Germinal*, essa semelhança aumentava ainda mais com a volta brutal do absinto, que tem uma graduação etílica assombrosa e de fato permite ficar bêbado num tempo mínimo.

Camille mantinha na sua relação comigo a mesma seriedade que dedicava aos estudos. Com isso não quero dizer que fosse austera ou afetada, pelo contrário, era muito alegre, ria por nada, e em certos aspectos até continuava sendo singularmente infantil, às vezes tinha ataques de Kinder Bueno, coisas assim. Mas formávamos um casal, nosso caso era sério, aliás o caso mais sério da vida dela, e eu ficava atônito, literalmente sem fôlego, toda vez que lia em seu olhar a gravidade, a profundidade de sua entrega — uma gravidade, uma profundidade da qual eu seria incapaz aos dezenove anos. Talvez ela compartilhasse esse traço com outros jovens de sua geração — eu sabia que em seu círculo os amigos consideravam que "ela tinha a sorte de ter encontrado", e o caráter de certo modo estável, burguês, da nossa relação satisfazia uma necessidade profunda em Camille —, o fato de irmos toda sexta-feira à noite a uma antiga cervejaria de 1900, em vez de a um bar de tapas em Oberkampf, me parece sintomático do sonho em que nós tentávamos viver. O mundo externo era duro, implacável com os fracos, nunca cumpria suas promessas, e o amor continuava sendo a única coisa em que ainda se podia, talvez, ter fé.

"Mas por que retornar a essas cenas passadas", como dizia o outro, "quero sonhar, e não chorar", acrescentara, como se pudéssemos escolher, basta dizer que nossa história durou pouco mais de cinco anos, cinco anos de felicidade já são uma coisa considerável, eu com certeza não merecia tanto, e terminou de uma forma horrivelmente estúpida, essas coisas não deveriam acontecer, mas acontecem, e todos os dias. Deus é um roteirista medíocre, quase cinquenta anos de existência me levaram a essa convicção, e de maneira geral Deus é um medíocre, tudo em sua criação tem o selo da imperfeição e do fracasso, quando não da pura e simples maldade, claro que há exceções, necessariamente tem que haver, a possibilidade de ser feliz deve subsistir *nem que seja como isca*, enfim, estou divagando, voltemos ao meu tema, que sou eu mesmo, não que seja especialmente interessante, mas é o meu tema.

    Naqueles anos vivi algumas satisfações profissionais e até, durante breves momentos — em particular durante minhas viagens a Bruxelas —, tive a ilusão de ser um homem importante. Mais importante, sem dúvida, que quando me ocupava das grotescas ações de promoção do livarot, agora eu tinha algum papel na elaboração do posicionamento francês sobre o orçamento agrícola europeu — mas esse orçamento, como não demoraria muito a perceber, embora fosse o mais elevado de todos, e a França seu principal beneficiário, estava em declínio, simplesmente o número de agricultores era alto demais para inverter essa tendência, e pouco a pouco cheguei à conclusão de que os agricultores franceses simplesmente estavam condenados, por isso me livrei também desse emprego, como fizera com os outros, entendi que o mundo não fazia parte das coisas que eu podia mudar, na certa havia outras pessoas mais ambiciosas, mais motivadas, mais inteligentes.

    Foi durante uma das viagens a Bruxelas que me ocorreu a funesta ideia de transar com Tam. Por outro lado, acho que essa ideia teria ocorrido a qualquer um, e aquela negra era adorável, em especial sua bunda pequena, enfim, uma linda bundinha negra, com isso digo tudo, aliás, meu método de sedução se inspirou diretamente nessa bundinha, numa quinta-feira à noite eu e outros eurocratas relativamente jovens estávamos tomando cerveja no Grand Central, acho que a fiz rir em determinado momento, nessa época eu era capaz dessas coisas, o caso é que afinal, quando saímos para continuar a noitada num night club da Place de Luxembourg, passei a mão na bunda dela, a princípio esses métodos simplistas não funcionam, mas dessa vez funcionou.

    Tam era membro da delegação inglesa (a Inglaterra ainda fazia parte da Europa, ou pelo menos fingia), mas tinha origem jamaicana, acho, ou talvez fosse de Barbados, enfim, de uma dessas ilhas que parecem produzir uma quantidade ilimitada de ganja, rum e negras bonitas de bundinha pequena, todas essas coisas que ajudam a viver mas não transformam a vida em destino. E ainda digo que ela chupava "como uma rainha", como dizem bizarramente, pelo menos em certos meios, e com certeza muito melhor que a rainha da Inglaterra, enfim, não posso negar que passei uma noite agradável, até muito agradável, mas era o caso de repetir?

Pois repeti, numa de suas passagens por Paris, visto que ela vinha à cidade de vez em quando, e desconheço totalmente o porquê, certamente não era para fazer compras, os parisienses é que vão fazer compras em Londres, nunca o contrário, enfim, os turistas devem ter as suas razões, afinal fui vê-la num hotel em Saint-Germain, e quando saíamos de mãos dadas pela Rue de Buci, talvez com aquela expressão um pouco panaca de homem que acabou de gozar, dei de cara com Camille, também desconheço o que ela estava fazendo no bairro, eu já disse que era uma história estúpida. No olhar que me dirigiu não havia nada além de medo, era um olhar de puro terror; depois deu meia-volta e fugiu, literalmente fugiu. Precisei de uns minutos para me livrar de Tam, mas tenho quase certeza de que cheguei ao apartamento uns cinco minutos depois de Camille, não mais que isso. Ela não fez qualquer recriminação, não demonstrou a menor raiva, fez algo mais atroz que isso: começou a chorar. Chorou durante horas, suavemente, as lágrimas banhavam seu rosto e ela não se preocupava em enxugá-las; foi o pior momento da minha vida, sem dúvida nenhuma. Minha mente trabalhava lenta, nebulosa, procurando uma frase tipo: "Não vamos estragar tudo por um rabo de saia...", ou então: "Não sinto nada por aquela garota, eu tinha bebido..." (verdadeira a primeira afirmação, evidentemente falsa a segunda), mas nada me parecia adequado, nada era apropriado. No dia seguinte ela continuou chorando enquanto juntava as suas coisas e eu quebrava a cabeça tentando encontrar uma frase adequada, na verdade passei os dois ou três anos seguintes procurando essa frase, e provavelmente nunca deixei de procurá-la.

Depois disso minha vida transcorreu sem nenhum acontecimento significativo — além de Yuzu, de quem já falei —, e agora estava sozinho, mais sozinho que nunca, bem, tinha o hummus, adaptado aos prazeres solitários, mas o período de festas é mais delicado, seria necessário uma bandeja de frutos do mar, mas essas coisas são para dividir, uma bandeja de frutos do mar a sós é uma experiência terminal, nem Françoise Sagan poderia descrever isso, uma coisa realmente bizarra.

Restava a Tailândia, mas eu pressentia que não ia conseguir, vários colegas já tinham me falado, as garotas eram adoráveis, mas tinham certo orgulho profissional e não gostavam muito de clientes brochando, sentiam-se questionadas quando acontecia isso, e eu não queria provocar incidentes.

Em dezembro de 2001, logo depois de conhecer Camille, eu tinha encarado, pela primeira vez na vida, esse drama recorrente, inevitável, das festas; o que comemorar, já que meus pais tinham morrido em junho? Camille continuou próxima dos seus, muitas vezes ia almoçar com eles aos domingos, moravam em Bagnoles-de-l'Orne, a uns cinquenta quilômetros. Eu intuía desde o começo que meu silêncio sobre o assunto intrigava Camille, mas ela não dizia nada, esperava que eu mesmo o abordasse. Afinal o fiz, uma semana antes do Natal lhe contei a história do suicídio dos meus pais. Foi um choque para ela, percebi de imediato, um choque profundo; há coisas nas quais aos dezenove anos a gente ainda não teve tantas oportunidades de pensar, coisas em que realmente não pensamos até que a vida nos obrigue. Foi então que ela me propôs que passássemos juntos as festas de fim de ano.

A apresentação aos pais é sempre um momento delicado, incômodo, mas nos olhos de Camille captei logo uma evidência: de modo algum os pais dela iriam questionar sua escolha, nem lhes passaria pela cabeça; ela tinha me escolhido, portanto eu fazia parte da família, simples assim.

Eu nunca soube o que levou os Silva a se instalarem em Bagnoles--de-l'Orne, assim como nunca soube o que permitiu que Joaquim da Silva — que a princípio era um simples operário da construção — estivesse à frente da principal e única revistaria-tabacaria local, situada num ponto privilegiado, à beira do lago. O relato da vida de seres humanos que pertencem às gerações imediatamente anteriores à nossa com frequência nos mostra um tipo de configuração em que se pode observar o funcionamento de um sistema quase mítico, conhecido há muito tempo pelo nome de "elevador social". O fato é que Joaquim da Silva vivia lá, com a sua mulher, também portuguesa, sem olhar para trás; nunca alimentou o sonho de voltar para o seu Portugal natal e teve dois filhos: Camille e depois, bem mais tarde, Kevin. Eu, que sou francês até os ossos, não tinha nada a dizer sobre essas questões, mas a conversa foi fluida e agradável, minha profissão interessava a Joaquim porque ele também, como todo mundo, era de origem agrícola, seus pais tinham tentado cultivar não sei o que no Alentejo, não era insensível à aflição cada vez maior dos agricultores da região, e às vezes quase chegava, ele, dono de uma revistaria-tabacaria, a se considerar um *privilegiado*. Realmente, embora trabalhasse muito, trabalhava menos que a média dos agricultores; realmente, mesmo ganhando pouco, ganhava mais. As conversas sobre economia são um pouco parecidas com as conversas sobre ciclones ou terremotos; em pouco tempo você não sabe mais do que se está falando, tem a sensação de estar invocando alguma obscura deidade, e acaba indo servir outra taça de champanhe, quero dizer, de champanhe na época das festas, eu comi excepcionalmente bem na casa dos pais de Camille, e de maneira geral fui muito bem tratado, os dois foram adoráveis, mas acho que meus pais também teriam se saído bem, embora com um estilo um pouco mais burguês, mas no fundo nem tanto, eles sabiam deixar as pessoas à vontade, eu os tinha visto muitas vezes em ação, na véspera da nossa partida sonhei que Camille era recebida por meus pais em Senlis e, antes de lembrar que já tinham morrido, quase contei a ela quando acordei, sempre tive problemas com a morte, é um traço característico meu.

De todo modo, queria tentar ao menos esclarecer estas questões, nem que seja apenas para algum leitor incomumente atento: por que eu queria rever Camille?, por que senti necessidade de rever Claire?, e também a terceira, a anoréxica das sementes de linhaça cujo nome me escapa neste momento, mas que o leitor completará se for tão atento como imagino, por que eu quis revê-la?

A maioria dos moribundos (quero dizer, fora os que fazem uma eutanásia rápida num estacionamento ou numa sala própria para isso) organiza uma espécie de cerimonial em torno de seu óbito; querem ver pela última vez as pessoas que tiveram um papel na sua vida, e querem falar com elas pela última vez durante um espaço de tempo variável. Observei muitas vezes que isso é muito importante para eles, ficam preocupados quando não localizam a pessoa pelo telefone, querem marcar o encontro o mais rápido possível, o que é compreensível, naturalmente, porque só dispõem de poucos dias, não lhes dizem quantos exatamente, mas não muitos, digamos alguns. As unidades de cuidados paliativos (pelo menos as que vi funcionando, e não foram poucas, com certeza, na minha idade) tratam esses pedidos com competência e humanidade, são seres admiráveis, pertencem ao frágil e valoroso contingente das "pessoinhas admiráveis" que permitem que a sociedade funcione num período globalmente desumano e, sem a menor dúvida, de merda.
   Da mesma forma, eu provavelmente estava tentando organizar, numa escala mais reduzida mas que podia servir de treinamento, um minicerimonial de despedida da minha libido ou, falando de modo mais concreto, do meu pau, no momento em que este dava sinais de que estava por concluir seus serviços; eu queria rever todas as mulheres que o tinham honrado, que o tinham amado cada qual à sua maneira. Por outro lado, os dois cerimoniais, o pequeno e o grande, seriam no meu caso quase idênticos, as amizades masculinas haviam contado pouco na minha vida, no fundo era só Aymeric. É curiosa essa vontade de fazer um balanço, de se convencer no último instante de que viveu; ou, talvez, de que não viveu em absoluto, o contrário é que é horrível e estranho, é horrível e estranho pensar em todos esses homens, em todas essas mulheres que não têm nada o que contar, que não vislumbram outro destino além de se dissolver num vago continuum biológico e técnico (porque as cinzas são técnicas, é preciso medir seus índices de potássio e nitrogênio mesmo quando não se destinam a servir de adubo), todos aqueles, em suma, que viveram uma vida sem incidentes externos e que a deixam para trás sem pensar no assunto, como se deixa para trás um lugar de férias simplesmente certo, sem ter planejado outro destino, só com a vaga

intuição de que seria preferível não ter nascido, enfim, estou falando da maioria dos homens e das mulheres.

Foi então, com uma nítida sensação de que era uma coisa irremediável, que reservei um quarto no hotel Spa du Béryl, à beira do lago de Bagnoles-de-l'Orne, para a noite de 24 a 25 de dezembro. Comecei a viagem na manhã do dia 24, que era domingo, a maioria das pessoas devia ter saído na sexta à noite, ou mais tardar no início da manhã de sábado, a estrada estava quase vazia, com exceção dos inevitáveis e pesados caminhões letões e búlgaros. Dediquei o essencial do meu trajeto a elaborar um minirrelato para contar à recepcionista e aos funcionários do andar, se houvesse: festa de família ia ser de tal magnitude que meu tio (ia ser na casa do meu tio, mas estariam presentes todos os ramos da família, eu ia voltar a ver meus primos perdidos fazia anos, ou até décadas) não tinha condições de hospedar todo mundo, e por isso me sacrifiquei, oferecendo-me para passar a noite no hotel. A meu ver era uma história excelente, e pouco a pouco comecei a acreditar nela; para manter sua consistência, obviamente teria que me abster de recorrer ao serviço de quarto, e pouco antes de chegar ao destino me abasteci na estrada de produtos regionais (livarot, sidra, *pommeau*, linguiça) no ponto de parada "Pays d'Argentan".

Eu tinha cometido um erro, um erro colossal, minha passagem pela estação Saint-Lazare já havia sido dolorosa, mas ali vinha à minha mente a imagem de Camille correndo pela plataforma para se jogar, quase sem fôlego, nos meus braços, e o pior, muito pior, é que revivi tudo com uma nitidez alucinante antes mesmo de chegar a Bagnoles--de-l'Orne, desde que atravessei a floresta comunal de Andaines, onde demos um longo passeio numa tarde de dezembro, um passeio longo, interminável e, em certo sentido, eterno, voltamos sem fôlego e com as bochechas coradas, tão felizes que não consigo mais nem imaginar como era, paramos numa "fábrica de chocolate" onde faziam um bolo horrivelmente cremoso que chamavam de "Paris-Bagnoles", além de falsos camemberts de chocolate.

Isso se passou em seguida, não fui poupado de nada, e reconheci a estranha torre quadriculada em branco e vermelho que se via acima do hotel-restaurante La Potinerie du Lac (especializado em gratinados), assim como a curiosa casa estilo belle époque quase ao lado, adornada com tijolos de todas as cores, e me lembrei também da pequena ponte curva que passava por cima da extremidade do lago e da pressão da mão de Camille no meu antebraço para me fazer olhar os cisnes deslizando pela água, isso aconteceu no pôr do sol do dia 31 de dezembro.

Seria errôneo dizer que comecei a amar Camille em Bagnoles-de--l'Orne, tudo começou, como já disse, na ponta da plataforma C, na estação de Caen. Mas não há qualquer dúvida de que alguma coisa se aprofundou entre nós durante aquelas duas semanas. Eu sempre senti, lá no fundo, que a felicidade conjugal dos meus pais era inacessível para mim, primeiro porque eles eram pessoas estranhas, meio avoadas, que não podiam servir de exemplo para uma vida real, mas também porque, de certo modo, considerava superado aquele modelo conjugal, minha geração o destruiu, bem, não a minha, minha geração não era capaz de destruir, muito menos de reconstruir coisa alguma, digamos a geração anterior, sim, a geração anterior certamente era a responsável, digamos os pais de Camille, o casal comum que eles formavam, representava um exemplo acessível, um exemplo imediato, poderoso e forte.

Saindo de onde estava, percorri a pequena distância que me separava da revistaria-tabacaria. Claro, num domingo à tarde, 24 de dezembro, a loja estava fechada, mas lembrei que o apartamento dos pais dela ficava bem em cima. O apartamento estava iluminado, intensamente iluminado, e é óbvio que tive a sensação de que estava *alegremente* iluminado, fiquei por ali um tempo difícil de calcular, com certeza curto, na verdade, mas que parecia se desdobrar até o infinito, enquanto uma bruma já espessa vinha do lago. Decerto estava começando a fazer frio, mas eu só o sentia às vezes e de maneira um tanto superficial, o quarto de Camille também estava iluminado e depois a luz se apagou, meu pensamento se dissolvia em expectativas confusas, mas continuava consciente de que não havia motivo algum para Camille abrir a janela e respirar a bruma do entardecer, absolutamente nenhum, e por outro lado eu não desejava isso, me contentava em ter uma consciência plena da nova configuração da minha vida e também, com certo temor, de que o objetivo daquela viagem talvez não fosse exclusivamente comemorativo; de que aquela viagem, de uma forma que eu teria que esclarecer rapidamente, talvez estivesse apontando para um futuro possível. Eu ainda tinha alguns anos para pensar a respeito; alguns anos ou alguns meses, não sabia com certeza.

Logo de início o Spa du Béryl me deu uma impressão execrável; eu tinha feito a pior escolha entre todas as possíveis (e não faltavam opções em Bagnoles-de-l'Orne em dezembro), a arquitetura do lugar era a única, no meio das encantadoras casas belle époque, que desonrava as margens harmoniosas do lago, e não tive coragem de contar minha história à recepcionista, quando ela me viu reagiu com demonstrações de surpresa e até de hostilidade explícita, devia estar se perguntando que diabos eu fazia ali, mas há clientes solitários na noite de Natal, há de tudo na vida de uma recepcionista, eu não passava de uma modalidade particular de existência infeliz; quase aliviado pelo meu status de modalidade anônima, me limitei a balançar a cabeça quando ela me deu a chave do quarto. Tinha comprado duas linguiças inteiras, e certamente a missa do galo ia passar na televisão, eu não tinha do que me queixar.

Na verdade, quinze minutos depois não havia mais nada a fazer em Bagnoles-de-l'Orne; mas achei imprudente voltar a Paris no dia seguinte. Tinha ultrapassado o obstáculo do dia 24, porém faltava superar o do réveillon — bem mais árduo, segundo o dr. Azote.

Você afunda no passado, começa a afundar e depois parece que mergulha nele e não há mais como sair. Tive notícias de Aymeric durante os anos que se seguiram à minha visita, mas essas notícias se limitavam essencialmente a nascimentos: primeiro, Anne-Marie e depois, três anos mais tarde, Ségolène. Aymeric nunca falava da saúde de sua propriedade agrícola, o que me fazia pensar que continuava mal, e até que tinha se agravado; em pessoas de certa instrução, a falta de notícias sempre equivale a más notícias. Talvez eu também pertencesse a essa infortunada categoria de pessoas bem-educadas: os primeiros e-mails que lhe enviei depois que conheci Camille transbordavam de entusiasmo, mas do nosso término não quis falar; posteriormente nosso contato se interrompeu por completo.

Agora as informações sobre os ex-alunos de agronomia eram acessíveis pela internet, e na vida de Aymeric nada parecia ter mudado: continuava com a mesma atividade, o mesmo endereço, o mesmo e-mail, o mesmo telefone. Mas percebi logo, assim que ouvi sua voz — cansada, lenta, ele fazia um grande esforço para terminar as frases —, que *alguma coisa* tinha mudado. Eu podia visitá-lo quando quisesse, até nessa mesma noite, ele me hospedaria sem problema, embora as condições do alojamento tivessem mudado, enfim, depois me explicava.

O trajeto foi lento, muito lento, de Orne à Manche, entre Bagnoles-de-l'Orne e Canville-la-Rocque, ao longo de estradas departamentais desertas e nebulosas — era, não esqueçamos, 25 de dezembro. Eu parava bastante, tentava lembrar por que estava lá e não conseguia totalmente, a névoa flutuava sobre os pastos, não se via uma vaca. Acho que minha viagem poderia ser qualificada como *poética*, mas essa palavra acabou assumindo uma irritante conotação de ligeireza, de evanescência. Eu estava bem ciente disso, ao volante da minha mercedes 4×4 que ia ronronando suavemente por aquelas estradas fáceis, enquanto a calefação emitia um calor agradável: também existe uma poesia trágica.

Não se viam sinais externos de deterioração no castelo de Olonde desde a minha última visita, uns quinze anos antes; do interior não se podia dizer o mesmo, e a sala de jantar, que em outros tempos era um aposento agradável, tinha se transformado num reduto sinistro e sujo, fedorento, cheio de embalagens de presunto e de canelone com molho. "Não tem nada para comer…", foram as primeiras palavras com que me recebeu Aymeric. "Sobrou uma linguiça", respondi; foi assim meu reencontro com aquele que tinha sido, e em certo sentido continuava sendo (se bem que por falta de outros), meu melhor amigo.

"O que você quer tomar?", perguntou; de bebida, ao contrário, parecia haver fartura: quando cheguei ele estava entornando uma garrafa de Zubrowka, eu me conformei com um Chablis. Também estava lubrificando e remontando as peças de uma arma de fogo que identifiquei como um fuzil de assalto por já ter visto aquilo em diversas séries de televisão. "É um Schmeisser S4. Calibre 223 Remington", explicou sem necessidade. Para desanuviar o ambiente, cortei umas rodelas de linguiça. Fisicamente Aymeric estava mudado, suas feições haviam engrossado e indicavam rosácea, mas o que mais me assustava era o seu olhar, um olhar oco, morto, que parecia impossível tirar por mais de alguns segundos da contemplação do vazio. Achei inútil fazer qualquer pergunta, já havia entendido o essencial, mas tinha que tentar falar, nossa vontade de ficar calados era um peso, ficamos enchendo os copos todo o tempo, ele de vodca e eu de vinho, balançando a cabeça, quarentões exaustos. "Conversamos amanhã", concluiu Aymeric, dando fim ao meu desconforto.

Ele foi na frente, abrindo o caminho ao volante da sua caminhonete Nissan Navara. Eu o segui durante cinco quilômetros ao longo de uma estrada estreita e cheia de buracos, tão estreita que os espinheiros arranhavam a carroceria. Depois desligou o motor e desceu, e eu me juntei a ele: estávamos no topo de um vasto anfiteatro em semicírculo com um declive de grama que descia suavemente até o mar. Ao longe, na superfície do oceano, a lua cheia fazia as ondas cintilarem, mas quase não se distinguiam os bangalôs, distribuídos com regularidade na encosta a intervalos de uns cem metros. "Tenho ao todo vinte e quatro bangalôs. Afinal não me deram a autorização para transformar o castelo num hotel de charme, consideraram que o castelo de Bricquebec já era suficiente para o norte da Manche, e então passamos a esse projeto dos bangalôs. Não está indo tão mal, enfim, é a única coisa que me rende algum trocado, estou começando a ter clientes nos feriados de maio, uma vez até lotamos em julho. Claro que no inverno fica totalmente vazio — bem, por acaso neste momento tem um bangalô alugado para um cara sozinho, um alemão, acho que ele se interessa por ornitologia, de vez em quando o vejo andando pelo campo com binóculos e teleobjetivas, ele não vai incomodar, acho que desde que chegou nunca mais me dirigiu a palavra, só faz um gesto com a cabeça quando passa."

Vistos de perto, os bangalôs eram uns blocos retangulares, quase cúbicos, revestidos de tábuas de pinho envernizado. O interior também era de madeira clara, e o espaço, relativamente amplo: uma cama de casal, um sofá, uma mesa e quatro cadeiras — também de madeira —, uma cozinha pequena e uma geladeira. Aymeric ligou o medidor de eletricidade. Acima da cama, um televisor pequeno preso num braço articulado. "Tem outro igual com quarto para crianças, uns beliches; e outro com dois quartos para crianças e quatro camas extras; considerando a demografia ocidental, pensei que seria suficiente. Infelizmente não tenho wi-fi...", lamentou. Soltei um som de indiferença. "Isso me fez perder um bocado de clientes", insistiu, "é a primeira coisa que muita gente pergunta, a expansão da banda larga para o campo está um pouco atrasada na Manche. Pelo menos é bem aquecido", prosseguiu, apontando para o radiador elétrico, "disso nunca reclamaram, cuidamos bem do isolamento durante a construção, isso é o mais importante."

De repente se calou. Intuí que ia falar de Cécile, então também me calei e esperei. "Amanhã conversamos", repetiu com uma voz sufocada, "boa noite."

Fui me deitar e liguei a televisão, a cama era macia, confortável, o quarto ficou aquecido rapidamente, Aymeric tinha razão, a calefação funcionava bem, de certo modo era uma pena estar sozinho, a vida não é simples. A janela era bastante ampla, quase uma porta envidraçada, sem dúvida para aproveitar a vista para o mar, a lua cheia continuava iluminando a superfície da água, que me parecia ter se aproximado significativamente desde a minha chegada, na certa era um fenômeno das marés, sei lá, não entendo nada de marés, passei minha juventude em Senlis e as férias nas montanhas, tempos depois namorei uma garota cujos pais tinham uma casa no vilarejo de Juan-les-Pins, uma vietnamitazinha que sabia contrair a boceta de maneira incrível, ah, não, só tive infelicidades na vida, mas minha experiência com marés continuava sendo muito restrita, era curiosa a sensação de ver aquela enorme massa líquida que subia calmamente para cobrir a terra, na televisão passava *On N'Est Pas Couchés*, aquele debate acalorado contrastava de forma anormal com o lento avanço do mar, havia muitos participantes e todos falavam alto demais, o nível sonoro do programa como um todo era exageradamente alto, desliguei a televisão mas logo me arrependi, agora tinha a impressão de estar perdendo algo do mundo real, de me retirar da história, e o que estava perdendo era talvez essencial, a seleção de participantes do programa era impecável, não havia a menor dúvida de que estavam lá *as pessoas que contavam*. Quando olhei pela janela vi que a água parecia ter se aproximado ainda mais, de uma forma até inquietante, será que íamos ser inundados na hora seguinte? Nesse caso, era melhor me divertir um pouco. Por fim fechei a cortina, liguei de novo a televisão, mas sem o som, e na mesma hora entendi que tinha feito uma boa escolha, que assim estava ótimo, a agitação continuava grande no programa, mas no fundo o fato de não ouvir o que diziam aumentava minha satisfação, eram umas figurinhas midiáticas ligeiramente insensatas, mas agradáveis, com certeza iam me ajudar a conciliar o sono.

O sono me venceu, de fato, mas não foi reparador, sonhos fúnebres agitaram minha noite, alguns eróticos, mas em geral fúnebres, agora eu tinha medo das noites, de que a minha mente disparasse sem controle, porque tinha consciência de que a minha existência se encaminhava para a morte, não perdia uma oportunidade de me lembrar disso. No sonho eu descansava, meio deitado, meio afundado no chão, num declive viscoso e alvacento; intelectualmente sabia, sem que nada indicasse na paisagem, que estávamos numa região de montanhas médias; em volta, até onde minha vista alcançava, se estendia um clima algodoado, também alvacento. Eu clamava com voz fraca, repetidas vezes, com obstinação, mas meus apelos não tinham o menor eco.

Por volta das nove da manhã bati em vão na porta do castelo. Depois de hesitar um pouco, fui para o estábulo; Aymeric também não estava lá. As vacas me olharam com curiosidade enquanto eu percorria os corredores; passei a mão entre as grades para tocar seus focinhos; o contato era morno, úmido. O olhar delas era intenso, tinham um aspecto robusto e saudável; era tranquilizador constatar que, apesar de todas as dificuldades, Aymeric ainda podia cuidar do gado.

O escritório estava aberto e o computador, ligado. Na barra de menu reconheci o ícone do Firefox. Não que tivesse muitos motivos para me conectar à internet: só tinha exatamente um.

Tal como o anuário dos ex-alunos de agronomia, agora o do Maisons-Alfort dispunha de um site, e só precisei de uns cinquenta segundos para encontrar a ficha de Camille. Ela trabalhava por conta própria, o endereço era em Falaise. Isso ficava a trinta quilômetros de

Bagnoles-de-l'Orne. Portanto, depois da nossa separação tinha voltado a morar perto da família; eu devia ter desconfiado.

A ficha só dava o endereço e o telefone profissionais, não incluía nenhuma informação de cunho pessoal; imprimi e dobrei o papel em quatro antes de guardá-lo no bolso do casaco, sem nem mesmo saber o que ia fazer com ele, ou, para ser mais exato, sem saber se ia ter coragem de usá-lo, mas plenamente consciente de que disso dependia o resto da minha vida.

Voltando para o meu bangalô cruzei com o ornitólogo alemão, bem, quase cruzei com ele. Quando me viu, a uma distância de uns trinta metros, ele parou bruscamente e ficou imóvel durante alguns segundos, e logo depois desviou para uma trilha que subia à sua esquerda. Levava uma mochila nas costas e uma câmera fotográfica a tiracolo com uma enorme teleobjetiva. Ele andava com rapidez, parei para acompanhar seu percurso: subiu praticamente até o topo da encosta, que ali era bastante íngreme, depois a cruzou ao longo de quase um quilômetro e desceu em diagonal para sua cabana, que ficava a uns cem metros da minha. Quero dizer, fez um desvio de quinze minutos só para não ter que me dirigir a palavra.

A companhia dos pássaros devia ter encantos que me haviam escapado. Era dia 26 de dezembro, na certa as lojas já estavam abertas. E, de fato, numa loja de armas em Coutances comprei um par de binóculos potentes, marca Schmidt & Bender, que o vendedor, homossexual e bonito, vítima de um pequeno defeito de pronúncia que o fazia falar como um chinês, afirmou com entusiasmo que eram "lealmente, sem compalação, o melhol que se encontla no melcado": suas lentes Schneider-Kreuznach tinham uma acuidade excepcional e dispunham de uma compensação de luz muito eficiente; mesmo ao amanhecer, mesmo no crepúsculo, mesmo com neblina espessa, garantiam sem dificuldade um aumento de 50×.

Passei o restante do dia observando os passos meio mecânicos, aos pulinhos, dos pássaros na praia (o mar tinha recuado alguns quilômetros, mal se divisava ao longe, cedendo o espaço para uma imensa área cinzenta, salpicada de poças irregulares cuja água parecia preta, uma paisagem, na verdade, bastante sinistra). Achei curiosa aquela tarde de naturalista, evocava um pouco os meus anos de estudante, com a diferença de que naquele tempo eu me interessava mais pelas plantas, mas por que não os pássaros? Aparentemente havia de três tipos: um totalmente branco, outro branco e preto, e o terceiro, branco com patas compridas assim como o bico. Não sabia seus nomes, nem o científico nem o popular; em compensação, suas atividades não tinham mistério para mim: bicando muitas vezes a areia úmida, estavam fazendo algo equivalente ao que os seres humanos chamam de *pesca manual*. Pouco antes, num cartaz de informação turística, eu havia lido que logo depois da vazante das grandes marés era fácil coletar, na areia ou nas poças, uma enorme quantidade de búzios, caracóis, navalhas-do-mar, amêijoas e às vezes até ostras e caranguejos. Dois seres humanos (mais exatamente, como me mostrou o aumento dos binóculos, dois seres humanos baixos e atarracados, de uns cinquenta anos) também percorriam a praia, munidos de ganchos e baldes, para disputar o alimento com os pássaros.

Fui bater de novo na porta do castelo por volta das sete da noite; dessa vez Aymeric estava lá, parecia não só bêbado, mas também um pouco drogado. "Voltou a fumar maconha?", perguntei. "É, tenho um fornecedor em Saint-Lô", confirmou, tirando do congelador uma garrafa de vodca; eu preferi ficar com o Chablis. Dessa vez não estava montando o fuzil, mas tinha trazido o retrato de um antepassado que deixou apoiado em uma poltrona; era um sujeito atarracado, de rosto quadrado e totalmente careca, um olhar malvado e atento, apertado dentro de uma armadura metálica. Numa das mãos tinha uma espada enorme, que quase chegava ao peito, na outra, um machado; no conjunto dava uma impressão de potência física e brutalidade extraordinárias. "Robert d'Harcourt, conhecido como *O Forte*...", comentou Aymeric, "... da sexta geração dos Harcourt; portanto bem posterior a Guilherme, o Conquistador. Ele seguiu Ricardo Coração de Leão na terceira cruzada." Pensei que afinal de contas não devia ser ruim ter raízes.

"Cécile foi embora há dois anos", continuou, sem mudar de tom. Pronto, começou, pensei; finalmente ia falar do assunto. "De certo modo a culpa é minha, eu a fiz trabalhar demais, a administração da fazenda já era pesada, mas com os bangalôs ficou uma loucura, eu deveria ter cuidado mais dela, deveria ter me dedicado mais um pouco. Desde que viemos para cá não tiramos um dia de férias. As mulheres precisam de férias..." Falava das mulheres de forma bastante vaga, como se fossem uma espécie aparentada mas que ele conhecia pouco. "E depois, sabe como é, as distrações culturais. As mulheres, entende, elas têm necessidade de distrações culturais..." E fez um gesto evasivo, para não ter que explicar o que queria dizer. Também poderia ter dito que aquele lugar, para fazer compras, não era nenhum Babylone, e que a *fashion week* estava longe de chegar a Canville-la-Rocque. Enquanto isso, pensei, a safada deve estar casada com outro.

"Ou então comprar coisas para ela, sabe como é, uns troços bonitos...", deu uma tragada no baseado, e quanto a isso, na minha opinião, estava um pouco enganado. Poderia ter informado, com mais pertinência, que os dois já não transavam e que era este o núcleo do problema, as mulheres são menos venais do que às vezes se pensa, a questão das joias dá para resolver comprando uma bijuteria africana de vez em quando, tudo bem, mas se você não as come, se nem sequer as deseja, a coisa começa a ficar feia, e Aymeric sabia, com sexo tudo pode ser solucionado, sem sexo nada tem mais jeito, mas eu sabia que ele não ia falar disso, sob nenhum pretexto, nem mesmo comigo, com certeza muito menos comigo, para uma mulher talvez contasse o que houve, mas na verdade não adiantaria nada e talvez fosse até contraproducente, mexer na ferida não era uma boa ideia, eu obviamente já havia entendido na véspera que ele tinha sido abandonado pela mulher e durante o dia tive tempo de preparar um contra-ataque, elaborar um projeto positivo, mas ainda não havia chegado o momento certo; acendi um cigarro.

"Ela foi embora com um cara", acrescentou depois de um silêncio muito prolongado. Soltou uma espécie de gemido de dor, breve, involuntário, logo em seguida a palavra "cara". Não havia nada a responder, aquilo era muito duro, a humilhação masculina em estado bruto, e da minha parte só pude soltar um gemido de dor equivalente. "Era um pianista, um pianista conhecido", continuou, "faz concertos no mundo inteiro, gravou discos. Veio aqui para descansar, para dar um tempo, e depois se mandou com minha mulher..."

Fez-se outro silêncio, mas eu tinha vários meios para preenchê--lo, servir outro copo de Chablis, estalar os dedos. "Sou um perfeito babaca, não prestei atenção...", continuou finalmente Aymeric, com a voz tão baixa que já estava ficando alarmante. "Tem um piano muito bom no castelo, um Bösendorfer de meia cauda que pertenceu a uma das minhas antepassadas, ela mantinha uma espécie de salão durante o Segundo Império, enfim, minha família nunca foi mecenas de verdade, nunca foi como os Noailles, mas de todo modo ela tinha um salão, parece que Berlioz tocou nesse piano, enfim, disse que ele podia tocar se quisesse, tinha que mandar afinar, claro, mas enfim, então começou a passar cada vez mais tempo no castelo, e agora, veja como são as coisas, os dois moram em Londres, mas viajam muito, ele dá concertos no mundo todo, na Coreia do Sul, no Japão..."

— E as suas filhas?

Pensei que era melhor deixar de lado a história do Bösendorfer, desconfiava que a situação dele com as filhas não devia ser muito gratificante, mas esse piano era o tipo de detalhe fatal, literalmente, desses que levam direto ao suicídio, ele tinha que tirar isso da cabeça, falar das meninas com certeza era uma possibilidade de abertura.

"Tenho meus direitos em relação à guarda, óbvio, mas na prática elas estão em Londres, não as vejo há dois anos; o que você quer que eu faça aqui com duas garotinhas de cinco e sete anos?"

Passei os olhos pela sala de jantar, vi as embalagens abertas de cassoulet e de canelone espalhadas pelo chão, o armário caído de onde saía uma baixela de porcelana em pedacinhos (e provavelmente tinha sido o próprio Aymeric quem a derrubara numa crise de fúria etílica); de fato não podia deixar de lhe dar razão, é surpreendente a rapidez como os homens afundam. Eu tinha observado na véspera que a roupa de Aymeric estava claramente suja, e até cheirando um pouco mal; no tempo da agronomia todo fim de semana ele levava a roupa para lavar na casa da mãe, bem, eu também, mas pelo menos tinha aprendido a ligar as máquinas de lavar à disposição no porão do alojamento estudantil, e cheguei a usá-las duas ou três vezes, mas ele nunca, acho que nem desconfiava que isso existia. Talvez, pensando bem, fosse melhor deixar as meninas de fora e se concentrar no essencial, afinal de contas, meninas ele poderia ter outras.

Encheu outro copo grande de vodca, que bebeu num só gole, e concluiu sobriamente: "Minha vida está fodida". Aí tive uma espécie de revelação e disfarcei um sorriso interno, porque já sabia desde o início que ia chegar a essa conclusão, e durante os silêncios que entrecortaram sua narrativa tive tempo de polir a minha réplica, meu contra-ataque, o projeto positivo que havia elaborado secretamente ao longo da tarde que dediquei à observação dos pássaros marinhos.
"Seu erro fundamental", ataquei com vivacidade, "foi se casar com alguém do seu próprio meio social. Na realidade todas essas garotas, as Rohan-Chabot, as Clermont-Tonnerre, o que elas são hoje em dia? Umas putinhas dispostas a tudo para arranjar um estágio numa revista cultural ou no ateliê de um costureiro alternativo (e eu estava acertando bastante, sem querer, porque Cécile era Faucigny-Lucinge, uma família exatamente do mesmo nível que a dele, do mesmo nível de nobreza, entende-se). Resumindo, nunca são mulheres de agricultores. Ao mesmo tempo, existem centenas, milhares, milhões de garotas (eu me empolguei um pouco) para as quais você representa o ideal masculino absoluto. Pensa numa moldava ou, de outro ponto de vista, numa camaronesa, ou numa malgaxe, ou, sei lá, numa laosiana: garotas não muito ricas, ou mesmo decididamente pobres, vindas em geral de um meio rural, que não conhecem outro universo, não sabem sequer que existe outro universo. Então chega você, que está na flor da idade, ainda bastante bem fisicamente, um cara bonitão e robusto de quarenta anos, e é dono de metade dos pastos da região (aqui exagerei um pouco, mas, enfim, era essa a ideia). É evidente que isto aqui não rende porra nenhuma, mas elas não são capazes de adivinhar, e no fundo nunca vão entender, porque na sua mentalidade a riqueza é a terra, a terra e o rebanho, garanto que elas não rejeitam a oferta, e que vão trabalhar duro, sem perder o ânimo, e levantar-se às cinco da

manhã para a ordenha. E ainda por cima vão ser novas, muito mais gostosas que todas as putinhas aristocráticas, e trepar quarenta vezes melhor. Você tem que maneirar um pouco a vodca, isso pode lembrar o ambiente de origem delas, principalmente se a garota for de um país do Leste Europeu, mas de qualquer jeito diminuir um pouco a vodca não faz mal a ninguém. Elas vão se levantar às cinco da manhã para ordenhar", eu me entusiasmei, cada vez mais persuadido pela minha própria evocação, já estava visualizando a garota moldava, "e depois vão lá acordar você com um boquete, e ainda com o café da manhã servido!..."

Dei uma olhada em Aymeric, certo de que até ali tinha me ouvido com atenção, mas ele estava começando a cochilar, devia ter começado a beber antes da minha chegada, provavelmente no início da tarde. "Seu pai concordaria comigo...", concluí, um pouco por falta de argumentos; mas quanto a isso não tinha tanta certeza, eu mal conhecia o pai de Aymeric, só o vi uma vez e me pareceu boa pessoa, mas um pouco rígido, com certeza não tinha captado as transformações sociais ocorridas na França desde 1794. Eu sabia que historicamente não estava errado, a aristocracia jamais hesitou, diante de sinais comprovados de decadência, em renovar a genética do rebanho procurando lavadeiras e arrumadeiras, agora simplesmente era preciso ir buscá-las um pouco mais longe, mas será que Aymeric estava em condições de demonstrar algum bom senso? Depois me veio uma dúvida mais geral, mais biológica: para que salvar um macho velho e derrotado? Nós dois estávamos mais ou menos no mesmo barco, nossos destinos eram diferentes, mas o final era equivalente.

Agora ele havia adormecido de verdade. Talvez eu não tivesse falado em vão, talvez a garota moldava se insinuasse nos seus sonhos. Dormiu sentado, rígido sobre o sofá, de olhos abertos.

Eu sabia que não ia ver Aymeric no dia seguinte, nem provavelmente nos outros, ele ficaria se lamentando da confissão, voltaria no dia 31 porque de fato não se pode *não fazer nada* na noite do réveillon, enfim, isso já tinha me acontecido várias vezes, mas eu era diferente dele, mais impermeável às convenções. Então me restavam quatro dias de solidão, e percebi logo que os pássaros não me bastariam, nem a televisão nem os pássaros, juntos ou separados, me bastariam, e foi então que voltei a pensar no alemão, a partir da manhã do dia 27 comecei a seguir o alemão com meus binóculos Schmidt & Bender, no fundo acho que gostaria de ser policial, me insinuar na vida das pessoas, adentrar seus segredos. Do alemão não esperava nada de apaixonante; mas eu estava muito enganado. Por volta das cinco da tarde uma menina bateu à porta do bangalô; enfim, uma menina, para ficar bem claro, uma moreninha de uns dez anos, com o rosto infantil mas grande para sua idade. Tinha vindo de bicicleta, devia morar nas imediações. Eu, claro, imaginei logo uma história de pedofilia: que motivo podia ter uma menina de dez anos para bater à porta de um quarentão misantropo e sinistro, e além do mais alemão? Para lhe pedir que lesse poemas de Schiller? Era mais provável que fosse para que lhe mostrasse a piroca. Por outro lado, o homem tinha um perfil perfeito de pedófilo, um quarentão culto, solitário, incapaz de se relacionar com os outros e ainda menos com as mulheres, foi o que pensei até perceber que se podia dizer a mesma coisa a meu respeito, que poderiam me descrever exatamente com as mesmas palavras, o que me incomodou muito, e para me acalmar apontei os binóculos para as janelas da cabana, mas as cortinas estavam fechadas, nessa noite não consegui descobrir mais nada, só vi que ela saiu quase duas horas depois e olhou as mensagens no celular antes de subir na bicicleta.

No dia seguinte voltou mais ou menos à mesma hora, mas dessa vez ele se esqueceu de fechar a cortina, o que me permitiu distinguir uma câmera de vídeo montada num tripé: minhas suspeitas se confirmavam. Infelizmente, logo depois da chegada da menina ele percebeu que a cortina estava aberta, foi até a janela e tirou o quarto do meu campo de visão. Aqueles binóculos eram extraordinários, eu tinha distinguido perfeitamente a expressão do rosto dele, o estado de excitação era extremo, por um instante tive até a impressão de que estava salivando um pouco; com toda certeza não desconfiara de que eu o estava vigiando. A menina saiu, como na véspera, pouco menos de duas horas depois.

O mesmo roteiro se repetiu no outro dia, com a diferença de que tive a fugaz sensação de ver a menina passando em segundo plano, de camiseta, as nádegas nuas; mas foi algo impreciso e rápido, eu havia focado no rosto do sujeito, e essa incerteza sinceramente me exasperava.

Por fim, na manhã do dia 30 houve uma oportunidade. Ele saiu por volta das dez, pôs no seu 4×4 (um Defender de colecionador, talvez modelo 1953 ou algo assim, o imbecil não era só misantropo e supostamente pedófilo, também era um esnobe da pior espécie, por que não se conformava com um mercedes 4×4 como todo mundo, como eu por exemplo?, ele ia pagar caro, ah, ia pagar muito caro), enfim, o pedófilo (ainda não comentei, mas tinha uma aparência exata de professor universitário alemão, um professor alemão gozando de licença por motivo de saúde ou, mais provavelmente, fazendo uma pesquisa, decerto ia observar as andorinhas-do-ártico no noroeste de Cotentin, perto do cabo de Hague ou algo assim), enfim, pôs um cooler portátil no porta-malas do Defender, na certa com algumas cervejas bávaras que só ele conhecia e um saco plástico cheio de sanduíches, em quantidade suficiente para passar o dia, só devia voltar pouco antes de seu encontro ritualístico das cinco da tarde; era o momento de agir, e de confundi-lo.

Ainda esperei mais uma hora para ter certeza, e depois me encaminhei tranquilamente, passeando, para a cabana do alemão. Levei o estojo de ferramentas que guardava no porta-malas do mercedes, mas a porta nem estava fechada, é realmente incrível a confiança que as pessoas têm quando chegam à Manche, sentem que entraram num espaço brumoso, pacífico, afastado das disputas humanas cotidianas e em certo sentido distante do mal, enfim, é essa a imagem que se tem. Precisei ligar o computador, o homem se preocupava com o consumo de energia elétrica mesmo no modo descanso, talvez tivesse convicções ambientais, mas em compensação não usava senha, o que era uma coisa espantosa, hoje em dia todo mundo tem senha, até uma criança de seis anos tem senha no seu tablet, o que passava exatamente pela cabeça desse cara?

Os arquivos estavam organizados por ano e por mês, e na pasta de dezembro só havia um vídeo intitulado "Nathalie". Eu nunca tinha visto um vídeo de pedofilia, só sabia que existiam, e pensei logo que ia sofrer com o amadorismo da gravação, já nos primeiros segundos a câmera enfocava acidentalmente os ladrilhos do banheiro, depois subia para o rosto da menina, ela estava se maquiando, passando uma camada espessa de batom nos lábios, uma camada espessa demais, que ultrapassava o contorno da boca, depois pintava as pálpebras de azul, e ali também errava, fazia umas manchas pesadas que, no entanto, pareciam agradar muito o ornitólogo, eu o ouvia murmurando: "*Gut...*, *gut*", e até aquele momento isso era a única coisa desagradável da gravação. Depois tentou um movimento de travelling para trás, enfim, falando claramente, recuou um pouco mostrando a menina nua em frente ao espelho do banheiro, com exceção de um shortinho jeans, o mesmo que estava usando ao chegar. Quase não tinha seios, bem, o que se via era uma insinuação, uma promessa. Ele disse umas palavras que não entendi, e imediatamente a menina tirou o shortinho e se sentou num tamborete do banheiro, depois abriu as pernas e ficou passando o dedo do meio na boceta, tinha uma bocetinha bem formada, mas totalmente lisa, suponho que nesse momento um pedófilo devia começar a ficar excitado de verdade, e de fato ouvi sua respiração cada vez mais ofegante, a câmera tremia um pouco.

O quadro mudou bruscamente e via-se de novo a menina na sala de estar. Estava usando uma minissaia escocesa e nesse momento ajustava as meias arrastão e as prendia numa liga — tudo um pouco grande, devia ser roupa de adulto, tamanho XP, quero dizer, cabia, mas ficava mais ou menos. Depois amarrou em volta do torso um pequeno top, também de tecido quadriculado, e eu aprovei sua escolha, mesmo não tendo seios aquilo dava uma ideia.

A seguir vem um trecho meio confuso em que o alemão pega uma fita cassete e a coloca num radiogravador, eu não sabia que essas coisas ainda existiam, enfim, era como o Defender, tudo vintage. A menina ficou esperando calmamente, os braços pendendo junto à lateral do corpo. Não reconheci a canção quando começou a tocar, parecia um troço disco do fim dos anos 1970 ou princípio dos 1980, talvez Corona, mas a menina reagiu bem, ficou rodopiando no próprio eixo e dançando, e foi aí que na verdade começou a me partir o coração, não pelo conteúdo, mas pelo ângulo, ele deve ter se agachado para enquadrá-la de baixo, deve ter ficado saltitando em volta dela feito um sapo velho. A menina dançava com verdadeiro entusiasmo, embalada pelo ritmo, e de vez em quando rodava o saiote, proporcionando ao ornitólogo uma visão muito bonita de sua bundinha, em outros momentos ficava imóvel em frente à câmera, abria as coxas e introduzia um ou dois dedos, depois levava esses dedos à boca e os chupava por algum tempo, o caso é que ele estava cada vez mais excitado, os movimentos da câmera ficaram realmente caóticos e eu já estava começando a me cansar daquilo quando por fim o cara se acalmou, pôs a câmera no tripé e foi se sentar no sofá. A menina continuou rodando por algum tempo ao ritmo da música enquanto ele a admirava com adoração, já havia gozado, intelectualmente, claro, faltava a dimensão física, suponho que já tinha começado a se masturbar.

A fita parou de repente, com um clique nítido. A menina fez uma pequena reverência, esboçou uma expressão meio irônica, depois foi até o alemão e se ajoelhou entre suas coxas — ele havia arriado as calças, mas sem tirar completamente. Como não tinha movido a câmera no tripé, não se via quase nada — o que era contrário a todos os códigos do vídeo pornográfico, mesmo o amador. Apesar da pouca idade, a menina parecia cumprir a tarefa de forma competente, de vez em quando o ornitólogo dava um grunhido de satisfação, intercalando palavras ternas como "*Mein Liebchen*", enfim, parecia gostar bastante da menina, coisa que eu nunca imaginaria num cara tão frio.

Eu estava quase lá, e o vídeo já chegava ao fim, a ejaculação, a meu ver, não ia demorar, quando ouvi o som de passos sobre o cascalho. Dei um pulo, já consciente de que não havia nenhuma saída, nenhuma forma de evitar um confronto que podia ser mortal, ele podia me matar nesse momento, pensando que assim ia se safar, tinha poucas possibilidades, mas, enfim, podia tentar. Quando entrou, levou um susto quase cataléctico, seu corpo inteiro tremia, por um momento tive a esperança de que ia desmaiar, mas afinal não, ficou parado onde estava, com o rosto totalmente vermelho. "Não vou denunciar!", gritei, senti que devia gritar, que só um berro poderoso poderia me livrar daquela encrenca, e logo a seguir pensei que provavelmente o verbo "denunciar" era desconhecido para ele e comecei a gritar mais alto: "Não vou falar! Não vou dizer nada a ninguém!", e repeti várias vezes, em altos brados: "Não vou falar! Não vou dizer nada a ninguém!", esboçando ao mesmo tempo um movimento vagaroso em direção à porta. Sem parar de gritar, ergui os braços à minha frente, num gesto de inocência; ele não devia estar familiarizado com a violência física, era essa minha esperança, minha única chance.

Continuei avançando lentamente, repetindo em voz agora mais baixa, num ritmo que esperava que soasse obsessivo: "Não vou falar. Não vou dizer nada a ninguém". E de repente, quando cheguei a menos de um metro dele, talvez porque tivesse invadido seu espaço físico pessoal, sei lá, o homem pulou para trás e me deu acesso à porta; então me precipitei para a saída, continuei correndo caminho afora e em menos de um minuto estava trancado no meu bangalô.

Enchi um copo grande de *poire* Williams e rapidamente recuperei a lucidez: era *ele*, não eu, que estava em perigo; era *ele*, não eu, que corria o risco de pegar trinta anos de cadeia sem direito a progressão de pena; não ia durar muito. E, de fato, menos de cinco minutos depois, observei-o — aqueles binóculos eram realmente extraordinários — colocar a bagagem no porta-malas do Defender, sentar-se ao volante e desaparecer rumo a um destino desconhecido.

Na manhã do dia 31 me levantei com um humor quase plácido e meus olhos passearam pela paisagem de bangalôs, dos quais eu era agora o único inquilino; se o ornitólogo tivesse viajado em boa velocidade, na certa já estaria nos arredores de Mainz ou de Koblenz, e devia estar contente, com aquela breve felicidade que se sente ao escapar de uma desgraça considerável e enfrentar outra desgraça, só que comum. Mesmo me concentrando no alemão, eu não tinha me esquecido dos adeptos da pesca manual, que se sucederam ao longo da semana em pequenas levas, é verdade que estávamos no período de férias. Um pequeno guia muito bem-feito, publicado pela editora Ouest-France, que comprei no Super U de Saint-Nicolas-le-Bréhal, tinha me revelado a extensão do fenômeno da pesca manual, assim como a existência de algumas espécies animais, como galateias, amêijoas, ostras e semelídeos, sem esquecer as conquilhas, que são preparadas com alho e salsinha na frigideira. Ali se formava um espaço de convivência, sem a menor dúvida, eu já tinha visto esse modo de vida ser celebrado no canal TF1, mais raramente no France 2, as pessoas se reúnem em família, às vezes grupos de amigos, e fazem navalhas e almejas na brasa, tudo regado a vinho muscadet branco bebido com moderação, estamos num nível de civilização superior em que os apetites selvagens se saciam mediante a pesca manual. Essa atividade não é isenta de riscos, como avisava claramente o guia: o peixe-aranha pode provocar dores insuportáveis, é o mais virulento dos peixes; as ostras são fáceis de pegar, a captura do semelídeo exige paciência e agilidade; a da orelha-do-mar só é possível com a ajuda de um gancho de vara comprida; não existe qualquer sinal que permita detectar as amêijoas, você tem que conhecer. Eu não havia chegado a esse nível superior de civilização, e muito menos o pedófilo alemão, que a essa altura devia estar nos arredores de Dresden, talvez até já houvesse passado para a Polônia, onde as condições de extradição são mais difíceis. Por volta das cinco da tarde, como fazia todo dia, a menina parou sua bicicleta em frente à cabana do ornitólogo. Bateu à porta por um bom tempo e depois foi olhar através das cortinas; em seguida voltou para a porta e bateu de novo por mais um bom tempo, antes de desistir. Era difícil decifrar sua expressão, ela não parecia realmente triste (ainda não?), mas antes surpresa e desapontada. Nesse momento me perguntei se ele lhe pagava, era difícil saber, mas, na minha opinião, provavelmente sim.

Por volta das sete da noite me dirigi para o castelo, era hora de começar a me despedir do ano. Aymeric não estava lá, mas já fizera alguns preparativos, os frios estavam na mesa da sala, linguiça de Vire, morcela artesanal e outros embutidos mais tipo italiano, além dos queijos; com a bebida eu não me preocupava, isso nunca iria faltar.

À noite o estábulo era um lugar relaxante, o rebanho de trezentas vacas fazia um ligeiro rumor, composto de suspiros, de mugidos leves, de movimentos na palha — porque havia palha, Aymeric havia recusado a comodidade dos estrados, fazia questão de produzir esterco para seus campos, pretendia mesmo trabalhar à moda antiga. Tive um momento de abatimento quando lembrei que do ponto de vista financeiro ele estava fodido, mas depois veio outra coisa, os mugidos suaves das vacas, o cheiro nada desagradável do esterco, tudo isso me trouxe uma sensação fugaz, sei lá, não de ter um lugar no mundo, também não vamos exagerar, mas pelo menos de fazer parte de uma espécie de continuum orgânico, de configuração animal.

No pequeno reduto que ele usava como escritório, a luz estava acesa e vi Aymeric sentado diante do computador, com fones nos ouvidos, cativado pelo conteúdo da tela, e ele só me notou no último segundo. Então se levantou bruscamente e fez um gesto de proteção absurdo, como se quisesse esconder a imagem, que de qualquer forma eu não podia ver. "Tudo bem, não há pressa nenhuma, temos tempo, vou voltar para o castelo...", falei, fazendo um gesto vago com a mão (na certa tentando de modo inconsciente imitar o inspetor Columbo, esse Columbo teve um impacto impressionante nos jovens da minha geração) antes de dar meia-volta e sair. Ergui os braços para acompanhar minhas palavras, um pouco como tinha feito na véspera com o pedófilo alemão, mas infelizmente não se tratava de pedofilia, era muito pior, eu não tinha a menor dúvida de que Aymeric estava tentando se comunicar com Londres via Skype no último dia do ano, certamente não com Cécile, mas com suas filhas, ele devia falar com as filhas por Skype pelo menos uma vez por semana. "Como você está, papai?", eu via tudo como se estivesse lá, e entendia a situação das meninas, por acaso um pianista de música clássica podia passar uma imagem paterna viril?, de jeito nenhum, era evidente (Rachmaninov?), não passava de mais um veado londrino, enquanto o pai delas cuidava de vacas adultas, grandes mamíferos, afinal de contas, no mínimo uns quinhentos quilos. E quanto a ele, o que Aymeric podia dizer às filhas?, bobagens, claro, o infeliz devia dizer que estava tudo bem quando as coisas não iam nada bem, que morria de tristeza com a falta delas e, de modo mais geral, com a falta de amor. Assim, tudo indica que ele está fodido, pensei enquanto atravessava o pátio de volta, nunca mais ia superar essa história, ia sofrer até o fim de seus dias por causa disso, e toda aquela minha conversa sobre a garota moldava não tinha adiantado nada. Eu estava de mau humor e me servi de um bom copo de vodca sem esperá-lo, já devorando umas fatias de morcela artesanal, decididamente não se pode fazer nada em relação à vida das pessoas, pensava, nem a amizade, nem a compaixão, nem a psicologia, nem a compreensão das situações têm a menor utilidade, as pessoas constroem sozinhas a engrenagem da própria desgraça, dão corda até o fim e depois a engrenagem continua rodando, inevitavelmente, com algumas falhas, algumas fraquezas quando uma doença interfere, mas continua rodando até o fim, até o último segundo.

Aymeric chegou quinze minutos depois, aparentando certa leveza para tentar apagar o incidente, o que só confirmou as minhas certezas, sobretudo a da minha impotência. Mas não fiquei totalmente tranquilo, nem resignado, e comecei a conversa encarando logo o assunto doloroso.

"Você vai se divorciar?", perguntei com calma, num tom quase de indiferença.

Ele literalmente desabou no sofá; depois lhe dei um copo grande de vodca, que demorou pelo menos uns três minutos para levar aos lábios, e por uns segundos pareceu que ia começar a chorar, o que teria sido de fato embaraçoso. O que ele tinha a me contar não era nada original, as pessoas não apenas se torturam, como se torturam com uma total falta de originalidade. Naturalmente, é penoso ver alguém que você amou, com quem dividiu noites, amanheceres, talvez doenças, preocupações com a saúde dos filhos, se transformar em poucos dias numa espécie de demônio, de megera cuja avidez financeira não tem limites; é uma experiência terrível, da qual a gente nunca se recupera totalmente, mas em certo sentido é saudável, a travessia de um divórcio talvez seja a única forma eficaz de encerrar o amor (desde que se considere, claro, que encerrar o amor pode ser uma coisa saudável), se eu, por exemplo, tivesse me casado com Camille e depois me divorciado, talvez tivesse conseguido deixar de amá-la; e foi nesse momento exato, ao ouvir o relato de Aymeric, que deixei adentrar pela primeira vez em minha consciência, diretamente, sem precauções, fabulações nem restrições de qualquer espécie, a evidência dolorosa, atroz e letal de que ainda amava Camille; aquele réveillon estava começando decididamente mal.

No caso de Aymeric a situação era pior, porque nem deixar de amar Cécile resolveria o problema, ainda havia as meninas, a armadilha era perfeita. E do ponto de vista econômico, sua história, embora absolutamente fiel ao que ocorre no geral em casos de divórcio, tinha alguns aspectos particularmente inquietantes. A comunhão parcial de bens é um ótimo regime, o mais comum, só que os bens, no caso de Aymeric, não podiam ser desprezados. Primeiro a fazenda, o estábulo novo, as máquinas agrícolas (a agricultura é como uma indústria pesada, imobiliza capitais importantes na produção para obter resultados limitados ou nulos, e até negativos, como neste caso): metade desse capital pertencia a Cécile? Superando sua repugnância por chicanas jurídicas, por profissionais do direito e, de maneira ampla, pela lei, o pai de Aymeric decidiu contratar um advogado recomendado por um conhecido do Jóquei Clube. E as primeiras conclusões do consultor foram relativamente tranquilizadoras, pelo menos no que se referia à fazenda: as terras continuavam pertencendo ao pai de Aymeric, e todas as melhorias realizadas, o estábulo novo, a maquinaria, também; em termos legais podia-se sustentar muito bem a tese de que Aymeric era apenas uma espécie de administrador. No caso dos bangalôs, a situação era diferente: a empresa hoteleira e todas as construções estavam no nome dele, só as terras continuavam sendo propriedade do pai. Se Cécile insistisse em exigir a metade do valor dos bangalôs, ele não teria outra saída a não ser declarar a própria falência e esperar aparecer um comprador, o que poderia levar tempo, provavelmente anos. Em suma, concluiu Aymeric com uma mistura de desespero e asco, um estado de ânimo que se torna permanente durante qualquer divórcio à medida que vão avançando os procedimentos, que vão se sucedendo as negociações, as propostas e contrapropostas de advogados e escrivães, enfim, faltava, em suma, muito tempo para esse divórcio chegar ao final.

"Além disso, é impossível que meu pai concorde em vender os terrenos à beira-mar, onde construímos os bangalôs, isso ele nunca vai aceitar...", acrescentou. "Há anos, toda vez que sou obrigado a vender um lote para equilibrar as contas, sei que ele sofre, sofre quase fisicamente, você tem que pensar que para um aristocrata tradicional, e isso é exatamente o que ele é, um aristocrata tradicional, o fundamental é transferir o patrimônio familiar às gerações posteriores, se possível aumentando-o um pouco, mas pelo menos não o reduzindo, e desde o começo é o que eu estou fazendo, diminuindo o patrimônio familiar, sem isso simplesmente não consigo pagar as contas, então é inevitável que ele esteja cansado dessa história, com certeza preferiria que eu jogasse a toalha, da última vez me disse abertamente: 'a vocação dos Harcourt nunca foi ser fazendeiro...', foi o que ele disse, talvez tenha razão, mas também não é ser hoteleiro, e curiosamente ele gostava do projeto de Cécile, o hotel de charme, mas com certeza só porque isso permitiria restaurar o castelo, já os bangalôs não lhe interessam, se os destruirmos amanhã com uma bazuca não vai se importar nem um pouco. O mais terrível é que ele é um homem que nunca fez nada de útil na vida, limitou-se a frequentar casamentos, enterros, algumas caçadas, de vez em quando um aperitivo no Jóquei

Clube, também teve algumas amantes, imagino, enfim, nada excessivo, e deixou intacto o patrimônio dos Harcourt. Eu tento erguer alguma coisa, quase me mato trabalhando, acordo todo dia às cinco da manhã, passo a noite fazendo a contabilidade, e o resultado, no final das contas, é que empobreço a família..."

Falou durante muito tempo, e dessa vez foi realmente até o fundo, acho que já era quase meia-noite quando lhe propus ouvirmos música, que já havia algum tempo era a única coisa a fazer, a única coisa possível na nossa situação, ele concordou agradecido e não lembro muito bem o que pôs na vitrola porque eu também estava completamente bêbado, bêbado e desesperado, o fato de voltar a pensar em Camille me deixou arrasado em questão de segundos, pouco antes eu me sentia um cara forte, sensato e protetor, e de repente não passava de merda boiando à deriva, enfim, tenho certeza de que Aymeric escolheu o que tinha de melhor, o som que mais lhe agradava. A única lembrança um pouco mais precisa que tenho é de uma gravação pirata de "Child in Time" feita em Duisburg, em 1970, a sonoridade dos Klipschorn era mesmo excepcional, esteticamente talvez tenha sido o momento mais bonito da minha vida, faço questão de dizer isso porque a beleza talvez possa servir para alguma coisa, enfim, devemos ter ouvido a canção umas trinta ou quarenta vezes, fascinados em cada uma delas pelo movimento de enlevo absoluto com que Ian Gillan, acima do domínio tranquilo de Jon Lord, passava da palavra ao canto e depois do canto ao grito e retornava à palavra, seguido imediatamente pelo break majestoso de Ian Paice, é verdade que Jon Lord o apoiava com sua habitual combinação de eficácia e grandeza, mas de todo modo o break de Ian Paice era suntuoso, com certeza o mais belo break da história do rock, depois Gillan voltava e se consumava a segunda parte do sacrifício, Ian Gillan passava da palavra ao canto outra vez, e do canto ao puro grito, e pouco depois a faixa infelizmente terminava e não tínhamos outro remédio senão pôr a agulha de novo no começo, e poderíamos viver assim eternamente, não sei se eternamente, claro que era uma ilusão, mas uma bela ilusão, lembrei que uma vez fui com Aymeric assistir a uma apresentação do Deep Purple no Palais des Sports, foi um bom show, mas não tão bom como o de Duisburg, agora estávamos velhos, esses momentos iam ser cada vez mais raros, mas tudo ressurgiria no momento de nossa agonia, da dele e da minha, no meu caso Camille também estaria presente, e talvez Kate, não sei como consegui voltar para o bangalô, só lembro que peguei uma fatia de morcela artesanal e fiquei mastigando essa fatia por um bom tempo, ao volante do meu 4×4, sem sentir realmente o sabor.

A manhã de 1º de janeiro se levantou, como todas as manhãs do mundo, sobre as nossas existências problemáticas. Eu também me levantei, prestei uma atenção bastante relativa na manhã — que estava nebulosa, mas não em excesso, era uma manhã de neblina comum; os programas de fim do ano seguiam seu curso nos principais canais de entretenimento, eu não conhecia nenhuma das cantoras, mas tive a impressão de que a figura da latina gostosa estava perdendo espaço para a da celta engajada, mas minha visão desse aspecto da vida era episódica e aproximativa, completamente otimista: para mim, em certo sentido, se o público tinha decidido assim, tudo bem. Por volta das quatro da tarde retornei ao castelo. Aymeric tinha voltado ao seu estado habitual, quero dizer, abatido, teimoso e desesperado; enquanto falava comigo ficou montando e desmontando, um pouco mecanicamente, seu fuzil de assalto Schmeisser. Foi então que lhe disse que queria aprender a atirar. "Atirar, como? Para se defender ou tiro esportivo?" Ele parecia encantado por falar de um assunto concreto, técnico, e ainda mais aliviado porque eu não voltei ao assunto da véspera. "Um pouco das duas coisas, acho..." Na verdade, quando me confrontei com o ornitólogo acho que me sentiria muito melhor com um revólver, mas também é verdade que no tiro de precisão havia algo que me atraía havia muito tempo.

"Como arma de defesa tenho uma Smith & Wesson de cano curto, um pouco menos precisa que a de cano longo, mas muito mais fácil de transportar. É uma Magnum 357, facilmente letal a dez metros de distância, e supersimples de usar, eu explico em cinco minutos. Para tiro esportivo...", sua voz ficou mais sonora, havia uma vibração de entusiasmo que fazia anos eu não sentia nele, na verdade desde que tínhamos vinte anos, "... eu adorava tiro esportivo, pratiquei durante anos, você sabe. É algo realmente extraordinário, no momento em que o alvo está no centro da mira você não pensa em mais nada, esquece todas as preocupações. Os primeiros anos depois de me mudar para cá foram muito difíceis, bem mais do que eu tinha imaginado, acho que não aguentaria sem as minhas sessões de tiro. Agora, evidentemente...", pôs a mão direita na horizontal e, de fato, segundos depois começou a tremer, a princípio de maneira fraca, mas indiscutível. "A vodca... Uma incompatibilidade absoluta, tenho que escolher".

Será que ele podia mesmo escolher? Todo mundo pode? Eu tinha as minhas dúvidas.

"Para fazer tiro esportivo, tenho uma arma que sempre adorei, uma Steyr Mannlicher, a HS50, e posso emprestar se você quiser, mas antes preciso ver como ela está, fazer uma limpeza a fundo, não a uso há três anos, vou cuidar disso à noite."

Titubeou um pouco quando se dirigiu à armaria, três portas de correr logo na entrada, e atrás delas umas vinte armas — fuzis, espingardas e algumas armas curtas —, assim como dezenas de caixas de munição empilhadas. A Steyr Mannlicher me surpreendeu, não parecia em nada com um fuzil, lembrava mais um simples cilindro de aço cinza-escuro, de uma abstração total. "Tenho o resto das peças, claro, vai ser preciso montar... Mas pode acreditar, o essencial é a precisão na usinagem do cano..." Manteve o cano por um instante sob a luz, para que eu o admirasse; sim, era um cilindro, um cilindro perfeito, sem dúvida, eu tinha que admitir. "Bem, eu me encarrego disso...", concluiu, sem insistir mais, "amanhã está pronto."

De fato, às oito da manhã seguinte estacionou a caminhonete na porta da minha cabana; estava num estado de agitação realmente fora do comum. Dei uma olhada na Smith & Wesson, seus mecanismos são de uma simplicidade de uso desconcertante. A Steyr Mannlicher era outra coisa, Aymeric tirou do porta-malas um estojo protetor de policarbonato rígido que pôs com precaução em cima da mesa. Lá dentro, perfeitamente encaixados em seus nichos de espuma, havia quatro elementos de aço cinza-escuro, fabricados com uma precisão extrema, nenhum dos quais evocava diretamente uma arma, que ele me fez montar e desmontar várias vezes: além do cano havia um suporte, um carregador e um tripé de apoio; uma vez montado, o conjunto continuava sem lembrar em nada um fuzil no sentido habitual do termo, parecia mais uma espécie de aranha de metal, uma aranha assassina que não admitia qualquer ornamento estético e não continha um grama de metal inútil, e eu começava a entender o entusiasmo de Aymeric, acho que nunca tinha visto um objeto tecnológico que emanasse uma sensação de perfeição como aquela. Por fim fixou um visor no alto da montagem metálica. "É uma Swarovski DS5", explicou, "esta arma é muito malvista nos ambientes de tiro esportivo, aliás está totalmente proibida em competições, porque a trajetória da bala nunca é retilínea, é parabólica, e os dirigentes de tiro esportivo consideram que isso faz parte da prova, que é normal que os competidores se acostumem a apontar um pouco acima do alvo para prever o desvio parabólico. A Swarovski tem um telêmetro a laser incorporado, calcula a distância em relação ao alvo e se corrige sozinha, você não tem que pensar em nada, só precisa apontar para o centro, exatamente para o centro. Mas o pessoal é bastante tradicionalista no mundo do tiro esportivo, eles gostam de acrescentar pequenas complicações supérfluas, por isso parei de competir bastante cedo. Enfim, mandei fazer um estojo sob medida para transportá-la, já prevendo o espaço para o visor. Mas o essencial continua sendo a arma. Vamos sair e testar…"

Tirou um cobertor do armário. "Vamos começar diretamente com a posição de atirador deitado, é a posição soberana, a que possibilita os tiros mais precisos. Você tem que estar estendido confortavelmente no chão, bem protegido do frio e da umidade, que poderiam provocar tremores."

Paramos no alto da ladeira que descia para o mar, ele estendeu o cobertor na grama e me indicou um barco meio enterrado na areia, a uns cem metros. "Está vendo o registro lateral, BOZ-43? Você vai tentar meter uma bala no centro do O. A letra tem mais ou menos vinte centímetros de diâmetro; com esta Steyr Mannlicher um bom atirador acertaria sem dificuldade a mil e quinhentos metros, mas tudo bem, vamos começar assim."

Eu me deitei no cobertor. "Encontre a melhor posição, sem pressa... Até não existir mais motivo algum para se mexer; nenhum motivo além da própria respiração."

Consegui fazer isso sem grande dificuldade; a culatra era uma superfície curva, lisa, fácil de encaixar na concavidade do ombro.

"Você vai encontrar uns caras meio zen dizendo por aí que o essencial é se fundir totalmente com o alvo. Eu não acredito nessas bobagens, e aliás os japoneses são um fracasso em tiro esportivo, jamais ganharam um torneio internacional. Mas de fato o tiro de precisão tem muito a ver com a ioga: você procura formar uma unidade com a própria respiração. E respira lentamente, cada vez mais lentamente, o mais lenta e profundamente que conseguir. E quando está preparado, posiciona a mira no centro do alvo."

Eu tentei. "Tudo certo, está preparado?" Fiz que sim. "Então agora você precisa saber que não tem que buscar uma imobilidade absoluta, isso é impossível. É inevitável a gente se mexer, simplesmente porque respira. Mas você tem que fazer um movimento bem lento, um vaivém regular, controlado pelo fôlego, de um lado para outro do centro do alvo. Quando conseguir isso, quando estiver nesse movimento, é só apertar o gatilho ao passar pelo centro. Basta uma ligeira pressão, não precisa mais que isso, a arma está regulada para ser hipersensível. A HS50 é um modelo de um tiro só; se você quiser disparar de novo vai ter que recarregar; por isso os snipers só a usam em guerra de verdade, porque buscam a eficácia acima de tudo, estão lá só para matar; para mim, pessoalmente, é bom ter uma oportunidade só."

Fechei os olhos por um instante para não pensar nas implicações pessoais dessa escolha, e voltei a abrir; tudo estava bem, como ele tinha dito, as letras BOZ passavam e repassavam devagar pela mira, apertei o gatilho no momento que achei oportuno e ouviu-se um som fraco, um leve *pou*. Realmente era uma experiência extraordinária, eu acabara de passar alguns minutos fora do tempo, num espaço balístico puro. Quando me levantei, vi que Aymeric estava examinando o barco com seus binóculos.

"Nada mau, não foi nada mau", disse, virando-se para mim. "Não acertou no centro, mas pôs a bala na tinta do O, quer dizer, ficou a dez centímetros do alvo. Para um primeiro tiro a cem metros de distância, eu até diria que foi muito bom."

Antes de ir embora me aconselhou a treinar com alvos fixos para só depois passar para os "alvos móveis". As letras do registro do barco eram perfeitas, permitiam ter pontos de referência precisos. Não havia problema em danificar aquele barco, disse, respondendo à minha objeção, ele conhecia o dono (que era, entre parênteses, um verdadeiro idiota), o mais provável era que nunca mais voltasse para o mar. Deixou comigo dez caixas de cinquenta cartuchos.

fumaça tão escura. Durante aqueles poucos segundos foi tirada a maioria das fotos reproduzidas mais tarde em todos os jornais do mundo, em particular a de Aymeric, que apareceria em muitas primeiras páginas, do *Corriere della Sera* ao *New York Times*. Nessa foto ele estava esplendidamente belo, os inchaços de seu rosto pareciam ter desaparecido misteriosamente, e acima de tudo parecia calmo, até alegre, sua longa cabeleira loura tremulando com uma lufada de vento que soprou nesse instante; estava com um baseado pendurado na comissura dos lábios e o fuzil de assalto Schmeisser apoiado no quadril; o segundo plano era de uma violência abstrata e absoluta, uma coluna de fogo se contorcendo diante de um fundo de fumaça preta; mas naquele instante Aymeric parecia feliz, quer dizer, quase feliz, pelo menos estava à vontade, seu olhar e sua postura descontraída transmitiam uma insolência incrível, era uma dessas imagens eternas da rebelião, e por isso foi reproduzida em tantos meios de comunicação no mundo inteiro. Também era, e isso com certeza fui um dos poucos ali a entender, também era o Aymeric que sempre conheci, um cara simpático, genuinamente simpático, e mesmo um cara bom, que quer apenas ser feliz, que embarcou no seu sonho agreste com base em uma produção razoável e de qualidade, e também em Cécile, mas Cécile se revelou uma grande sacana apaixonada pela vida em Londres com um pianista mundano, e a União Europeia era outra grande sacana com essa história das cotas de leite, ele com certeza não esperava que as coisas fossem terminar assim.

Apesar de tudo eu não entendo, continuo sem entender por que as coisas terminaram assim, ainda havia diversas configurações de vida aceitáveis, eu pensava não ter exagerado com minha história da Moldávia, era até compatível com o Jóquei Clube, com certeza existe uma nobreza moldava, há nobrezas em quase qualquer lugar, enfim, sem dúvida era possível criar algum roteiro de vida, mas eis que em um dado momento Aymeric ergueu a arma, colocou-a claramente em posição de tiro e avançou em direção à linha da CRS.

Os oficiais tiveram tempo de recompor uma formação de combate aceitável; enquanto isso chegava um segundo veículo blindado, expulsando dali sem muita cerimônia uns jornalistas que, naturalmente, protestaram mas recuaram com a simples ameaça viril de uma boa coronhada na cabeça, não foi preciso sequer mostrar as armas, afinal tudo é mais fácil quando se lida com maricas, enfim, acabaram indo para trás (e os jornalistas em questão já estavam tuitando protestos contra os atentados à liberdade de imprensa, mas isso não era problema da CRS, eles tinham seu pessoal de comunicação).

Seja como for, a barreira da CRS estava lá, a uns trinta metros da linha dos agricultores. Uma linha compacta, ligeiramente curva, militarmente aceitável, definida por uma muralha de escudos de plexiglass reforçado.

Pensei por algum tempo que tinha sido a única testemunha do que aconteceria a seguir, mas na verdade não, um cameraman da BFM conseguiu se esconder num arvoredo que havia no talude da estrada, escapando assim da investida da CRS, e gravou imagens claríssimas dos fatos, depois divulgadas pelo canal durante duas horas até que pediu desculpas públicas e as tirou do ar, mas era tarde, a sequência tinha chegado às redes sociais e no meio da tarde já contava com mais de um milhão de visualizações; o voyeurismo dos canais de televisão foi mais uma vez, e com toda razão, estigmatizado; de fato teria sido bem melhor que esse vídeo tivesse servido para as necessidades da investigação, só para as necessidades da investigação.

Com o fuzil de assalto confortavelmente apoiado na cintura, Aymeric iniciou um lento movimento giratório, apontando para os oficiais da CRS um após o outro. Estes se apertaram em sua formação, a barreira se estreitou um metro, no mínimo, ouviu-se um barulho bem forte quando seus escudos de plexiglass se entrechocaram e depois se fez silêncio. Os outros produtores haviam empunhado suas armas e se adiantaram até Aymeric, também apontando; mas eles só tinham espingardas de caça, e os policiais evidentemente entendiam que o Schmeisser de Aymeric, de calibre 223, era a única arma que podia romper seus escudos e perfurar seus coletes à prova de bala. E em retrospectiva acho que foi isso, a extrema lentidão do movimento de Aymeric, que provocou a tragédia, mas também a estranha expressão em seu rosto, ele parecia *disposto a tudo*, e felizmente os homens *dispostos a tudo* são poucos mas podem causar estragos consideráveis;

Saí em direção a Pont-l'Évêque por volta das onze da manhã. Dois quilômetros antes do acesso à cidade, a estrada estava bloqueada por tratores parados no meio da pista. Havia muitos até o centro, várias centenas, era um pouco surpreendente a ausência das forças de ordem, enquanto os agricultores comiam e tomavam cerveja perto de seus veículos, pareciam bastante sossegados. Liguei inutilmente para o celular de Aymeric e depois avancei a pé por alguns minutos, antes de aceitar a evidência: não tinha a menor possibilidade de encontrá-lo no meio daquela multidão. Voltei para o carro, virei em direção a Pierrefitte-en-Auge e subi uma colina que dominava o cruzamento das estradas. Dois minutos depois que estacionei ali, os fatos se precipitaram. Um grupo pequeno, uma dezena de caminhonetes, entre as quais reconheci o Nissan Navara de Aymeric, desceu devagar pela pista de acesso à A13. Um último carro, fazendo uma manobra em zigue-zague, ainda teve tempo de passar, às buzinadas, antes que fechassem a saída para Paris. Haviam escolhido muito bem o lugar, logo depois de uma reta de pelo menos dois quilômetros, a visibilidade era perfeita e os carros tinham tempo de sobra para frear. O trânsito ainda estava fluindo naquele começo de tarde, mas logo em seguida se formou um engarrafamento, ainda se ouviram algumas buzinadas, cada vez mais espaçadas, e depois se fez silêncio.

 O grupo era composto por uns vinte produtores; oito deles se instalaram na traseira das caminhonetes apontando as armas para os motoristas, havia uma distância de uns cinquenta metros até os primeiros carros, e Aymeric estava no centro, empunhando seu fuzil de assalto Schmeisser. Parecia descontraído, bem à vontade, e acendeu com displicência algo que me pareceu um baseado — para dizer a verdade, nunca o tinha visto fumar outra coisa. Frank, a seu lado, estava bem mais nervoso, apertando com as mãos o que parecia ser uma simples espingarda de caça. Os outros começaram a descarregar as latas de combustível das caminhonetes e levá-las para uns cinquenta metros mais atrás, onde as espalharam ao longo da estrada.

 Tinham quase terminado quando surgiu no horizonte o primeiro blindado das CRS. Mais tarde, a demora dessa intervenção iria suscitar inúmeras polêmicas; como testemunha só posso dizer que era mesmo difícil abrir passagem por mais que ligassem freneticamente as sirenes, os motoristas (a maioria dos quais tinha freado de repente e batido uns nos outros) simplesmente não podiam sair do lugar; seria preciso que os policiais descessem do blindado e continuassem a pé, era a única decisão a tomar, e essa era a única acusação que honestamente podia ser feita, na minha opinião, ao comandante do pelotão.

No exato momento em que estavam chegando ao lugar do incidente, duas máquinas agrícolas desceram pelo acesso à estrada; eram uns artefatos enormes, uma ceifadeira-debulhadora e uma ensiladeira de milho quase tão largas como a própria via de acesso, seus operadores vinham encarapitados a quatro metros de altura. As duas máquinas estacionaram pesada e definitivamente em meio às latas, e os operadores pularam para se juntar a seus companheiros no chão; foi então que entendi o que pretendiam fazer e custei a acreditar. Para usar aquelas máquinas, com certeza tiveram que pedir à cooperativa agrícola CUMA, provavelmente a regional de Calvados; então me lembrei da sede da CUMA, a umas dezenas de metros da DRAF, e me passou fugazmente pela cabeça a imagem da recepcionista (uma velha divorciada e infeliz que não tinha conseguido renunciar de todo ao sexo, o que provocou muitos episódios patéticos). Para conseguir o empréstimo de uma ceifadeira-debulhadora e uma ensiladeira (aliás, que história teriam contado?; não era estação de ensilagem e muito menos de colheita), devem ter apresentado no mínimo a identidade, sem isso seria impossível, aquelas máquinas valem várias centenas de milhares de euros, eles eram criminalmente responsáveis, não iam se safar de graça, não era possível, será que tinham se metido numa espécie de beco sem saída, numa via rápida para o suicídio, *brother*?

Tudo se desencadeou com uma rapidez surpreendente, como uma sequência muitas vezes ensaiada, perfeita: assim que os dois operadores se juntaram aos outros, um sujeito grandalhão e ruivo (achei que era Barnabé, que eu vira uns dias antes na casa de Aymeric) tirou um lança-foguetes da caçamba da caminhonete e o montou com calma.

Dispararam dois foguetes contra os tanques de combustível das máquinas. A explosão foi instantânea, duas imensas chamas se elevaram em direção ao céu, antes de se juntarem no ar e se sobreporem às máquinas numa enorme nuvem de fumaça negra e dantesca, eu nunca tinha imaginado que o diesel agrícola pudesse fazer uma

Os produtores rurais normandos foram convocados para uma manifestação, no domingo ao meio-dia, no centro de Pont-l'Évêque. Ao ver a notícia na BFM, pensei primeiro que se tratava de uma escolha simbólica, destinada a atrair uma boa cobertura da imprensa para a manifestação — o nome do queijo pont-l'évêque era conhecido em toda a França e até no exterior. Na verdade, como mostraria a evolução dos acontecimentos, tinham escolhido esse lugar porque ficava na interseção do acesso à A132 que vinha de Deauville com a estrada A13, Caen-Paris.

Quando me levantei, bem cedo, o vento do oeste havia dissipado totalmente a névoa, o mar estava cintilando, agitado por pequenas ondulações até o infinito. O céu, perfeitamente diáfano, apresentava um degradê de tonalidades ingênuas, de um azul muito claro; pela primeira vez tive a impressão de distinguir no horizonte as costas de uma ilha. Saí com os binóculos: sim, era surpreendente dada a distância, mas via-se muito bem uma ligeira saliência de um verde suave que devia ser a costa oriental de Jersey.

Com um dia assim, nada de dramático podia acontecer; eu realmente não tive a menor vontade de voltar a compartilhar o mal-estar dos produtores rurais, e quando me sentei ao volante do meu 4×4, tinha mais ou menos a intenção de passear nos escarpados de Flamanville, talvez chegar até a ponta de Jobourg; com aquele céu decerto se via a costa de Alderney; então me lembrei rapidamente do ornitólogo, talvez sua busca interminável o tivesse levado para muito mais longe, a regiões muito mais sombrias, quem sabe naquele momento estava mofando em alguma prisão de Manila, outros presos já tinham cuidado dele, seu corpo intumescido e sanguinolento devia estar coberto de baratas, a boca com os dentes quebrados não conseguia barrar a passagem dos insetos que adentravam sua garganta. Essa imagem desagradável foi o primeiro contratempo da manhã. Houve um segundo, quando, passando pelo galpão onde Aymeric guardava a maquinaria agrícola, vi suas idas e vindas carregando latas de combustível até a caçamba da caminhonete. Para que essas latas de combustível? Aquilo não prometia nada de bom. Desliguei o motor, hesitando, devia ir lá falar com ele? Mas, para dizer o quê? O que mais podia lhe dizer depois de nossa última conversa? As pessoas nunca escutam os conselhos que recebem, e quando pedem conselhos é especialmente para não segui-los, o que querem mesmo é que uma voz externa confirme que estão numa espiral de aniquilação e de morte, e os conselhos que recebem têm exatamente a mesma função que o coro trágico confirmando ao herói que está no caminho da destruição e do caos.

Mas a manhã estava tão bonita, eu não consegui acreditar totalmente nisso e, depois de uma breve hesitação, arranquei e parti em direção a Flamanville.

Meu passeio pelos escarpados, infelizmente, não deu certo. No entanto, nunca a luz foi tão bela, nunca o ar foi tão fresco e revigorante, nunca o verdor das pradarias foi tão intenso, nunca o brilho do sol sobre as marolas do oceano quase plácido foi tão fascinante; assim como nunca, acho, eu tinha me sentido tão infeliz. Continuei até a ponta de Jobourg e foi ainda pior, era inevitável que a imagem de Kate ressurgisse, e o azul do céu era ainda mais intenso, a luz ainda mais cristalina, agora vinha uma luz do norte, primeiro lembrei como ela me olhava nos jardins do castelo de Schwerin, com aquele olhar tolerante e doce, que já me perdoava, e depois me vieram outras lembranças de dias mais distantes, de um passeio que fizemos juntos pelas dunas de Sonderborg, onde moravam os pais dela, a luz daquela manhã era idêntica, e por alguns minutos me refugiei atrás do volante do G 350 e fechei os olhos; meu corpo foi abalado por tremores estranhos mas não chorei, aparentemente não tinha mais lágrimas.

absolutamente nada a propor além das minhas absurdas fantasias moldavas, e o pior era que ainda não tinha terminado.

"Depois de dividir por três o número de agricultores", continuei, agora com a sensação de entrar no âmago do fracasso da minha vida profissional e de me destruir em cada palavra que pronunciava, mas, ao mesmo tempo, se ao menos pudesse contar com algum sucesso pessoal, se tivesse conseguido fazer feliz uma mulher, ou mesmo um animal, mas nem isso, "e uma vez que estivermos nos padrões europeus, mesmo assim não teremos vencido, estaremos no limiar da derrota definitiva, porque nesse momento vamos entrar em contato de fato com o mercado mundial, e não podemos vencer a batalha da produção mundial."

"E você acha que nunca vão adotar medidas protecionistas? Considera totalmente impossível?" O tom de Frank era estranhamente distante, ausente, como se estivesse pedindo mais informação sobre umas curiosas superstições locais.

"Absolutamente impossível", respondi, sem hesitar. "O bloqueio ideológico é forte demais." Refletindo sobre meu passado profissional, sobre meus anos de vida profissional, vi que tinha me deparado, de fato, com estranhas superstições de casta. Meus interlocutores não lutavam por seus interesses, nem pelos interesses que supostamente defendiam, seria um erro acreditar nisso: lutavam por ideias; durante anos convivi com pessoas dispostas a morrer pela liberdade de comércio.

"Pois então", e me virei de novo para Aymeric, "na minha opinião está tudo fodido, fodido de verdade, e por isso o que eu digo é que você deve tentar se safar de forma individual, Cécile era uma sem-vergonha, deixa ela trepar com o pianista, esquece as suas filhas, vende a fazenda, vai para outro lugar, esquece por completo toda essa confusão, se você fizer isso agora ainda tem uma pequena possibilidade de recomeçar a vida."

Dessa vez fui claro, dificilmente poderia ter sido mais claro, e só fiquei lá por mais alguns minutos. No momento em que me levantei para sair, Aymeric me lançou um olhar esquisito no qual pude ler um quê de gozação, mas talvez fosse, mais provavelmente, um quê de loucura.

No dia seguinte acompanhei a evolução do conflito pela rede BFM — uma breve reportagem. Afinal tinham decidido levantar o bloqueio sem resistência e permitir a passagem dos caminhões-tanque de leite que iam do porto de Havre para as fábricas de Méautis e de Valognes. Frank foi contemplado com uma entrevista de quase um minuto, na qual expôs de forma a meu ver muito clara, sintética e convincente, apresentando alguns números, por que a situação dos produtores rurais normandos se tornara impossível. Concluiu dizendo que a luta só tinha começado, e que a Confederação do Campo e a Coordenação Rural, reunidas, estavam convocando uma grande jornada de mobilização no domingo seguinte. Aymeric estava ao seu lado durante toda a entrevista mas não disse nada, ficou brincando maquinalmente com o percussor de seu fuzil de assalto. Essa matéria me deixou num estado temporário, e paradoxal, de otimismo: Frank tinha sido tão claro, tão moderado e tão lúcido em sua intervenção — em um minuto de entrevista me parecia impossível dizer melhor — que eu não via como poderiam se negar a ouvi-lo, como poderiam se negar a negociar. Depois desliguei a televisão, olhei pela janela da cabana — eram pouco mais de seis da tarde, as volutas de neblina se evanesciam pouco a pouco com o avanço da noite — e lembrei que, durante quase quinze anos, eu também *sempre* tive razão nos meus relatórios, que defendiam o ponto de vista dos produtores locais, *sempre* apresentei números realistas e propus medidas de proteção razoáveis, circuitos pequenos e economicamente viáveis, mas eu era apenas um agrônomo, um técnico, e afinal de contas *sempre* me disseram não, no último momento as coisas *sempre* descambavam para o triunfo do livre-câmbio, para a vertente da produtividade, e então abri outra garrafa de vinho, a noite já havia se instalado na paisagem, *Nacht ohne Ende,* quem era eu para pensar que podia alterar alguma coisa no curso do mundo?

como Barnabé. Aparentemente tinham acabado de chegar, deixaram as armas ao alcance da mão e se serviram de vodca, mas sem tirar os casacos — percebi então que estava fazendo um frio tremendo na sala, pelo visto Aymeric tinha desistido de aquecer o ambiente, não sei se ainda tirava a roupa antes de ir dormir, parecia que estava desistindo de um bocado de coisas.

"Esta manhã paramos uns caminhões-tanque que vinham do porto de Havre... Era leite irlandês e brasileiro. Eles não esperavam topar com gente armada, de maneira que deram meia-volta sem criar dificuldades. Mas é quase certo que foram logo depois à gendarmaria. O que vamos fazer amanhã, quando voltarem com uma tropa da CRS? Continuamos girando em torno da mesma questão; estamos na linha de fronteira."

"Não podemos retroceder, eles não vão ter coragem de atirar, não podem fazer isso", argumentou o gigante ruivo.

"Não, não vão atirar primeiro...", disse Frank. "Mas vão investir contra nós e tentar nos desarmar, o confronto é inevitável. A questão é saber se *nós* vamos atirar. Se resistirmos, passaremos a noite na delegacia de Saint-Lô. Mas se houver feridos ou mortos, a história vai ser bem diferente."

Olhei incrédulo para Aymeric, que estava calado, girando o copo com as mãos; parecia obcecado, taciturno, evitando meus olhos, e pensei que eu realmente precisava intervir, tinha que tentar fazer alguma coisa, se ainda fosse possível. "Olha!", disse afinal, com voz firme mas sem a menor ideia do que ia dizer depois.

"Sim?..." Dessa vez Aymeric levantou a cabeça e me encarou, o mesmo olhar franco, honesto, que tinha nos nossos vinte anos e que me fez gostar dele desde o primeiro momento. "Escuta, Florent...", continuou em voz muito baixa, "... me diz o que você acha, quero saber seu ponto de vista. Nós aqui estamos mesmo fodidos, ou ainda podemos fazer alguma coisa? Será que eu devo tentar alguma coisa? Ou fazer como o meu pai, vender a fazenda, renovar meu título no Jóquei Clube e passar o resto da vida desse jeito, tranquilamente? Quero saber o que você acha."

Desde o início tínhamos que chegar a este ponto; desde a minha primeira visita, pouco mais de vinte anos antes, quando ele acabara de se estabelecer como produtor e eu tentava, de forma mais banal, começar uma carreira de executivo, tínhamos adiado essa conversa por mais de vinte anos e agora era o momento, e os outros dois se calaram de repente; agora a coisa era entre nós dois, entre mim e ele.

Aymeric continuava esperando, de olhos fixos nos meus, direto e cândido, e então comecei a falar sem muita consciência do que dizia, com a sensação de estar escorregando num plano inclinado, era atordoante, e um pouco desanimador, como sempre acontece quando você mergulha de cabeça na verdade, o que não ocorre muitas vezes na vida. "Olha", disse eu, "de vez em quando fecham uma fábrica, transferem uma unidade de produção, digamos que demitem setenta operários, e isso vira reportagem na BFM, fazem um piquete de greve, queimam pneus, aparecem um ou dois políticos locais, enfim, é um assunto da atualidade, um assunto interessante, com características visuais fortes; siderurgia e lingerie são coisas diferentes, mas sempre rendem imagens. Já aqui, bem, todo ano há centenas de produtores rurais fechando as portas."

"Ou se matando…", interveio austeramente Frank, depois balançou a mão para se desculpar por ter falado, e voltou a fazer uma expressão triste, impenetrável.

"Ou se matando", confirmei. "O número de produtores rurais franceses diminuiu enormemente nos últimos cinquenta anos, mas não o suficiente. Ainda vai ser preciso dividir esse número por dois ou por três para chegar aos padrões europeus, aos padrões da Dinamarca ou da Holanda; bem, cito esses países porque estamos falando de produtos lácteos, se fossem frutas mencionaria Marrocos ou Espanha. Hoje temos um pouco mais de sessenta mil produtores de leite; dentro de quinze anos temo que não sobrem vinte mil. Resumindo, o que acontece com a agricultura da França neste momento é um enorme plano de demissão coletiva, o maior da atualidade, mas é um plano secreto, invisível, no qual as pessoas desaparecem individualmente, cada uma em seu canto, sem nunca virar reportagem na BFM."

Aymeric balançou a cabeça com uma satisfação que me doeu, porque nesse momento entendi que ele não esperava outra coisa de mim, só a confirmação objetiva da catástrofe, e eu não tinha nada,

A reunião sindical foi realizada na Carteret, uma cervejaria imensa situada na Place de Terminus, cujo nome acho que fazia referência à antiga estação ferroviária ali em frente, agora em desuso, já meio invadida pelo mato. Em termos de culinária, a Carteret oferecia principalmente pizzas em seu cardápio. Cheguei bastante atrasado, os discursos já tinham terminado, mas ainda havia uns cem produtores nas mesas, a maioria tomando cerveja ou vinho branco. Falavam pouco — o ambiente da reunião não tinha nada de alegre — e me lançaram uns olhares desconfiados quando me dirigi à mesa onde Aymeric estava sentado em companhia de Frank e outros três sujeitos que, como este, tinham rostos sensatos e tristes e davam a impressão de terem cursado, no mínimo, estudos agrícolas, enfim, com certeza também eram sindicalistas, e tampouco eram muito falantes, não podemos esquecer que a queda dos preços do leite (como eu tinha me informado no *Manche Libre*) dessa vez havia sido brutal, uma verdadeira porrada, eu não conseguia imaginar nenhuma base para eventuais negociações.

"Estou incomodando...?", perguntei, tentando usar um tom jovial. Aymeric me deu uma olhada constrangida.

"Que nada, que nada...", respondeu Frank, que me pareceu ainda mais cansado, mais abatido que da última vez.

"Decidiram alguma coisa?" Não sei o que me levou a fazer essa pergunta, e nem tinha muita vontade de saber a resposta.

"Estamos pensando, estamos pensando..." Frank me olhou de um modo estranho, um olhar de baixo para cima, um pouco hostil, mas sobretudo incrivelmente triste, até desesperado, ele falava comigo como se estivesse do outro lado de um abismo, e comecei a sentir um verdadeiro mal-estar, não tinha nada o que fazer ali, eu não era solidário, não podia ser, não levava a mesma vida que eles, minha vida tampouco era muito brilhante mas não era igual, só isso. Então me despedi com rapidez, tinha ficado lá uns cinco minutos, mas acho que quando saí já tinha entendido que as coisas, dessa vez, podiam acabar realmente mal.

Passei os dois dias seguintes trancado no bangalô, consumindo meus últimos mantimentos, hesitando entre diferentes canais de televisão; tentei me masturbar duas vezes. Na manhã de quarta-feira a paisagem apareceu mergulhada num imenso lago de bruma, até onde a vista alcançava; não se via nada a dez metros da porta, mas mesmo assim eu tinha que sair para fazer compras, tinha que ir pelo menos ao Carrefour Market de Barneville-Carteret. Demorei mais ou menos meia hora para chegar, dirigindo com muita prudência, sem passar de quarenta por hora; vez por outra, uns imprecisos halos amarelados revelavam a presença de outro veículo. Em geral Carteret oferecia o espetáculo de um pequeno balneário chique, com sua marina, as lojas de artigos de vela, o restaurante de gastronomia que servia lagostas da baía; agora parecia uma cidade-fantasma, invadida pela neblina, não vi nenhum outro veículo, nem um pedestre, enquanto me dirigia para o supermercado; o Carrefour Market, com seus corredores quase desertos, parecia o último vestígio de civilização, de ocupação humana; comprei queijo, frios e vinho tinto, com a sensação irracional, mas persistente, de que ia resistir a um cerco.

Passei o resto do dia andando pelo passeio da orla, num silêncio acolchoado, total, saindo de um banco de névoa para entrar em outro, sem distinguir em momento algum o mar lá embaixo; minha vida parecia tão disforme e incerta quanto a paisagem.

Na manhã seguinte, ao passar pela porta do castelo, vi Aymeric distribuindo armas para um pequeno grupo, eram uns dez homens, com parcas e roupa de caça. Depois todos entraram em seus carros e partiram rumo a Valognes.

Quando voltei a passar por lá, cerca de cinco da tarde, vi a caminhonete de Aymeric estacionada no pátio e me encaminhei direto para a sala: ele estava sentado com Frank e um terceiro homem, um gigante ruivo que parecia desconfortável e que me apresentaram

— um sujeito de rosto pálido, inteligente e triste; ambos estavam de terno escuro com uma gravata azul-marinho combinando; nesse momento me veio a súbita certeza de que Aymeric tinha acabado de emprestar a gravata ao outro. Ele me apresentou como "um amigo, que aluga um bangalô", sem mencionar que eu havia trabalhado no Ministério da Agricultura, pelo que lhe agradeci. Frank era o "responsável pelo sindicato aqui na Manche", prosseguiu. Esperei alguns segundos até que explicou: "A Confederação do Campo". Balançou a cabeça, em dúvida, antes de acrescentar: "Às vezes eu me pergunto se não deveríamos nos filiar à Coordenação Rural. Sei lá, não tenho muita certeza, a essa altura não tenho mais certeza de nada...".

"Estamos indo a um enterro...", acrescentou Aymeric. "Nosso colega de Carteret se matou há dois dias."

"É o terceiro desde o começo do ano...", acrescentou Frank. Ele ia organizar uma reunião sindical em Carteret dois dias depois, no domingo à tarde; disse que eu seria bem-vindo se quisesse aparecer. "De qualquer maneira temos que fazer alguma coisa, não podemos aceitar outra redução no preço do leite, se aceitarmos estamos todos fodidos, não há escapatória; temos que dar um basta já."

Antes de entrar na picape de Frank, Aymeric me lançou um olhar pedindo desculpas; eu não lhe havia contado nada de minha vida sentimental, não lhe falei uma palavra de Camille, percebi nesse momento, mas em geral não vale a pena dizer muita coisa, as coisas se entendem por si mesmas, ele devia desconfiar de que eu tampouco andava muito bem naquele momento, que a sorte dos produtores de leite dificilmente provocaria a minha compaixão ativa.

Voltei mais ou menos às sete da noite, Aymeric já tivera tempo de entornar meia garrafa de vodca. O enterro tinha sido como dava para imaginar; o suicida não deixava família, nunca encontrou com quem se casar, seu pai estava morto e a mãe, meio gagá, não parava de soluçar, repetindo que os tempos haviam mudado. "Tive que contar um pouco das coisas para o Frank...", desculpou-se Aymeric. "Fui obrigado a dizer que você entende um pouquinho dos problemas de agricultura; mas não pense que ficou ressentido, ele sabe muito bem que a margem de manobra dos funcionários é pequena..."

Eu não era funcionário, o que por outro lado não aumentava minha margem de manobra, e senti a tentação de passar para a vodca também, para que prolongar os nossos suplícios? Mas alguma coisa me conteve, e pedi a Aymeric que abrisse uma garrafa de vinho branco. Ele assentiu, cheirou a bebida, demonstrando surpresa antes de me servir, como se trouxesse a lembrança de uma época mais feliz. "Você vai no domingo?", perguntou quase com leveza, como se estivesse falando de uma reunião prazerosa de amigos. Eu não sabia, respondi que sim, provavelmente, mas será que essa reunião daria em alguma coisa? Iam tomar alguma decisão? Na opinião dele, sim, talvez sim, os produtores estavam realmente revoltados, no mínimo iam se recusar a fornecer leite para as cooperativas e as indústrias. Só que, pense bem, o que iam fazer dois ou três dias depois, quando chegassem os caminhões-tanque com leite da Polônia ou da Irlanda? Bloquear a estrada com fuzis? E mesmo se chegassem a esse extremo, o que iam fazer quando os caminhões retornassem sob a proteção dos guardas da CRS? Abrir fogo?

A ideia de "ações simbólicas" me passou pela cabeça, mas a vergonha me paralisou antes de concluir a frase. "Derramar hectolitros de leite na entrada da prefeitura de Caen...", continuou Aymeric, "obviamente podemos fazer isso, mas só rende um dia de cobertura da mídia, não mais que isso, e no fundo acho que não quero. Eu fui um dos que derramaram latões de leite na baía de Mont-Saint-Michel em 2009; uma péssima lembrança. Ordenhar como toda manhã, encher os latões e depois jogar tudo fora como se não valesse nada... Acho que prefiro pegar em armas."

Antes de ir embora apanhei algumas caixas de munição; não imaginava que a situação pudesse descambar para um confronto armado, quero dizer, não imaginava coisa nenhuma, mas havia algo inquietante no estado de ânimo deles, em geral não acontece nada mas às vezes sim, a gente nunca está preparado de verdade. De todo modo, não me faria mal nenhum treinar um pouco de tiro.

Durante as semanas seguintes treinei toda manhã por pelo menos duas horas. Não posso dizer que esquecia "todas as minhas preocupações", isso seria exagerado, mas o fato é que toda manhã tinha um período de calma e de paz relativas. Além do mais, o Captorix ajudava, isso é inegável, minhas ingestões cotidianas de álcool continuavam sendo moderadas; também era reconfortante saber que tomava a dose de 15 mg, um pouco abaixo da máxima. Desprovido tanto de desejos quanto de razões para viver (seriam equivalentes os dois termos?, era uma questão difícil, não tinha uma opinião formada a respeito), eu mantinha o desespero num nível aceitável, pode-se viver em estado de desespero, aliás a maioria das pessoas vive assim, mas de vez em quando se perguntam se não podem se deixar levar por um sopro de esperança, enfim, formulam a pergunta antes de responderem negativamente. E, no entanto, persistem, é um espetáculo comovente.

No tiro eu progredia rapidamente, com uma rapidez que até me impressionava; em menos de duas semanas consegui acertar não só no centro do O, mas também dentro das duas curvaturas do B e do triângulo do 4; foi quando pensei em passar para os "alvos móveis". Que aliás não faltavam na praia, os mais evidentes eram as aves marinhas.

Eu nunca tinha matado um animal, não houve nenhuma oportunidade na minha vida, mas a princípio não era hostil à ideia. Achava repugnantes os matadouros industriais, mas nunca fiz qualquer objeção à caça, que mantém os animais em seu hábitat natural e permite que corram e voem livremente até que um predador, situado mais acima na cadeia alimentar, os mate. Não havia dúvida de que a Steyr Mannlicher me transformava num predador situado mais acima na cadeia alimentar; mas o caso é que eu nunca tivera um animal na mira do meu fuzil.

* * *

    Um dia me decidi, pouco depois das dez da manhã. Estava deitado no meu cobertor, no topo da encosta, o dia estava fresco e agradável, não faltavam alvos.
    Mantive uma ave na mira durante um bom tempo, não era uma gaivota nem um alcatraz, nada tão conhecido, era apenas um pássaro miúdo e indiferenciado, de pés compridos, que eu já tinha visto muitas vezes naquelas praias, de certo modo um proletário das praias, na verdade um bicho estúpido, com um olhar fixo e malvado, uma pequena máquina assassina que se movia com seus longos pés num passo mecânico e previsível que só se interrompia quando descobria alguma presa. Estourando sua cabeça eu podia salvar a vida de muitos gastrópodes, também de muitos cefalópodes, quero dizer, introduzia uma pequena variação na cadeia alimentar, e isso sem qualquer interesse pessoal, aquele bicho sinistro certamente era incomível. Eu tinha apenas que lembrar que sou um homem, o amo e senhor, o universo inteiro havia sido criado por um Deus justo só para a minha conveniência.
    O confronto durou alguns minutos, pelo menos três, mais provavelmente cinco ou dez, e então minhas mãos começaram a tremer e entendi que não era capaz de apertar o gatilho, decididamente era um covarde, um covarde triste e insignificante, e ainda por cima estava envelhecendo. "Quem não tem coragem de matar não tem coragem de viver", essa frase girava em minha mente sem parar, sem criar nada além de uma esteira de dor. Voltei para o bangalô e apanhei uma dúzia de garrafas vazias que pus de qualquer jeito na ponta do declive antes de despedaçá-las em menos de dois minutos.
    Depois de estourar todas as garrafas, vi que a minha reserva de munição havia terminado. Fazia quase duas semanas que não via Aymeric, mas notei que desde o começo do ano ele recebia muitas visitas — picapes ou 4×4 estacionavam com frequência no pátio do castelo, e o vi acompanhar até o veículo vários homens da sua idade, vestindo roupas de trabalho como ele, decerto outros produtores rurais da região.
    No momento em que cheguei ao castelo, ele estava saindo em companhia de um cinquentão que eu já tinha visto dois dias antes

não levava a nada, e então me dirigi para o mezanino, lá em cima devia ser mais funky e mais cool, havia uns sofás estripados, com o tecido cheirando a mofo, jogados no chão. Também havia uma vitrola e uma coleção de discos, a maioria de quarenta e cinco rotações, que depois de alguma hesitação identifiquei como discos de twist — reconheci principalmente pelas posições das figuras dançando nas capas, os cantores e as bandas já tinham caído no esquecimento definitivo.

Então me lembrei de que o arquiteto tinha me parecido pouco à vontade durante a visita, não ficou um minuto além do tempo estritamente necessário para me explicar o funcionamento dos equipamentos, dez minutos no máximo, e repetiu várias vezes que para ele seria melhor vender aquela casa, se as formalidades de cartório não fossem tão complicadas etc., e principalmente se tivesse a sorte de encontrar um comprador. Ele devia ter um passado naquela casa, um passado cujos contornos tive dificuldade para definir, entre o marquês de Sade e o twist, um passado do qual precisava se livrar, sem abrir com isso a possibilidade de um futuro, mas de todo modo o conteúdo daquela ala da casa não me evocava nada que poderia ter encontrado na casa de Clécy, era outra patologia, outra história, e voltei para a cama quase tranquilizado, nós na verdade nos sentimos mais seguros ao descobrir, em meio aos nossos dramas, outros dramas dos quais fomos poupados.

Na manhã seguinte, um passeio de meia hora me levou até as margens do Orne. O percurso tinha poucos atrativos, exceto para quem se interessava pelo processo de transformação das folhas mortas em húmus — como era o meu caso no passado, há mais de vinte anos, quando cheguei a realizar diversos cálculos sobre a quantidade de húmus produzido em função da densidade da cobertura florestal. Outras vagas lembranças dos meus estudos, muito imprecisas, me vinham à mente, por exemplo aquela floresta me parecia mal conservada — a densidade de cipós e parasitas era excessiva, devia atrapalhar o crescimento das árvores; é errada a ideia de que se deixarmos a natureza à vontade ela produz arvoredos esplêndidos, com árvores poderosamente autônomas, esse tipo de arvoredo que já foi comparado a catedrais, já provocou até emoções religiosas de tipo panteísta; mas em geral a natureza em liberdade só produz um emaranhado disforme e caótico, composto de plantas bem diversas e no conjunto bastante feias; foi esse mais ou menos o espetáculo que meu passeio pelas margens do Orne me proporcionou.

O proprietário da casa tinha me recomendado não dar comida aos cervos se por acaso cruzasse com algum. Não porque pensasse que essa iniciativa desrespeitava a dignidade de um animal selvagem (deu de ombros com impaciência, para destacar como era ridícula essa objeção); os cervos, como a maioria dos animais selvagens, são onívoros oportunistas, comem qualquer coisa, nada os deixa mais contentes que topar com os restos de um piquenique ou com um saco de lixo rasgado; o problema era, simplesmente, que se eu começasse a alimentá-los iam voltar todos os dias, e nunca mais ia conseguir me livrar deles, são uns verdadeiros grudes esses cervos. Mas se eu, tocado pela graça dos seus pulinhos, fosse envolvido por uma emoção

Caí finalmente num sono doloroso, não sem antes recorrer várias vezes ao calvados envelhecido do centro comercial Leclerc de Coutances. Nenhum sonho pressagiou nada, mas no mais escuro da noite fui acordado bruscamente por uma sensação de fricção, ou de carícia, nos ombros. Então me levantei, percorri o quarto inteiro para tentar me acalmar, fui à janela: a noite era escura, devíamos estar na fase em que a lua se esconde completamente, não se via uma estrela, a camada de nuvens estava muito baixa. Eram duas da madrugada, a noite ia pela metade, era a hora do ofício de vigília nos monastérios; acendi todas as luzes que encontrei, sem conseguir me acalmar totalmente: tinha sonhado com Camille, com certeza foi ela quem acariciou meus ombros no sonho, como fazia todas as noites alguns anos antes, muitos, na verdade. Eu não tinha mais a esperança de ser feliz, mas ainda ambicionava escapar da pura e simples demência.

Voltei para a cama, passei os olhos pelo quarto: era um triângulo equilátero perfeito, as duas paredes inclinadas se juntavam no centro, na altura da viga mestra. Então tomei consciência da armadilha em que havia caído: era um quarto idêntico àquele onde dormi com Camille todas as noites em Clécy, nos três primeiros meses de nossa vida juntos. A coincidência não tinha nada de surpreendente por si só, todas essas casas normandas foram construídas mais ou menos seguindo o mesmo modelo, e só estávamos a vinte quilômetros de Clécy; mas eu não esperava aquilo, as duas casas não se pareciam por fora, a de Clécy tinha vigas aparentes de madeira, enquanto as paredes desta eram de pedra bruta, provavelmente arenito. Então me vesti depressa e desci para a sala, fazia um frio glacial, a lareira não estava acesa, eu nunca fui hábil com o fogo, não sabia arrumar a lenha e os galhos mais finos, isso era um dos muitos detalhes que me distanciavam do homem de referência — Harrison Ford, digamos — que eu gostaria de ser, enfim, naquele momento não se tratava disso, um espasmo doloroso apertou meu coração, as lembranças fluíam sem parar, não é o futuro, é o passado que nos mata, que volta, que nos atormenta e consome e acaba na verdade nos matando. A sala também era igual àquela onde eu tinha jantado com Camille durante três meses, depois de fazermos nossas compras no açougue-charcutaria artesanal de Clécy, na padaria-confeitaria também artesanal e em diversos horticultores, e depois de ela *tomar conta* da cozinha, com o entusiasmo que retrospectivamente me doía tanto. Reconheci a fileira de panelas de cobre brilhando com um fulgor suave na parede de pedra. Reconheci o aparador de nogueira maciça, as prateleiras de treliça para realçar as faianças de Rouen com seu desenho colorido e naïf. Reconheci na parede o relógio de carvalho, parado definitivamente numa hora, num instante do passado — alguns o tinham parado na morte de um filho ou de alguém próximo, outros no momento em que a França declarou guerra à Alemanha em 1914, outros ainda quando foram dados plenos poderes ao marechal Pétain.

Eu não podia ficar ali, peguei uma chave grossa de metal que me deu acesso ao outro lado, que naquele momento não estava muito habitável, o arquiteto tinha me avisado, era impossível aquecer esse ambiente, mas se eu ficasse até o verão poderia utilizá-lo. Era um quarto muito espaçoso, que em outros tempos devia ter sido o aposento principal da casa e agora estava entulhado com uma confusão de poltronas e assentos de jardim, mas uma parede inteira era ocupada por uma biblioteca onde descobri, surpreso, uma edição integral do marquês de Sade. Devia ser do século XIX, o volume estava encadernado em couro natural, com várias fiorituras douradas nas capas e na lombada, esta merda deve custar os olhos da cara, pensei rapidamente enquanto folheava a obra adornada com muitas gravuras, enfim, observei sobretudo as gravuras, e o mais curioso era que não entendi nada, elas representavam diferentes posições sexuais que incluíam um número variável de protagonistas, mas eu não conseguia me localizar, imaginar um lugar que pudesse ocupar naquele conjunto, tudo aquilo

Ele tivera poucos inquilinos, e de todo modo nunca antes dos meses de verão, ia tirar de imediato o anúncio do site. Mesmo no verão, aliás, a situação não melhorava muito. "Não tem sinal de internet", disse ele com uma súbita preocupação, "imagino que você já sabia, tenho quase certeza de que pus no anúncio." Respondi que sim, que tinha aceitado bem essa ideia. Então vi um breve movimento de temor em seus olhos. Não devem faltar deprimidos querendo se isolar, passar alguns meses no mato para "se reconectar consigo mesmos", mas os que aceitam de primeira ficar sem internet por um tempo indefinido é porque estão nas últimas, li isso em seu olhar nervoso. "Não vou me suicidar", expliquei com um sorriso que gostaria que fosse apaziguante, mas que na verdade deve ter sido bastante perturbador. "Pelo menos, não imediatamente", acrescentei à guisa de concessão. Ele resmungou alguma coisa e se concentrou nos aspectos técnicos, que aliás eram muito simples. Os radiadores elétricos eram controlados por um termostato, bastava girar o botão para obter a temperatura desejada; a água quente vinha direto da caldeira, eu não tinha que fazer nada. Podia acender a lareira, se quisesse; mostrou-me o fluido para o fogo, a reserva de lenha. O sinal de celular era irregular: o da operadora SFR não existia, o da Bouygues era bastante bom, ele tinha esquecido sobre o da Orange. Mas havia um telefone fixo, não existia nenhum sistema de cobrança, ele preferia confiar nas pessoas, acrescentou com um gesto que parecia caçoar da própria atitude, só esperava que eu não passasse as noites ligando para o Japão. "Para o Japão, certamente não", interrompi com uma brutalidade que eu mesmo não esperava, ele franziu as sobrancelhas, vi que não sabia se devia continuar fazendo perguntas, tentar saber mais alguma coisa, e após alguns segundos desistiu, deu meia-volta e se dirigiu para seu 4×4. Eu continuava pensando que voltaríamos a nos ver, que aquilo era o começo de uma relação, mas antes de arrancar com o carro ele me deu um cartão de visita: "Meu endereço, para o aluguel...".

Agora então eu estava na terra, como escreve Rousseau, sem ter outro irmão, próximo, amigo ou sócio além de mim mesmo. Isso até que correspondia bastante, mas a semelhança acabava aí: na frase seguinte, Rousseau se proclamava "o mais sociável e o mais amoroso dos seres humanos". Não era o meu caso; já falei de Aymeric, já falei de algumas mulheres, a lista afinal é curta. Ao contrário de Rousseau, eu não podia dizer que tinha sido "proscrito da sociedade humana por acordo unânime"; os homens de modo algum se aliaram contra mim; aconteceu simplesmente que nada aconteceu, minha adesão ao mundo, que sempre havia sido limitada, pouco a pouco foi se tornando inexistente, até ser impossível parar a voragem.

Aumentei a temperatura no termostato antes de ir dormir, ou pelo menos de ir me deitar, dormir era outra coisa, estávamos em pleno inverno, os dias começavam a se prolongar, mas a noite ainda seria longa, e no meio do bosque seria absoluta.

Drive, um posto de gasolina Leclerc, um espaço cultural e uma agência de viagens — também Leclerc. Não havia funerária Leclerc, mas parece que era o único serviço que faltava.

Eu nunca tinha posto os pés, na minha idade, num centro comercial Leclerc. Fiquei deslumbrado. Nunca imaginaria que existisse um lugar tão abundantemente abastecido, em Paris era inconcebível algo como aquilo. Além do mais eu tinha passado minha infância em Senlis, uma cidade antiquada, burguesa, até anacrônica em certos aspectos, e meus pais foram defensores ferozes, até a morte, do comércio de proximidade, que sempre apoiaram com suas compras. Quanto ao Méribel, melhor nem falar, era um lugar artificial, recriado, fora dos fluxos reais do comércio mundial, uma verdadeira palhaçada turística. O centro Leclerc de Coutances era diferente, lá se via de fato a distribuição pesada, a distribuição em larga escala. Produtos alimentícios de todos os continentes eram oferecidos ao longo de prateleiras intermináveis, quase fiquei tonto pensando na logística mobilizada, nos contêineres imensos atravessando mares sempre incertos.

Nesses canais, veja ali
esses barcos a dormir
cujo humor é vagabundo;
Saiba que é para atender
ao teu mínimo querer
que eles vêm do fim do mundo.

Depois de passar uma hora perambulando por ali, e quando meu carrinho já estava bastante cheio, mais que a metade, não pude deixar de pensar na hipotética garota moldava que poderia, que deveria ter feito Aymeric feliz, e que agora ia morrer num canto obscuro de sua Moldávia natal sem nunca ter cogitado a existência deste paraíso. Ordem e beleza, era o mínimo que se podia dizer. Luxo, calma e voluptuosidade, seja dita a verdade. Pobre garota moldava; e pobre Aymeric.

A casa ficava em Saint-Aubert-sur-Orne, uma aldeia que fazia parte de Putanges, mas o dono me explicou que não aparecia em todos os GPS. Ele tinha quarenta e tantos anos, como eu, o cabelo grisalho cortado bem curto, quase rente, como eu, e um aspecto bastante sinistro, receio que também como eu; andava num mercedes classe G, outro ponto em comum que muitas vezes gera um início de comunicação entre homens de meia-idade. Melhor ainda, o carro dele era um G 500 e o meu, um G 350, o que estabelecia uma mini-hierarquia aceitável entre nós. Era natural de Caen; eu me perguntava qual seria sua profissão, não conseguia situá-lo. Arquiteto, disse. Um arquiteto fracassado, esclareceu. Bem, como todos os arquitetos, acrescentou. Era artífice, entre outras coisas, do Appart City da área planejada de Caen Norte, onde Camille morou por uma semana antes de entrar em cheio na minha vida; não tinha motivos para estar orgulhoso, comentou; não, de fato não tinha.

Ele, naturalmente, queria saber quanto tempo eu pretendia ficar; uma pergunta e tanto, podiam ser três dias ou três anos. Acertamos sem dificuldade o aluguel por um mês, renovável automaticamente; eu lhe pagaria todo dia primeiro, podia ser em cheque, ele depositava na conta da empresa. Não era nem para economizar o imposto, explicou com um pouco de nojo, é que na hora de fazer a declaração fica complicado, ele nunca sabia se tinha que declarar no formulário BZ ou no BY, era mais prático não colocar nada; isso não me surpreendeu, eu já tinha observado o mesmo pouco-caso em outros praticantes de profissões liberais. Ele, por sua vez, não frequentava aquela casa e começava a ter a sensação de que nunca voltaria; desde o seu divórcio, dois anos antes, perdera grande parte da motivação para os negócios imobiliários, assim como para muitas outras coisas. Nossas vidas eram tão semelhantes que chegava a ser quase opressivo.

-revistaria e comecei a ler na Taverne du Parvis, uma grande cervejaria situada em frente à praça da catedral, e que também fazia as vezes de restaurante e hotel, com uma decoração bem anos 1900, assentos de couro e madeira, alguns abajures art nouveau, enfim, era claramente *the place to be* em Coutances. Eu estava em busca de uma análise a fundo, ou pelo menos da posição oficial dos republicanos, mas no jornal não havia nada parecido, só um longo artigo dedicado a Aymeric, cujo enterro acontecera na véspera; a missa, realizada na catedral de Bayeux, contou com a presença de "uma multidão densa e absorta", detalhava o jornal. O título da matéria, "O trágico final de uma grande família francesa", me pareceu exagerado, porque Aymeric tinha duas irmãs, o que do ponto de vista da transmissão de títulos nobiliários talvez implicasse algum problema, mas isso ultrapassava minhas competências.

Encontrei um cibercafé duas ruas adiante, gerenciado por dois árabes que se pareciam tanto que deviam ser gêmeos e cujo aspecto salafista era tão exagerado que provavelmente deviam ser inofensivos. Imaginei que deviam ser solteiros e morar juntos, ou talvez fossem casados com irmãs gêmeas e morassem em casas contíguas, enfim, esse tipo de relação.

Encontrei muitos sites, hoje em dia há site para tudo, e descobri o que procurava em aristocrates.org, ou talvez tenha sido em noblesse. net, esqueci. Eu sabia que Aymeric era membro de uma família muito antiga, mas não até que ponto, e fiquei realmente impressionado. O fundador da dinastia foi um tal Bernard, o Dinamarquês, companheiro de Rollon, o chefe viking que obteve a posse da Normandia em 911, mediante o tratado de Saint-Clair-sur-Epte. Mais tarde, os três irmãos Errand, Robert e Anquetil d'Harcourt participaram da conquista da Inglaterra ao lado de Guilherme, o Conquistador. Como recompensa receberam a soberania sobre vastos territórios de um lado e do outro da Manche, e por isso tiveram algumas dificuldades para tomar posição durante a primeira Guerra dos Cem Anos; acabaram, porém, optando pelos Capeto em detrimento dos Plantagenetas, quer dizer, com exceção de Geoffroy d'Harcourt, também conhecido como "o Coxo", que teve um papel bastante ambíguo nos anos 1340, motivo pelo qual foi criticado por Chateaubriand com sua ênfase habitual; mas, tirando esse caso excepcional, tornaram-se súditos fiéis da coroa francesa — é considerável o número de embaixadores, prelados e chefes militares que os D'Harcourt deram ao país. Subsistia, porém, um ramo inglês da família, cujo lema, "O bom tempo virá", era muito pouco apropriado às circunstâncias. A morte brutal de Aymeric na caçamba de seu Nissan Navara me parecia ao mesmo tempo de acordo e contrária à vocação da família, fiquei tentando adivinhar o que o pai dele devia estar pensando; o filho tinha morrido de arma em punho, protegendo o produtor rural francês, o que foi a missão da nobreza em todas as épocas; por outro lado, tinha se suicidado, o que não lembrava muito a morte de um cavaleiro cristão; afinal de contas, seria preferível que tivesse matado dois ou três CRS.

Essas pesquisas tinham me levado algum tempo, e um dos dois irmãos veio me oferecer um chá de hortelã que eu recusei, sempre tinha detestado, mas depois aceitei um refrigerante. Enquanto degustava uma Sprite Laranja, recordei meu projeto inicial, que era encontrar um pouso, de preferência na região — não me sentia com forças para voltar a Paris, onde, aliás, não tinha nada à minha espera —, e sobretudo naquela mesma noite. Minha ideia exata era alugar uma casa na área de Falaise; precisei de pouco mais de uma hora de buscas para encontrar o lugar adequado: ficava entre Flers e Falaise, num vilarejo que atendia pelo estranho nome de Putanges, o que inevitavelmente inspirava perífrases pascalianas: "A mulher não é nem puta nem anjo" etc. "Quem quer se fazer de anjo, se faz de puta": isso não quer dizer absolutamente nada, já o sentido da versão original sempre me escapou, o que será que Pascal quis dizer? A falta de sexualidade me aproximava mais da figura do anjo, pelo menos é o que sugeriam meus parcos conhecimentos de angelogonia, mas será que isso me deixava mais burro? Não via dessa maneira.

De todo modo, foi fácil localizar o dono do lugar; sim, estava disponível, por tempo indeterminado, até naquela mesma noite se eu desejasse, é um pouco difícil de achar, avisou ele, fica isolada no meio do bosque, marcamos um encontro às seis da tarde em frente à igreja de Putanges.

Isolado no meio do bosque, com certeza eu precisava comprar provisões. Diversos anúncios me haviam informado da existência em Coutances de um centro comercial Leclerc, junto com um Leclerc

"Agora preciso ir embora", prossegui, "é tudo o que tenho a fazer."

"É, você precisa ir", confirmou o mais velho, "é tudo o que tem a fazer."

"Que pena, deve estar de férias", disse o mais jovem.

Nós três balançamos a cabeça ao mesmo tempo, satisfeitos com a convergência de opiniões. "Volto já", concluí, uma forma um tanto estranha de encerrar a conversa. Ao passar pela porta me virei: os dois estavam absortos de novo no exame dos fuzis e das espingardas.

No estábulo fui recebido por mugidos prolongados, cheios de inquietação e lamúrias; pois é, pensei, não foram alimentadas nem ordenhadas de manhã, e provavelmente tinham que ter sido alimentadas na noite anterior, eu não sabia se as vacas precisavam de horários regulares para comer.

Voltei para o castelo e fui falar com os guardas em frente à armaria de Aymeric; eles ainda pareciam imersos em reflexões impenetráveis, decerto de índole balística e técnica; talvez também estivessem pensando que, se todos os agricultores da região estivessem armados assim, encontrariam dificuldades em caso de distúrbios sérios. Informei a situação das vacas. "Ah, é, as vacas...", disse o mais velho, num tom de lamento, "o que podemos fazer com as vacas?" "Sei lá, alimentá-las ou chamar alguém para fazer isso", bem, o problema era deles, não meu. "Agora vou embora", concluí. "Claro, você vai embora", apoiou o mais jovem, como se fosse óbvio que era a coisa certa a fazer, e mesmo como se desejasse a minha partida. Era o que eu tinha pensado: os dois não queriam nem ouvir falar de mais problemas, dava-me a entender o guarda, era como se tivessem sido atropelados pela magnitude dos acontecimentos, pela provável minuciosidade com que as autoridades policiais iriam analisar seu relatório sobre "o aristocrata mártir da causa do campo", como já começavam a dizer certos jornais, e voltei para meu 4×4 sem dizer mais uma palavra.

Afinal, não tive ânimo para procurar pela internet outro lugar para me hospedar, ainda mais ouvindo os mugidos de lamúria daquelas vacas, na verdade não tinha ânimo para quase nada, dirigi totalmente ao léu durante alguns quilômetros, num estado de vazio mental quase absoluto, com minhas últimas faculdades perceptivas inteiramente concentradas na busca de um hotel. O primeiro que vi se chamava Hostellerie de la Baie, eu nem tinha reparado no nome do vilarejo, o proprietário me informou logo que era Regnéville-sur-Mer. Passei dois dias prostrado no quarto, nesse período continuei tomando Captorix mas não conseguia me levantar nem me banhar, não consegui sequer tirar a roupa da mala. Estava me sentindo completamente incapaz de pensar no futuro, aliás nem no passado, tampouco no presente, mas o principal problema era o futuro imediato. Para não assustar o dono do hotel, expliquei que era amigo de um dos agricultores mortos na manifestação e que tinha presenciado os fatos. Seu rosto, bastante cordial, ficou sombrio de repente. Como todos os habitantes da região, era abertamente solidário aos produtores rurais. "Pois acho que eles fizeram bem!", declarou com firmeza, "não dava para continuar daquele jeito, tem coisas que não se pode admitir, tem horas em que é preciso reagir..." E eu não tive a menor vontade de contradizê-lo, porque no fundo pensava mais ou menos a mesma coisa.

Só saí para comer na noite do segundo dia. Na entrada do vilarejo havia um pequeno restaurante chamado Chez Maryvonne. Já devia ter corrido o boato de que eu era amigo do "sr. D'Harcourt", a proprietária me recebeu com simpatia e respeito, perguntou várias vezes se eu precisava de mais alguma coisa, se estava a salvo das correntes de ar etc. Os outros clientes do lugar eram uns poucos camponeses da localidade que estavam tomando vinho branco no balcão, eu era o único a comer. De vez em quando eles trocavam umas palavras em voz baixa, captei várias vezes a sigla CRS pronunciada com raiva. Havia um ambiente estranho naquele lugar, quase o Ancien Régime, como se 1789 só tivesse deixado ali umas marcas bastante superficiais, pensei que a qualquer momento um camponês daqueles mencionaria Aymeric chamando-o de "nosso amo".

No dia seguinte fui a Coutances, que estava totalmente imersa em neblina, quase não se distinguiam as agulhas da catedral, que ainda assim parecia mostrar grande elegância, a cidade em seu conjunto era aprazível, arborizada e bonita. Eu tinha comprado o *Figaro* no bar-

Na manhã seguinte acordei tarde, num estado de náusea e incredulidade próximo ao espasmo, nada daquilo me parecia possível nem real, Aymeric não podia ter se matado, a história não podia acabar daquele jeito. Eu já tinha vivido um pouco esse fenômeno uma vez, havia muito tempo, durante uma viagem de ácido, mas foi muito menos grave, ninguém tinha morrido, era simplesmente uma história de uma garota que não lembrava mais se tinha aceitado ou não dar o cu, enfim, problemas de jovens. Liguei a cafeteira, tomei meu comprimido de Captorix e abri um maço novo de Philip Morris antes de ligar a televisão na BFM, e de repente tudo saltou na minha cara, a jornada da véspera não tinha sido um sonho, tudo era verdade, a BFM exibia exatamente as imagens que eu lembrava, tentando completá-las com comentários políticos adequados, mas o fato era que os episódios da véspera tinham ocorrido de verdade, os protestos dos produtores da Manche e de Calvados desembocaram em drama, uma fratura local desencadeou consequências pesadas, e logo montaram um contexto histórico acompanhado de um minirrelato. Esse contexto era local, mas claramente ia ter repercussões globais, no canal de notícias começaram pouco a pouco os comentários políticos, e seu conteúdo geral me surpreendeu: todo mundo, como sempre, condenava a violência, deplorava a tragédia e o extremismo de alguns agitadores; mas também havia um mal-estar, um desconforto muito incomum entre os políticos, nenhum deles deixou de dizer que, até certo ponto, era preciso entender a angústia e a raiva dos agricultores, em particular dos pecuaristas, o escândalo do cancelamento das cotas de leite reaparecia como uma ideia inesperada, obsedante e culpada da qual ninguém chegava a se desvencilhar totalmente, só o Rassemblement National parecia claro a respeito. As condições insuportáveis que os grandes distribuidores impunham aos produtores também era uma situação vergonhosa, que todo mundo, menos talvez os comunistas — nesse momento fiquei sabendo que ainda existia um Partido Comunista, e que tinha até representantes eleitos —, preferia tentar esconder. Entendi, com uma mistura de espanto e de nojo, que o suicídio de Aymeric poderia ter efeitos políticos, coisa que nada mais conseguiria. Eu, por minha vez, só tinha uma certeza, a certeza de que precisava ir embora dali, arranjar outro lugar para ficar. Pensei na conexão com a internet do estábulo, devia estar funcionando, não havia motivo para não estar.

No pátio do castelo havia uma caminhonete da gendarmaria. Fui até lá. Dois guardas, um que parecia ter uns cinquenta anos e o outro, uns trinta e cinco, estavam parados diante do armário das armas de Aymeric, que examinavam com muita atenção e iam passando de um para o outro. Pareciam visivelmente cativados por aquele arsenal, faziam comentários em voz baixa que deviam ser pertinentes, afinal de contas era um pouco o ofício deles, e tive que dar um sonoro "Bom dia!" para que prestassem atenção em mim. Senti um momento de pânico quando o mais velho se virou na minha direção, pensei na Steyr Mannlicher, mas me tranquilizei logo em seguida lembrando que com certeza era a primeira vez que viam as armas de Aymeric, não tinham motivo para suspeitar que faltasse uma, ou mesmo duas, incluindo a Smith & Wesson. Evidentemente, se encontrassem os portes de arma e fossem conferir, aí sim poderia haver problemas, mas amanhã há de ser outro dia, como diz mais ou menos o Eclesiastes. Expliquei a eles que estava hospedado num dos bangalôs, mas me abstive de informar que conhecia Aymeric. Não estava nada preocupado; para aqueles gendarmes, eu era um elemento insignificante, uma espécie de turista, não havia motivo para perderem tempo comigo, o trabalho deles já não estava nada fácil, aquela era uma região bem tranquila, praticamente não havia criminalidade, Aymeric me disse que o pessoal costumava deixar a porta aberta quando saía de dia, o que hoje era raro mesmo em áreas rurais, enfim, aqueles dois decerto nunca tinham passado por uma situação daquelas.

"Ah é, as cabanas...", respondeu o mais velho, como se estivesse saindo de um longo devaneio, parecia ter esquecido até a existência dos bangalôs.

aqueles CRS, que eram guardas comuns baseados normalmente em Caen, sabiam disso, mas de forma um tanto teórica, e não estavam preparados para enfrentar aquele perigo, a tropa de choque da gendarmaria ou o grupo tático da federal talvez estivessem mais preparados para manter o sangue-frio, e isso foi suficientemente cobrado do ministro do Interior, mas como prever?, não se tratava de terroristas internacionais, a princípio era uma simples manifestação de produtores rurais. Aymeric parecia animado, sinceramente animado e até zombeteiro, mas também muito distante, claramente estava em outro lugar, acho que nunca tinha visto alguém tão *longe*, lembro bem disso porque me passou pela cabeça a ideia de descer o talude e correr até lá, e no mesmo instante entendi que seria inútil, que naquele último momento nada de amistoso ou de humano o tocaria.

Ele se virou devagar, da esquerda para a direita, apontando individualmente para cada CRS atrás de seu escudo (em nenhum caso eles podiam atirar primeiro, disso eu tinha certeza; mas, na verdade, era a única certeza que eu tinha). A seguir fez o movimento inverso, da direita para a esquerda; depois, ainda mais devagar, apontou para o centro, ficou imóvel durante alguns segundos, acho que menos de cinco. Algo diferente se estampou então em seu rosto, como uma dor generalizada; virou o cano, colocou-o debaixo do queixo e apertou o gatilho.

Seu corpo caiu para trás, batendo ruidosamente na caçamba da caminhonete; não houve projeção de sangue nem de miolos, nada assim, foi tudo estranhamente sóbrio e opaco; mas ninguém além de mim e do câmera da BFM tinha visto o que aconteceu. Dois metros à frente dele, Frank deu um grito e descarregou sua arma, sem sequer apontar, contra os CRS; vários agricultores logo imitaram seu gesto. Durante o inquérito tudo foi claramente estabelecido com a exibição da fita: não só os policiais não haviam matado Aymeric, ao contrário do que os companheiros dele pensaram, como foram alvos de quatro ou cinco tiros antes de reagir. Bem, é verdade que nessa reação — o que foi objeto de outra polêmica, mais séria — não ficaram com meias medidas: nove manifestantes morreram na hora, e mais um à noite, no hospital geral de Caen, assim como um CRS, o que elevava o número de vítimas a onze. Não se via uma coisa assim na França havia muito tempo, e com certeza nunca numa manifestação de produtores rurais. Fiquei sabendo de tudo isso mais tarde, pela imprensa, nos dias seguintes. Não sei como consegui voltar para Canville-la-Rocque no mesmo dia; há automatismos para o comportamento; há automatismos, parece, para quase tudo.

de índole zoológica, ele me recomendava *pain au chocolat*, os cervos tinham uma predileção quase incrível por *pain au chocolat* — nisso eram muito diferentes dos lobos, cujos gostos incidiam mais em queijos, e de qualquer maneira não havia lobos, por enquanto os cervos não tinham nada a temer, ainda faltavam muitos anos para que os lobos voltassem dos Alpes, ou mesmo de Gévaudan.

De todo modo não vi cervo algum. Na verdade, não vi nada que pudesse justificar minha presença naquela casa perdida no meio do mato, e achei quase inevitável buscar o papel onde tinha anotado o endereço e o telefone da clínica veterinária de Camille, depois de ter pesquisado no computador do estábulo de Aymeric num tempo que agora me parecia muito distante, que me dava a impressão de pertencer a uma vida anterior. Um tempo que remontava a menos de dois meses.

Apenas uns vinte quilômetros me separavam de Falaise, mas levei quase duas horas para percorrer o trecho. Fiquei estacionado por um bom tempo na praça principal de Putanges, fascinado pelo Hôtel du Lion Verd, sem outro motivo perceptível além de sua estranha toponímia — mas a grafia correta, "Lion Vert", seria mais aceitável? Parei outra vez, com menos motivos ainda, em Bazoches-au-Houlme. Logo depois se saía da Suíça normanda, com seus acidentes e suas curvas, e os últimos dez quilômetros da estrada para Falaise eram totalmente retilíneos, eu tinha a sensação de estar deslizando num plano inclinado e percebi que tinha chegado sem querer a cento e sessenta quilômetros por hora, um erro estúpido, era exatamente o ponto onde havia radares, e ainda por cima aquela arremetida fácil decerto não me levaria a lugar nenhum, Camille devia ter reconstruído sua vida, devia ter encontrado um homem, já haviam se passado sete anos, como eu podia imaginar outra coisa?

Estacionei ao pé das fortificações que rodeiam Falaise, dominadas pelo castelo onde nasceu Guilherme, o Conquistador. O desenho urbano de Falaise era simples, e encontrei sem dificuldade a clínica veterinária, ficava na Place du Docteur Paul-Germain, na extremidade da Rue Saint-Gervais, claramente uma das principais vias comerciais da cidade, perto da igreja de mesmo nome — cujos alicerces, de estilo gótico primitivo, tinham sofrido muito durante o cerco de Philippe Auguste. Lá chegando, poderia ter entrado diretamente, falado com a recepcionista e pedido para ver Camille. É o que qualquer pessoa faria, e o que eu mesmo possivelmente acabaria fazendo, depois de diversas hesitações tão desprovidas de interesse quanto de sentido. Tinha descartado por completo um telefonema como solução; já a ideia de uma carta me atraiu por muito mais tempo, as cartas pessoais são tão incomuns hoje em dia que sempre causam impacto, foi sobretudo minha sensação de incompetência que me fez desistir da ideia.

Havia um bar bem em frente, Au Duc Normand, e foi por fim a solução que escolhi, esperando que acabassem prevalecendo minhas forças, ou meu desejo de viver, ou sei lá o quê. Decidi pedir uma cerveja, pressentindo que seria a primeira de uma longa série, ainda eram onze da manhã. O lugar era minúsculo, só tinha cinco mesas e eu era o único cliente. Dali via perfeitamente a clínica, vez ou outra entravam pessoas com algum animal doméstico — em geral cachorros, às vezes num cesto —, e trocavam as palavras de praxe com a recepcionista. Vez ou outra também entravam pessoas no bar, e pediam um café com conhaque a alguns metros de mim; quase sempre eram velhos, mas não se sentavam, preferiam beber no balcão, eu os entendia e seguia seu exemplo, eram velhos corajosos querendo mostrar que ainda estavam na ativa, que não entregavam os pontos, seria um erro descartá-los. Enquanto seus privilegiados clientes se entregavam a essas minúsculas demonstrações de força, o dono se dedicava, com uma lentidão quase sacerdotal, à leitura do *Paris-Normandie*.

Eu estava na terceira cerveja, e minha atenção já começava a se dispersar quando Camille apareceu diante de meus olhos. Saiu da sala onde atendia os pacientes, trocou algumas palavras com a recepcionista — era hora de parar para o almoço, claro. Ela estava a menos de vinte metros de mim e não havia mudado, fisicamente não tinha mudado nada, era espantoso, já passara dos trinta e cinco anos e continuava com a aparência de uma jovem de dezenove. Eu sim havia mudado fisicamente, sabia que tinha *envelhecido*, e bastante; sabia disso porque de vez em quando cruzava com um espelho, sem muita satisfação mas também sem grande desagrado, mais ou menos como quem cruza com um vizinho de andar não muito chato.

Pior, Camille estava de jeans e uma camiseta cinza-clara, e era exatamente a mesma roupa que usava quando desceu do trem vindo de Paris, na manhã de uma segunda-feira de novembro, com sua bolsa a tiracolo, justamente antes de nossos olhares mergulharem um no outro durante alguns segundos, ou minutos, enfim, um tempo indeterminável, e de ela me dizer: "Sou a Camille", criando assim as condições de um novo encadeamento de circunstâncias, de uma nova configuração existencial da qual eu ainda não tinha saído, da qual provavelmente não sairia nunca, e da qual, para falar a verdade, não tinha a menor intenção de sair. Vivi um momento de terror quando as duas mulheres, paradas em frente à clínica veterinária, trocaram algumas palavras na calçada: será que iam almoçar no Au Duc Normand? Encontrar Camille por acaso me parecia a pior das soluções possíveis, a certeza do fracasso. Mas não, elas subiram a Rue Saint-Gervais e, na verdade, observando melhor o Au Duc Normand, vi que meu receio tinha sido infundado, o lugar não oferecia qualquer tipo de alimento, nem sequer sanduíches, a *hora pico* do meio-dia não era bem o seu estilo, o dono preferia continuar lendo o *Paris-Normandie*, no qual achei que prestava uma atenção exagerada, mórbida.

Não esperei a volta de Camille, logo depois paguei minhas cervejas e, num estado de leve embriaguez, voltei à casa de Saint-Aubert-sur--Orne, onde enfrentei de novo as paredes triangulares do quarto, as panelas de cobre nas paredes e, mais amplamente, minhas próprias recordações; eu ainda tinha uma garrafa de Grand Marnier, o que era insuficiente, minha angústia aumentava a cada hora, gradualmente, os episódios de taquicardia começaram às onze da noite, acompanhados de sudorese copiosa e enjoo. Por volta das duas da madrugada entendi que nunca iria me recuperar totalmente daquela noite.

De fato, foi a partir desse momento que meu próprio comportamento começou a me surpreender, não consigo ver sentido nele, eu estava começando a me afastar nitidamente de uma moral comum, e também de uma razão comum, que até então julgava compartilhar. Creio que já expliquei o bastante, nunca tive uma personalidade forte, não sou dessas pessoas que deixam uma marca indelével na história nem na memória de seus contemporâneos. Tinha voltado a ler algumas semanas antes, bem, nem sei se posso afirmar isso, minha curiosidade como leitor não era muito ampla, na verdade eu lia apenas *Almas mortas*, de Gogol, e não lia muito, no máximo uma ou duas páginas por dia, muitas vezes relendo as mesmas páginas em vários dias seguidos. Essa leitura me proporcionava prazeres infinitos, acho que nunca tinha me sentido tão perto de outro homem como desse autor russo um pouco esquecido, mas ainda assim não poderia dizer, ao contrário de Gogol, que Deus me deu uma natureza muito complexa. Deus me deu uma natureza simples, a meu ver infinitamente simples, foi o mundo ao redor que ficou mais complexo; de repente me deparei com um estado de complexidade excessiva do mundo e, simplesmente, não era mais capaz de assumir essa complexidade em que estava imerso, e então meu comportamento, que não pretendo justificar, foi ficando cada vez mais incompreensível, chocante e errático.

No dia seguinte eu estava no Au Duc Normand às cinco da tarde, o dono do bar já tinha se acostumado com minha presença, na véspera ele parecia um tanto surpreso mas nesse dia nem um pouco, já estava com a mão na alavanca da chopeira antes que eu pedisse o chope, e me instalei exatamente no mesmo lugar. Por volta das 17h15 uma mocinha de uns quinze anos entrou pela porta da clínica veterinária, trazendo uma criança pela mão, um menino muito pequeno, de uns três ou quatro anos. Camille apareceu e o pegou no colo, rodopiou várias vezes com ele, enchendo-o de beijos.

Um filho, então ela tinha um filho; isso é o que se pode chamar de novidade. Eu devia ter previsto, as mulheres às vezes têm filhos, mas o caso é que eu havia pensado em tudo menos nisso. E, para dizer a verdade, meus primeiros pensamentos não envolveram a criança: uma criança em geral se faz em dupla, era nisso que eu pensava, só que nem sempre, agora existem diversas possibilidades médicas de que eu já tinha ouvido falar, e no fundo preferiria que essa criança fosse fruto de uma fecundação artificial, pareceria de certo modo *menos real*, mas não era o caso, cinco anos antes Camille comprara uma passagem de trem e uma entrada para o Festival des Vieilles Charrues, precisamente em pleno período fértil, e transou com um cara que conheceu num show — não lembrava mais o nome da banda. Não tinha escolhido exatamente o primeiro que apareceu, o cara não era feio nem bobo demais, estudava numa escola de comércio. Seu único ponto um pouco duvidoso era ser fã de heavy metal, mas, enfim, ninguém é perfeito, e como fã de heavy metal até que era educado e limpo. Aconteceu na barraca dele, montada num gramado a alguns quilômetros dos palcos do festival; a experiência não foi nem boa nem ruim, foi simplesmente correta; a questão da camisinha foi ignorada sem dificuldade, como é de praxe com os homens. Ela acordou antes dele e deixou uma folha da sua agenda Rhodia num lugar visível, com um número de celular falso; na verdade era uma precaução um tanto inútil, havia poucas chances de que ele telefonasse. A estação ferroviária ficava a uns cinco quilômetros a pé, esse era o único porém, mas de resto o dia estava bonito, era uma manhã de verão clara e agradável.

Os pais dela receberam a notícia com resignação, tinham consciência de que o mundo havia mudado, não necessariamente para melhor, pensavam lá no fundo, mas, enfim, havia mudado, e as novas gerações precisavam fazer manobras estranhas para cumprir sua função procriadora. Por isso ambos balançaram a cabeça, mas de um modo ligeiramente diferente: o pai, no fundo, tinha uma sensação de vergonha por ter falhado, pelo menos parcialmente, em sua missão educativa, e pensava que as coisas deveriam ter se passado de outra maneira; a mãe, por sua vez, já estava completamente dominada pela alegria de receber seu neto — porque sabia que ia ser um menino, teve essa convicção de imediato, e de fato foi um menino.

Por volta das sete Camille saiu junto com a recepcionista, que se afastou pela Rue Saint-Gervais; então fechou a porta da clínica e sentou-se ao volante do Nissan March. Eu meio que planejara segui--la, enfim, essa ideia havia me passado pela cabeça durante o dia, mas meu carro estava estacionado ao lado das muralhas, era longe, eu não tinha tempo de ir buscá-lo e nem energia para isso, não naquela noite, e além do mais havia o menino, a situação precisava ser reavaliada, por ora seria mais oportuno ir ao Carrefour Market e comprar outra garrafa de Grand Marnier, ou melhor, duas.

No dia seguinte seria sábado e a clínica de Camille não devia estar fechada, pensei, aliás devia ser o dia de mais atividade, quando um cachorro adoece as pessoas em geral esperam até terem um tempo livre, acontece assim na vida das pessoas. Por outro lado, a escola ou o jardim ou a creche do filho devia estar fechado, na certa nesse dia Camille recorria aos serviços de uma babá, enfim, de qualquer maneira ia estar sozinha, o que me parecia uma circunstância favorável.
Cheguei às onze e meia, para o caso de fechar a clínica no sábado à tarde, o que me parecia bastante improvável. O dono do bar tinha acabado o *Paris-Normandie*, mas estava mergulhado numa leitura também exaustiva do *France Football*, era um leitor exaustivo, eu tinha conhecido muita gente como ele, que não se conforma com as manchetes, com as declarações de Édouard Philippe ou com o preço do passe do Neymar, querem chegar ao fundo das coisas; essas pessoas são os alicerces da opinião pública esclarecida, os pilares da democracia representativa.
Na clínica veterinária os clientes se sucediam num ritmo regular, mas Camille fechou mais cedo que na véspera, mais ou menos às cinco da tarde. Dessa vez eu tinha estacionado o carro na perpendicular, a

poucos metros do dela, por um instante tive medo de que o reconhecesse, mas era pouco provável. Vinte anos antes, quando o comprei, o mercedes classe G era um veículo pouco comum, só usado por quem quisesse cruzar a África, ou no mínimo a Sardenha; agora estava na moda, seu estilo vintage atraíra o público, e por fim se transformou quase que num carro de playboy.

Camille entrou em Bazoches-au-Houlme, e no instante exato em que escolheu a direção de Rabodanges eu tive certeza de que morava sozinha com o filho. Não era apenas manifestação da minha vontade, era uma certeza intuitiva, poderosa, embora injustificável.

Como estávamos sozinhos na estrada de Rabodanges, reduzi significativamente a velocidade para deixar que ela se distanciasse; havia muita neblina, eu mal distinguia as luzes traseiras de seu carro.

A chegada ao lago de Rabodanges, sobre o qual o sol começava seu declínio, me impressionou: o lago se estendia ao longo de quilômetros, dos dois lados da ponte, em meio a espessas florestas de carvalhos e olmos; provavelmente era um lago de barragem; quase não havia sinais de ocupação humana, a paisagem não lembrava nada que eu já tivesse visto na França, parecia que estava na Noruega ou no Canadá.

Estacionei atrás de um bar-restaurante que havia no alto de um talude, fechado na baixa temporada, com uma varanda que oferecia "vista panorâmica para o lago" e banquetes sob encomenda, onde se vendia sorvete a qualquer hora no verão. O carro de Camille entrou na ponte; tirei do porta-luvas meus binóculos Schmidt & Bender, não tinha medo de perdê-la, já adivinhara para onde se dirigia: era um chalezinho de madeira do outro lado da ponte, a uns cem metros; uma varanda, na frente, dava para o lago. Perdido numa descida no meio do bosque, o chalé parecia uma casa de bonecas, cercada pelos ogros.

Dito e feito, na saída da ponte o Nissan March enveredou por um caminho íngreme e parou bem embaixo da varanda. Uma garota de uns quinze anos recebeu Camille — a mesma que eu tinha visto na véspera. As duas trocaram algumas palavras, depois a garota foi embora numa scooter.

* * *

Então Camille morava ali, numa casa isolada no meio do bosque, a quilômetros do vizinho mais próximo — enfim, estou exagerando, havia outra casa, um pouco maior, localizada mais ao norte, a um ou dois quilômetros de distância, mas era claramente uma casa de veraneio, estava com as janelas fechadas. Também havia o bar-restaurante panorâmico La Rotonde, atrás do qual eu tinha estacionado; após uma inspeção mais atenta descobri que ia abrir em abril, no começo das férias da Páscoa (também havia, bem ao lado, um clube de esqui aquático, que reiniciaria suas atividades mais ou menos na mesma época). A entrada principal do restaurante era protegida por um alarme, havia uma pequena luz vermelha piscando na parte de baixo do dispositivo digital; mais abaixo, porém, havia uma entrada de serviço para os fornecedores, e forcei a fechadura sem problemas. A temperatura lá dentro estava bastante amena, muito mais agradável que a de fora, devia haver um sistema de aquecimento regulado por um termostato, principalmente para proteger a adega — uma bela adega, com centenas de garrafas. Em termos de alimentos sólidos, o cenário era menos impressionante, descobri umas prateleiras com conservas — basicamente hortaliças em lata e frutas em calda. Num quarto de serviço encontrei também um colchão fino numa pequena cama de ferro; devia servir para que os funcionários, na alta temporada, pudessem descansar um pouco. Levei-o com facilidade para cima, para o salão do restaurante panorâmico, e lá me instalei, com os binóculos ao alcance da mão. O colchão estava longe de ser confortável, mas o bar era bem provido de garrafas de bebida; enfim, eu não sabia explicar a situação como um todo, mas pela primeira vez nos últimos meses — anos, na verdade — me sentia exatamente no lugar onde devia estar e, para dizer com toda a simplicidade, feliz.

Ela estava sentada no sofá da sala, com o filho ao lado, os dois absortos vendo um DVD que não consegui identificar, provavelmente *O Rei Leão*; depois o menino adormeceu, ela o pegou no colo e se dirigiu para a escada. Pouco depois todas as luzes da casa se apagaram.

Eu só tinha uma lanterna, e nenhuma outra opção: tinha certeza de que àquela distância Camille não podia me ver, mas se eu acendesse as luzes do restaurante ela desconfiaria de algo fora do comum. Comi depressa, na despensa, uma lata de ervilhas e outra de pêssego em calda, acompanhadas de uma garrafa de Saint-Émilion, e adormeci quase instantaneamente.

No dia seguinte, por volta das onze, Camille saiu, ajeitou o menino na cadeirinha do carro e arrancou, atravessando a ponte no sentido contrário, seu carro passou a uns dez metros do restaurante; ia chegar a Bagnoles-de-l'Orne antes do meio-dia.

Todas as coisas existem, clamam por existir, e desse modo as situações se conjugam, às vezes contendo poderosas configurações emotivas, e um destino acaba se cumprindo. A situação que acabei de descrever continuou por umas três semanas. Em geral, eu chegava lá por volta das cinco da tarde e imediatamente me instalava no meu posto de observação; agora já estava bem organizado, tinha meu cinzeiro, minha lanterna; às vezes levava fatias de presunto para acompanhar os vegetais em conserva; uma vez, levei até um salsichão ao alho. Quanto às reservas de álcool, me permitiriam passar meses ali.

Já era evidente não apenas que Camille morava sozinha e não tinha amantes, como que tampouco tinha amigos; durante aquelas três semanas não recebeu uma visita. Como pôde chegar a esse extremo? Como pudemos nós dois chegar a esse extremo? E para usar as palavras do bardo comunista: é assim que os homens vivem?

Pois bem, sim, a resposta é sim, pouco a pouco fui tomando consciência disso. E também fui tomando consciência de que as coisas não iam melhorar. Agora Camille estava envolvida numa relação profunda e exclusiva com o filho; isso ainda ia durar pelo menos uns dez anos, mais provavelmente quinze, até que o garoto se afastasse dela para continuar os estudos — já que devia ser um bom aluno na escola, a mãe o assistia com todo zelo e sacrifício, e portanto seguiria o ensino superior, não havia a menor dúvida quanto a isso. Pouco a pouco as coisas iam se complicar, surgiriam garotas — e depois, pior ainda, surgiria *uma* garota que não seria bem recebida, Camille então se tornaria um incômodo, um obstáculo (e se não fosse uma garota, mas um garoto, a situação seria um pouco mais favorável, mas não estávamos mais na época em que as mães viam com alívio a homossexualidade do filho, hoje os veadinhos se casam, portanto também se libertam da dominação materna). Ela então ia lutar, faria de tudo para conservar o único amor de sua vida, durante algum tempo a situação seria dolorosa, mas ia acabar se rendendo às evidências, aceitando as "leis naturais". Então estaria livre, livre outra vez e sozinha — mas já teria cinquenta anos, para ela, evidentemente, seria tarde demais, e para mim nem se fala, eu agora mal me mantinha vivo, em quinze anos estaria morto e enterrado há muito tempo.

Fazia dois meses que eu não usava a Steyr Mannlicher, mas as peças se encaixaram sem dificuldade, com suavidade e precisão, o mecanismo realmente era admirável. Passei o resto da tarde treinando numa casa abandonada, um pouco mais adiante, no bosque, onde ainda havia alguns vidros para quebrar: eu não havia piorado, minha precisão a quinhentos metros ainda era excelente.

Era possível imaginar que Camille fosse arriscar, por minha causa, a relação de fusão perfeita que tinha com o filho? E era possível imaginar que ele, o menino, aceitasse compartilhar o afeto da mãe com outro homem? A resposta a ambas as perguntas era bastante evidente, e a conclusão, inevitável: era ele ou eu.

O assassinato de uma criança de quatro anos inevitavelmente provoca um grande impacto na mídia, sem dúvida seriam empregados meios consideráveis na investigação. Com certeza identificariam depressa o restaurante panorâmico como o lugar de onde o tiro partiu, mas lá dentro eu não tirei, em momento algum, as luvas de látex, tinha certeza de não ter deixado nenhuma impressão digital. Quanto ao DNA, não sabia muito bem como se podia obter: a partir do sangue, do esperma, do cabelo, da saliva? Tinha levado um saco plástico e nele jogaria sucessivamente todas as guimbas de cigarro que fumasse; no último momento acrescentei os talheres que tinha levado à boca, com a sensação de que estava tomando precauções um pouco supérfluas, na verdade meu DNA nunca fora coletado, nunca foi aprovada a coleta sistemática de DNA independente de algum delito, em certos sentidos vivíamos num país livre, enfim, eu não tinha a sensação de correr um grande risco. Pensei que a chave do sucesso consistia numa execução rápida: em menos de um minuto depois do tiro eu podia sair definitivamente do La Rotonde; em menos de uma hora estaria a caminho de Paris.

Certa noite, enquanto repetia mentalmente os procedimentos do assassinato, fui trespassado pela lembrança de uma noite em Morzine, um 31 de dezembro, o primeiro réveillon em que meus pais me deixaram ficar acordado até meia-noite, eles estavam recebendo amigos, com certeza uma festinha, mas não me lembrava desses detalhes, do que me lembrava, em contrapartida, era da minha absoluta embriaguez com a ideia de que estávamos entrando num novo ano, um ano completamente novo, em que cada gesto, até o mais trivial, como beber uma xícara de Nesquik, seria realizado em certo sentido pela primeira vez, eu devia ter uns cinco anos, era um pouco mais velho que o filho de Camille, mas nessa época via a vida como uma sucessão de felicidades que no futuro só podiam aumentar e me proporcionar felicidades cada vez mais variadas e maiores, e no momento em que evoquei essa lembrança percebi que entendia o filho de Camille, que podia me colocar no lugar dele, e que essa identificação me dava o direito de matá-lo. A bem da verdade, se fosse um cervo ou um macaco do Brasil a questão nem seria levada em conta: o primeiro ato de um mamífero macho quando conquista uma fêmea é destruir toda a prole para garantir assim a predominância de seu genótipo. Esse comportamento foi mantido durante longo tempo pelas primeiras populações humanas.

Agora, disponho de todo o tempo do mundo para repensar aquelas poucas horas, e mesmo aqueles poucos minutos, não tenho muita coisa a fazer, na programação da minha vida, além de pensar nisso: não creio que as forças contrárias, as forças que tentavam me frear no ímpeto do assassinato, tivessem muito a ver com a moral; era mais uma questão antropológica, uma questão de pertencimento tardio à espécie, de adesão tardia aos códigos da espécie — uma questão de conformismo, em outras palavras.

Se eu conseguisse superar esses limites, a recompensa não seria imediata, claro. Camille ia sofrer, ia sofrer demais, eu teria que esperar pelo menos seis meses até entrar em contato com ela de novo. E depois disso, voltaria, e ela me amaria de novo porque nunca tinha deixado de me amar; simples assim, e ela simplesmente ia querer outro filho, e ia querer logo — eis o que aconteceria. Alguns anos antes houve um grande desencontro e acabamos nos desviando atrozmente de nossos destinos; eu cometi o primeiro erro, mas Camille, por sua vez, piorou tudo; agora era a hora de consertar, o momento certo, agora tínhamos nossa última chance, e ninguém mais podia fazer isso, eu era o único que tinha as cartas na mão, a solução estava na ponta da minha Steyr Mannlicher.

Houve uma oportunidade no sábado seguinte, no meio da manhã. Era começo de março, o ar já adquiria uma suavidade primaveril; quando abri alguns centímetros uma das janelas que davam para o lago e introduzi o cano da arma pela fresta, não senti qualquer sopro anunciando o frio, nada que pudesse comprometer a estabilidade da mira. O menino se sentou à mesa da varanda com uma grande caixa de papelão que continha peças de um quebra-cabeça da Disney — especificamente da Branca de Neve, como captaram meus binóculos —, e por enquanto só reconstruíra o rosto e o busto da heroína. Regulei o visor ao máximo antes de posicionar a arma, e depois minha respiração foi ficando cada vez mais regular e lenta. A cabeça do menino, de perfil, ocupava integralmente a mira; ele não se mexia um milímetro, estava totalmente concentrado no quebra-cabeça — de fato é um exercício que requer muita concentração. Alguns minutos antes eu tinha visto a babá desaparecer rumo aos quartos de cima — já tinha observado que, quando o menino se distraía com uma leitura ou um brinquedo, ela aproveitava para subir e navegar na internet com fones nos ouvidos, talvez ficasse lá em cima por algumas horas, eu achava que só ia descer para o almoço do menino.

Durante dez minutos ele permaneceu perfeitamente imóvel, só fazendo alguns movimentos lentos com a mão à procura de alguma coisa no monte de peças de papelão — o corpete da Branca de Neve ia se completando pouco a pouco. A imobilidade do garoto se parecia com a minha — eu nunca tinha respirado tão lentamente, tão profundamente, nunca minhas mãos haviam tremido tão pouco, nunca havia controlado tão bem a minha arma, estava pronto para executar o tiro perfeito, libertador e único, o tiro mais importante da minha vida, o único objetivo, no fundo, dos meus meses de treinamento.

* * *

Passaram-se assim dez minutos de imobilidade, mais provavelmente quinze ou vinte, até que meus dedos começaram a tremer e desabei no chão, minhas bochechas tocaram o carpete e vi que tudo desandara, que eu não ia atirar, que não ia conseguir alterar o curso dos acontecimentos, que os mecanismos da infelicidade eram mais fortes, que nunca ia recuperar Camille e que nós dois acabaríamos morrendo sozinhos, infelizes e sozinhos, cada um no seu canto. Quando me levantei estava tremendo, com as lágrimas embaçando minha vista, e apertei o gatilho a esmo, a vidraça do salão panorâmico explodiu em centenas de cacos, o barulho foi tão forte que pensei que deviam ter ouvido na outra casa. Enfoquei o menino com os binóculos: não, não tinha se mexido, continuava concentrado no quebra-cabeça, o vestido da Branca de Neve ia se completando pouco a pouco.

Lentamente, muito lentamente, com a lentidão de uma cerimônia fúnebre, desatarraxei as peças da Steyr Mannlicher, que se encaixaram, sempre com a mesma precisão, em seus nichos de espuma. Uma vez fechado o estojo de policarbonato, considerei a ideia de jogá-lo no lago, mas depois essa manifestação ostentosa de fracasso me pareceu ridícula, de todo modo o fracasso havia se consumado, enfatizá-lo ainda mais seria injusto com aquela arma honesta que só queria servir a seu usuário, concretizar suas intenções com precisão e excelência.

Num segundo momento me ocorreu a ideia de atravessar a ponte e me apresentar ao menino. Avaliei o plano durante dois ou três minutos e depois entornei uma garrafa de Guignolet-Kirsch e recuperei a razão, ou pelo menos uma forma normal de razão, de qualquer modo eu só podia ser um pai ou algo assim, e o que aquele menino ia fazer com um pai, para que ia precisar disso? Para nada, em absoluto, tive a sensação de que estava ocupando a cabeça com os termos de uma equação já resolvida, e resolvida contra mim, era ele ou eu, como já disse, e foi ele.

Mais sensatamente, num terceiro momento, guardei a arma no porta-malas do G 350 e fui embora sem virar na saída de Saint-Aubert. Mais ou menos um mês depois, alguém viria reabrir o restaurante, encontraria os sinais de uma ocupação selvagem, na certa culpariam algum sem-teto e mandariam instalar um alarme extra na parte de baixo para proteger a entrada dos fornecedores — eu não tinha muita certeza se a polícia iria investigar e procurar impressões digitais.

Quanto a mim, nada parecia capaz de impedir meu caminho rumo à aniquilação. Mas não entreguei a casa de Saint-Aubert-sur--Orne, pelo menos não de imediato, o que em retrospectiva me parece difícil de explicar. Eu não esperava nada, estava plenamente consciente de que não tinha nada a esperar, considerava completa e correta a minha análise da situação. Há certas áreas do psiquismo humano que continuam sendo pouco conhecidas por terem sido pouco exploradas, felizmente poucas pessoas se viram obrigadas a fazê-lo, e de modo geral essas pessoas saíram sem lucidez suficiente para dar uma descrição plausível dessas áreas mentais. Só é possível abordá-las mediante fórmulas paradoxais e até absurdas, das quais a única que me ocorre agora é *esperar para além de toda esperança*. Não é como a noite, é algo bem pior; não vivi pessoalmente essa experiência, mas tenho a impressão de que, mesmo quando se mergulha na verdadeira noite, na noite polar, aquela que dura seis meses seguidos, ainda subsiste o conceito ou a lembrança do sol. Eu havia entrado numa *noite sem fim*, mas ainda subsistia alguma coisa dentro de mim, bem menos que uma esperança, uma incerteza, digamos. Também se pode dizer que mesmo quando pessoalmente a gente já perdeu a partida, quando já jogou a última carta, alguns — não todos, não todos — ainda acalentam a ideia de que *algo lá no céu* vai anular a mão, decidir arbitrariamente que se distribuam as cartas de novo, que se joguem os dados de novo, e isso apesar de nunca terem vislumbrado, em momento algum da vida, uma intervenção, nem sequer a presença de uma divindade qualquer, apesar de terem plena consciência de que não merecem especialmente a intervenção de uma deidade favorável, e apesar de saberem que, a julgar pelo acúmulo de erros e falhas que constitui sua vida, merecem menos que qualquer um.

Ainda faltavam três semanas para terminar o período de aluguel da casa, o que pelo menos tinha a vantagem de dar um limite concreto à minha demência — embora fosse pouco provável que eu aguentasse mais do que alguns dias naquela situação. Havia, em todo caso, uma necessidade urgente, uma ida rápida a Paris, eu ia precisar de uma dose de 20 mg de Captorix, precaução elementar de sobrevivência que não podia deixar de lado. Marquei uma consulta com o dr. Azote às onze da manhã dali a dois dias, pouco depois do horário de chegada do meu trem à estação Saint-Lazare, já prevendo um tempo para compensar o provável atraso.

Curiosamente a viagem me fez bem, de certa maneira, porque atraiu meu pensamento para reflexões inquestionavelmente negativas, mas impessoais. O trem chegou à estação Saint-Lazare com um atraso de trinta e cinco minutos, mais ou menos o que eu tinha previsto. Desaparecera para sempre o orgulho ancestral dos ferroviários, o orgulho ancestral do respeito ao horário, que era tão poderoso e enraizado no começo do século XX que, no campo, guiava os aldeões a acertarem o relógio pela hora em que os trens passavam. A SNCF era mais uma das empresas cuja decadência e quebra eu presenciei. Hoje em dia o horário indicativo pode ser considerado uma verdadeira piada, qualquer ideia de alimentação parece não existir nos trens Intercités, assim como qualquer projeto de manutenção — via-se o forro opaco saindo dos assentos rasgados, e os banheiros, pelo menos os que não tinham sido interditados, talvez por esquecimento, estavam tão imundos que não tive coragem de entrar e preferi me aliviar na plataforma, entre dois vagões.

Um ambiente de catástrofe global sempre atenua um pouco as catástrofes individuais, com certeza é por isso que os suicídios são tão raros em tempo de guerra, e foi com passos quase ligeiros que me dirigi à Rue d'Athènes. Entretanto, o primeiro olhar do dr. Azote me desenganou rapidamente. Nele se misturavam inquietação, compaixão e pura preocupação profissional. "Não parece que as coisas estejam indo bem...", comentou, lacônico. Eu não podia contradizê-lo, porque ele não me via fazia vários meses, dispunha de um ponto de comparação que necessariamente me faltava.

"Claro que vou aumentar para 20 mg", prosseguiu, "mas, enfim, 15 ou 20... Suponho que você está consciente de que os antidepressivos não podem fazer tudo." Eu estava. "E depois não podemos esquecer que 20 mg são a dose máxima que se vende no mercado. Lógico, você poderia tomar dois comprimidos, passar para 25, 30 e depois 35, mas onde vamos parar? Não recomendo, sinceramente. A verdade é que o produto foi testado em doses de até 20 mg, não acima disso, e eu não quero correr o risco. Como andam as coisas no campo sexual?"

Essa pergunta me deixou boquiaberto. Não era, porém, uma pergunta ruim, eu tinha que admitir, ela se relacionava com o meu estado, uma relação que me parecia distante, incerta, mas que afinal de contas era uma relação. Não respondi nada, provavelmente levantei as mãos, abri ligeiramente a boca, enfim, devo ter encarnado uma expressão bastante eloquente do nada, porque ele me disse: "O.k. O.k., estou vendo...".

"De todo modo, vamos fazer um exame de sangue para ver seu nível de testosterona. Normalmente deveria estar muito baixo, a serotonina produzida por meio do Captorix inibe a síntese de testosterona, ao contrário da serotonina natural, não me pergunte por quê, não tenho a menor ideia. Normalmente, e digo a palavra adequada, normalmente, o efeito deve ser totalmente reversível, a pessoa volta a ser a mesma de antes assim que para de tomar o Captorix, bem, foi o que revelaram os estudos, mas ao mesmo tempo não podemos estar cem por cento seguros, se fosse indispensável ter uma certeza científica absoluta, não existiria um só medicamento no mercado, entende o que estou dizendo?"

Assenti.

"Muito bem...," continuou, "não vamos nos limitar à testosterona, vou pedir uma avaliação hormonal completa. Mas não sou endocrinologista, pode haver coisas que me escapam um pouco, você não quer consultar um especialista? Conheço um que não é dos piores."

"Prefiro não fazer isso."

"Você prefere não fazer isso... Bem, imagino que devo considerar como uma prova de confiança. Muito bem, está certo, vamos em frente. No fundo os hormônios não são tão complicados, não chegam a uma dúzia. Além do mais, eu gostava de endocrinologia na época da faculdade, era uma das minhas matérias favoritas, seria bom reler um pouco..." Ele parecia estar sensibilizado por um vago toque de nostalgia, como é inevitável a partir de certa idade quando se pensa nos anos de estudante, claro, eu o entendia perfeitamente porque também gostava de biologia, sentia um estranho prazer estudando as propriedades daquelas moléculas complexas, a diferença é que eu me interessava sobretudo por moléculas vegetais, tipo clorofila ou antocianinas, mas no fundo as bases eram as mesmas, eu entendia perfeitamente o que ele estava falando.

Saí então com duas receitas, comprei o Captorix de 20 mg numa farmácia próxima à estação Saint-Lazare, para fazer o exame hormonal aguardaria minha volta a Paris, porque ia voltar a Paris, era inevitável, em Paris a solidão perfeita é, digamos, mais normal, mais adequada ao ambiente.

No entanto, voltei uma última vez às margens do lago de Rabodanges. Escolhi um domingo ao meio-dia, quando tinha certeza de que Camille não estaria lá, ia almoçar com seus pais em Bagnoles-de--l'Orne. Creio que se Camille estivesse seria quase impossível para mim dar o adeus definitivo. Definitivo? Acreditava nisso de verdade? Sim, acreditava, afinal tinha visto gente morrer, eu também ia morrer em pouco tempo, constantemente nós encaramos o adeus definitivo, ao longo de toda a nossa existência, a menos que esta seja venturosamente breve, e encaramos quase todo dia. O tempo estava absurdamente bom, um sol intenso e ardente iluminava as águas do lago e arrancava cintilações das florestas. Os ventos não sibilavam, as águas não murmuravam, a natureza revelava uma falta de empatia quase insultante. Tudo era aprazível, majestoso e tranquilo. Será que eu poderia ter morado durante anos com Camille naquela casa isolada no meio do bosque e ser feliz? Sim, eu sabia que sim. Minha necessidade de relações sociais (entendendo relações sociais como aquelas diferentes das amorosas), a princípio muito pouca, com o tempo foi se tornando inexistente. Isso era normal? É verdade que os repugnantes antepassados da humanidade viviam em tribos de algumas dezenas de indivíduos e que essa fórmula se manteve por muito tempo, tanto entre os caçadores-coletores como nas primeiras populações agrícolas, essas tribos eram mais ou menos do tamanho de uma aldeia. Mas já havia se passado muito tempo, inventaram-se a cidade e seu corolário natural, a solidão, à qual só o casal pode oferecer uma alternativa real, nunca voltaríamos ao estágio da tribo, alguns sociólogos pouco inteligentes pretendiam distinguir novas tribos nas tais "famílias reconstituídas", era bem possível, mas eu nunca vi uma família reconstituída, e em compensação vi muitas famílias destruídas, aliás quase não tinha visto outra coisa na vida, com exceção, claro, dos casos bastante numerosos em que o processo de decomposição já ocorria no estágio do casal, antes da produção de filhos. Quanto ao processo de reconstituição, não tive oportunidade de vê-lo na prática, "Quando nosso coração já fez um dia sua colheita/ viver é um mal", escrevia certeiramente Baudelaire, essa história de família reconstituída era, a meu ver, uma baboseira repulsiva, quando não pura propaganda, otimista e pós-moderna, defasada, dirigida aos níveis sociais altos e muito altos, inaudível para além da Porte de Charenton. Portanto, eu poderia ter vivido sozinho com Camille naquela casa isolada no meio do bosque, veria o sol despontar no lago toda manhã, e acho que, na medida das minhas possibilidades, seria feliz. Mas o destino, como dizem por aí, tinha decidido outra coisa, minhas malas estavam prontas, eu chegaria a Paris no começo da tarde.

Reconheci sem esforço a recepcionista do hotel Mercure, e ela também me reconheceu. "Está de volta?", perguntou, e eu confirmei com uma pontada de emoção porque intuí, intuí com muita convicção, que em seguida ela ia dizer: "Está de novo *com a gente?*", mas um escrúpulo a deteve no último momento, devia ter um parâmetro muito bem estabelecido das familiaridades aceitáveis com um cliente, mesmo com um cliente fiel. Sua frase seguinte: "Vai ser nosso hóspede por uma semana?", era, acho, exatamente a mesma que tinha pronunciado meses antes, na minha primeira estadia.

Revi com uma satisfação pueril e até patética meu minúsculo quarto de hotel, sua decoração funcional e engenhosa, e na manhã seguinte recomecei meus circuitos cotidianos, que me levavam da cervejaria O'Jules ao Carrefour City, passando pela Rue Abel-Hovelacque, aonde eu chegava pela breve subida da Avenue des Gobelins, antes da bifurcação final em direção à Avenue de la Sœur-Rosalie. Mas algo havia mudado no ambiente, já passara um ano ou quase isso, e estávamos no começo do mês de maio, um maio excepcionalmente quente, uma verdadeira antecipação do verão. Normalmente eu teria sentido qualquer coisa da ordem do desejo, ou pelo menos um simples interesse pelas garotas de saia curta ou legging justa, sentadas a mesas não muito distantes da minha na brasserie O'Jules, que tomavam seu cafezinho trocando talvez confidências amorosas, bem mais provável do que comparando os respectivos seguros de vida. Mas eu não sentia nada por elas, radicalmente nada, apesar de pertencermos teoricamente à mesma espécie; tinha que providenciar logo essa história da avaliação hormonal, o dr. Azote pediu que lhe mandasse uma cópia dos resultados.

Telefonei três dias mais tarde, ele parecia sem jeito. "Sabe, é estranho... Se não se incomodar, eu gostaria de conversar sobre isso com um colega. Vamos marcar para daqui a uma semana?" Anotei o horário na minha agenda sem fazer comentários. Quando um médico diz que achou alguma coisa estranha nos resultados de um exame, as pessoas costumam manifestar certa inquietação; não foi o meu caso. Logo depois de desligar pensei que devia pelo menos ter fingido que estava preocupado, enfim, podia ter me interessado um pouco, certamente era o que ele esperava de mim. A menos, talvez, pensei logo a seguir, que tivesse percebido em que situação eu estava; e isso era uma ideia embaraçosa.

A consulta foi na segunda-feira seguinte às sete e meia da noite, imagino que era o último horário, aliás me pergunto se não havia estendido um pouco o dia de trabalho. Ele estava com um ar cansado e acendeu um Camel antes de me oferecer um — como se faz com um condenado à morte. Vi que tinha rabiscado uns cálculos nos resultados do meu exame. "Bem...", disse ele, "o nível de testosterona é claramente baixo, eu já esperava por isso, é por causa do Captorix. Mas o nível de hidrocortisona também está muito alto, é incrível a quantidade de hidrocortisona que você produz. Na verdade... posso falar francamente?" Respondi que sim, que a franqueza tinha sido a tônica da nossa relação até aquele momento. "Pois então, o caso é que...", e ainda hesitou, seus lábios tremeram brevemente antes de me dizer: "Tenho a impressão de que você está simplesmente morrendo de tristeza."

"Existe isso, morrer de tristeza, faz algum sentido?", foi a única resposta que me veio à mente.

"Bem, não é lá muito científico como terminologia, mas é melhor chamar as coisas pelo nome. Olha, não é a tristeza que mata, não diretamente. Imagino que você já começou a engordar, certo?"

"É, acho que sim, não reparei muito, mas parece que sim."

"Com a hidrocortisona isso é inevitável, vai engordar cada vez mais, definitivamente vai ficar obeso. E então, como obeso, não faltam doenças fatais, é só escolher. A hidrocortisona me fez mudar de opinião sobre seu tratamento. Eu estava na dúvida se devia ou não parar o Captorix, por medo de aumentar seu nível de hidrocortisona, mas sinceramente não vejo como pode subir ainda mais."

"Então me recomenda parar o Captorix?"

"Bem… a decisão ainda não está muito clara. Porque se parar, a depressão volta, e até com mais força, você vai se transformar numa espécie de larva. Por outro lado, se continuar tomando Captorix, pode dar adeus à sua sexualidade. Precisamos manter a serotonina num nível adequado, até aí tudo certo, você está bem, mas reduzindo a hidrocortisona, e talvez aumentando um pouco a dopamina e as endorfinas, isso seria o ideal. Mas tenho a impressão de que não fui muito claro, deu para entender?"

"Não muito, para dizer a verdade."

"Bom…" Deu outra olhada no papel, com o olhar um tanto perdido, parecia não acreditar muito em seus próprios cálculos, até que ergueu os olhos e me soltou: "Pensou nas putas?". Fiquei boquiaberto, e com certeza abri realmente a boca, devo ter dado uma impressão de total estupefação, porque ele prosseguiu: "Bem, agora elas são chamadas de acompanhantes de luxo, mas é a mesma coisa. Em termos financeiros imagino que você não passa dificuldades, certo?"

Confirmei que, nesse sentido, pelo menos, não tinha problemas no momento.

"Bem…", parecia um pouco mais animado pela minha reação, "algumas garotas não são de jogar fora, sabe. Enfim, para ser honesto, essas são exceções, a maior parte delas são caixas eletrônicos em estado bruto, e além do mais se sentem na obrigação de fazer teatro fingindo desejo, prazer, amor e o que mais for preciso, o que pode até funcionar com gente muito jovem e muito idiota, mas não com pessoas como nós." (Provavelmente quis dizer "como você", mas o fato é que disse "como nós", aquele médico era surpreendente.) "Ou seja, no nosso caso só serve para aumentar o desespero. Mas de qualquer maneira você transa, o que não é pouco, ainda mais se for com uma garota cheia de atributos, bem, imagino que você já saiba."

"Enfim", continuou ele, "enfim, eu preparei uma listinha." Tirou uma folha A4 de uma gaveta da escrivaninha onde havia três nomes escritos: Samantha, Tim e Alice; cada nome seguido de um número de celular. "Não precisa dizer que foi indicação minha. Bem, pensando melhor, talvez seja bom dizer, essas garotas são desconfiadas, você precisa entender, elas não têm um ofício fácil."

Levei algum tempo para me recuperar da surpresa. Em certo sentido eu o compreendia, os médicos não podem fazer tudo, para viver, para se levantar da cama todo dia, como costumam dizer, é necessário ter um mínimo de prazer, e ainda assim as acompanhantes de luxo eram algo surpreendente, então fiquei calado, ele também precisou de alguns minutos para continuar (não havia mais trânsito na Rue d'Athènes, o silêncio no aposento era perfeito).

"Não sou partidário da morte. De maneira geral, não gosto da morte. Bem, evidentemente há casos..." (fez um gesto vago, impaciente, como se quisesse descartar uma objeção recorrente e idiota), "há alguns casos em que é a melhor solução, casos muito raros, aliás, muito mais raros do que se diz por aí, a morfina quase sempre funciona, e nos raríssimos casos de intolerância à morfina ainda resta a hipnose, mas você não chegou a esse ponto, pelo amor de Deus, não tem sequer cinquenta anos! Vou lhe dizer uma coisa, se você estivesse na Bélgica ou na Holanda e pedisse uma eutanásia, com uma depressão deste tamanho seria autorizado sem objeções. Mas eu sou médico. E se um cara vem e me diz: 'Estou deprimido, quero me matar', será que posso responder: 'O.k., pode se matar, eu vou dar uma força...'? Pois bem: não. Sinto muito, mas não estudei medicina para isso."

Garanti a ele que por ora não tinha a menor intenção de ir à Bélgica nem à Holanda. Felizmente ficou mais tranquilo, acho que já esperava uma declaração desse tipo, será que eu tinha chegado a tal extremo de maneira tão evidente? Entendi mais ou menos suas explicações, mas havia um ponto que me escapava, e perguntei: o sexo era o único meio de reduzir a produção excessiva de hidrocortisona?

"Não, não, de modo algum. A hidrocortisona é chamada muitas vezes de hormônio do estresse, e não à toa. Não tenho dúvida de que os monges, por exemplo, produzem pouca hidrocortisona; mas essa realmente não é a minha praia. Eu sei, pode parecer estranho dizer que você é estressado quando praticamente não liga para nada o dia todo, mas aqui estão os números!", deu umas batidinhas vigorosas nos resultados do meu exame, "você está estressado, estressado num nível espantoso, é um pouco como se fizesse um burn-out silencioso, como se estivesse se consumindo por dentro. Enfim, não é fácil explicar esse tipo de coisa. Além disso, está ficando tarde..." Verifiquei meu relógio, eram nove e pouco, de fato eu tinha abusado de seu tempo e além do mais estava começando a sentir fome, de repente me ocorreu fugazmente a ideia de ir jantar no Mollard, como nos tempos de Camille, e no instante seguinte um movimento de puro terror expulsou essa ideia da minha cabeça, sem dúvida eu era um verdadeiro babaca.

"O que vou fazer", concluiu o médico, "é lhe dar uma receita de Captorix 10 mg, para o caso de você decidir parar, porque, repito, nada de parar de repente. Ao mesmo tempo, é bom não complicar muito o protocolo: tome 10 mg durante duas semanas e depois, zero. Não vou mentir, pode ser difícil porque você usa antidepressivos há muito tempo. Vai ser duro, mas acho que é a coisa certa a fazer..."

Ficou apertando a minha mão por um bom tempo junto à porta de sua sala, antes de me deixar sair. Eu queria dizer alguma coisa, encontrar uma fórmula para expressar meu agradecimento e minha admiração por ele, busquei freneticamente uma frase durante os trinta segundos que levei para vestir o casaco e chegar à porta do lugar; contudo, mais uma vez, fiquei sem palavras.

Passaram-se dois ou talvez três meses, eu tinha sempre à vista a receita do comprimido de 10 mg, aquele que iria me fazer parar; também tinha a página A4 com o número das três acompanhantes de luxo; e não fazia absolutamente nada além de ver televisão. Ligava o aparelho no final do meu pequeno passeio, um pouco depois do meio-dia, e por fim nunca desligava, havia um dispositivo ecológico de economia de energia que me obrigava a apertar a tecla o.k. a cada hora, então eu apertava a cada hora até que o sono me proporcionava um alívio temporário. Voltava a ligar umas oito horas depois, indiscutivelmente os debates do *Politique Matin* ajudavam o meu asseio matinal, eu na verdade não podia pretender ter uma compreensão perfeita de tudo, sempre confundia La Republique en Marche com La France Insoumise, na verdade os dois partidos se pareciam um pouco, passavam a mesma sensação enérgica quase insuportável, mas era exatamente isso o que me ajudava: em vez de atacar direto a garrafa de Grand Marnier, eu passava a luva ensaboada pelo corpo e logo em seguida estava preparado para dar minha voltinha cotidiana.

 O restante dos programas era menos diferenciável, e eu me embriagava devagar, zapeando com moderação, minha impressão dominante era de estar passando de um programa de culinária para outro, os programas de culinária se multiplicavam em proporções notáveis, ao passo que o erotismo, ao mesmo tempo, desaparecia da maioria dos canais. A França, e talvez todo o Ocidente, estava retrocedendo à *fase oral*, para falar nos termos do fantoche austríaco. Eu seguia o mesmo caminho, sem a menor dúvida, estava engordando pouco a pouco, e a alternativa sexual nem se apresentava claramente aos meus olhos. Eu estava longe de ser o único; na certa ainda havia *garanhões* e *safadinhas*, mas isso tinha se transformado num hobby, um hobby

Ao sair lhe dei um amplo sorriso, um sorriso totalmente sincero em sinal de amizade, mas que ao mesmo tempo queria transmitir uma impressão de otimismo heroico — tudo vai dar certo, pode deixar que eu resolvo — completamente desonesta. Não ia dar certo, eu não ia resolver nada, sabia disso perfeitamente.

Estava assistindo a Gérard Depardieu maravilhar-se com a fabricação de salsichas artesanais na Apúlia, quando o gerente do hotel me chamou. Seu aspecto físico me surpreendeu, parecia Bernard Kouchner, ou, digamos, lembrava mais um médico sem fronteira que um gerente de hotel Mercure; não dava para entender como suas atividades cotidianas puderam lhe dar aquelas rugas de expressão, aquele bronzeado. Devia fazer caminhadas de sobrevivência na selva no fim de semana, não havia outra explicação. O homem me recebeu acendendo um Gitanes e me ofereceu um. "Audrey me explicou sua situação...", começou, então a garota se chamava Audrey. Ele parecia desconfortável na minha presença, não me olhava nos olhos, é normal, nunca se sabe como lidar com um homem condenado, enfim, os homens nunca, mas as mulheres às vezes sabem, nem sempre.
"Vamos dar um jeito", prosseguiu. "É claro que haverá uma inspeção, não imediatamente, calculo que dentro de uns seis meses, pelo menos, ou talvez um ano. Isso lhe dará tempo para resolver o problema..."
Assenti com a cabeça, confirmei que ia sair do hotel, no mais tardar, em três ou quatro meses. Pronto, caso encerrado, não tínhamos mais nada a dizer. Ele havia me ajudado. Eu agradeci antes de sair de sua sala, ele respondeu que não havia de quê, era realmente o mínimo que podia fazer, senti que estava disposto a soltar uma diatribe contra os babacas que estão infernizando a nossa vida, mas afinal ficou calado, na certa já tinha soltado a língua muitas vezes antes, sabia que não adiantava nada, os babacas eram mais fortes. Antes de sair me desculpei pelo incômodo, e no momento em que pronunciava estas palavras banais entendi que daí por diante minha vida se reduziria a isso: a me desculpar pelos incômodos.

Estava, então, no estágio em que o animal envelhecido, destroçado e sentindo-se mortalmente abatido procura um abrigo onde terminar a vida. As necessidades de mobiliário são limitadas no caso: uma cama é suficiente, você sabe que logo ela vai ficar para trás; não é preciso mesa, sofá nem poltrona, seriam acessórios inúteis, ressurgências supérfluas, e até dolorosas, de uma vida social que não vai existir mais. Uma televisão é necessária; televisão diverte. Tudo isso me inclinava mais para um conjugado — mas um conjugado amplo, é sempre bom ter um pouco de espaço, quando possível.

    A questão do bairro era mais difícil. Com o tempo eu tinha criado uma pequena rede de terapeutas, cada qual encarregado da vigilância de um dos meus órgãos para evitar sofrimentos exagerados antes da minha morte efetiva. A maioria deles tinha consultório no Quinto Arrondissement de Paris, e me mantive fiel, na minha última vida, a minha vida médica, minha verdadeira vida, ao bairro dos meus estudos, da minha juventude, da minha vida sonhada. Era lógico que tentasse ficar perto dos meus terapeutas, que seriam meus principais interlocutores. O caráter medicinal desses deslocamentos até seus consultórios os tornava de certa forma assépticos, inofensivos. Mas morar no mesmo bairro, ao contrário, como percebi desde o começo das minhas pesquisas imobiliárias, teria sido um erro colossal.

    O primeiro conjugado que visitei, na Rue Laromiguière, era muito agradável: teto alto, luminoso, dava para um pátio amplo e arborizado, o preço era alto, claro, mas talvez eu pudesse pagar, quer dizer, não tinha tanta certeza, mas mesmo assim já estava decidido a fechar o negócio quando, ao entrar na Rue Lhomond, fui tomado por uma onda terrível de tristeza, arrasadora, que me deixou sem ar, respirando com dificuldade, e minhas pernas mal me sustentavam, tive que buscar abrigo no primeiro bar que vi, coisa que não adiantou nada, muito pelo contrário, reconheci no ato que era um dos cafés que eu frequentava quando estudava agronomia, aliás com certeza havia estado lá com Kate, a decoração quase não tinha mudado. Pedi comida, uma omelete de batata e três cervejas Leffe me ajudaram a me recuperar um pouco, ah, sim, o Ocidente estava voltando à fase oral e eu entendia isso, quando saí do estabelecimento pensava que mais ou menos tinha superado a crise, mas tudo começou de novo quando entrei na Rue Mouffetard, esse trajeto se tornara um calvário para mim, dessa vez eram as imagens de Camille que me assombravam, sua alegria infantil quando íamos ao mercado no domingo de manhã, sua fascinação ao ver os aspargos, os queijos, as verduras exóticas, as lagostas vivas, levei mais de vinte minutos para subir a ladeira até a estação Monge, estremecendo como um velho e ofegando de dor, essa dor incompreensível que às vezes acomete os velhos é nada mais que o peso da vida, não, o Quinto Arrondissement estava fora de cogitação, totalmente fora.

Então, empreendi uma progressiva descida ao longo da linha 7 do metrô, que era acompanhada por uma correspondente redução dos preços, e me surpreendi visitando, no princípio do mês de julho, um conjugado na Avenue de la Sœur-Rosalie, quase em frente ao hotel Mercure. Desisti no momento exato em que me dei conta de que alimentava, em algum lugar, no fundo de mim mesmo, o projeto não formulado de manter contato com Audrey, meu Deus, como é difícil vencer a esperança, como a esperança é tenaz e ardilosa!, será que todos os homens são assim?

Tinha que descer, descer ainda mais para o sul, expulsar para longe qualquer esperança de uma vida possível, senão não ia seguir adiante, e nesse estado de ânimo fui visitar as torres que se estendem entre a Porte de Choisy e a Porte d'Ivry. Eu tinha que achar o vazio, o branco e o nu; aquele entorno respondia quase idealmente a essa busca, morar numa daquelas torres era morar em lugar nenhum, bem, não exatamente em lugar nenhum, digamos nas imediações de lugar nenhum. Aliás, era muito acessível o preço do metro quadrado naquela área, habitada basicamente por proletários, com o orçamento que eu tinha poderia comprar um apartamento de dois e até de três quartos, mas para hospedar quem?

Todas as torres se pareciam, e também todos os apartamentos, acho que escolhi o mais vazio, o mais tranquilo e o mais nu, numa torre das mais anônimas; lá, pelo menos, tinha certeza de que minha mudança passaria despercebida, não ia provocar nenhum comentário — e meu óbito tampouco. A vizinhança, essencialmente composta de chineses, me garantiria neutralidade e polidez. A vista das minhas janelas era inutilmente ampla, dava para a periferia do sul — ao longe se avistavam Massy e provavelmente Corbeil-Essonnes; isso não tinha a menor importância, porque decidi fechar em definitivo algumas persianas assim que me mudasse para lá. Havia um triturador de lixo, e acho que foi isso que por fim me seduziu; utilizando o triturador de lixo de um lado e o novo serviço de entrega de comida criado pela Amazon do outro, eu poderia ter uma autonomia quase perfeita.

    Sair do hotel Mercure foi curiosamente um momento difícil, sobretudo por causa da pequena Audrey, que estava com lágrimas nos olhos, mas o que eu podia fazer, se ela não aguentava aquilo não ia aguentar mais nada na vida, tinha no máximo vinte e cinco anos, precisava endurecer. Então lhe dei um beijo, depois dois, e depois quatro, ela recebeu esses beijos com verdadeira entrega, e até me apertou furtivamente entre seus braços, e estava tudo dito, meu táxi havia chegado à porta do hotel.

Estava então estabilizado nesse estado, embora bastante melancólico, quando a recepcionista me deu uma notícia muito ruim. Era uma segunda-feira de manhã, eu estava saindo como todos os dias para o O'Jules, estava animado, sentia até certa satisfação com a ideia de começar outra semana, quando a recepcionista me parou com um discreto "Senhor...". Queria me informar, tinha que me informar, era seu triste dever me informar que o hotel ia passar a ser cem por cento para não fumantes, eram as novas normas, explicou, a decisão tinha sido tomada pela diretoria do grupo, não havia como escapar. Que chato, respondi, eu ia ter que comprar um apartamento, o problema era que as formalidades, mesmo que eu comprasse o primeiro que aparecesse, iam levar um tempo, agora fazem um bocado de vistorias, medem a performance energética do gás, o efeito estufa, sei lá o quê, enfim, ia levar meses, dois ou três no mínimo, até eu poder me mudar de verdade.

Ela me olhou com perplexidade, como se não tivesse entendido bem, antes que eu confirmasse: ia mesmo comprar um apartamento só porque não podia ficar no hotel? Era isso mesmo? Eu estava nesse ponto?

Pois é, eu estava, o que mais podia responder? Tem horas em que o pudor retrocede porque simplesmente não é mais possível mantê-lo. Tinha chegado a esse ponto. Ela me olhava diretamente nos olhos, eu lia a compaixão que se instalava em seu rosto, que pouco a pouco deformava seus traços, só esperava que não começasse a chorar, sem dúvida era uma garota encantadora, eu tinha certeza de que deixava o namorado feliz, mas o que ela podia fazer? O que podemos fazer, todos e cada um de nós, em qualquer circunstância?

Ela ia falar com o chefe, disse, ia falar com ele naquela manhã mesmo, não tinha dúvida de que seria possível encontrar uma solução.

minoritário e particular, reservado para uma elite (elite à qual, como lembrei fugazmente no O'Jules certa manhã, e foi a última vez que pensei nela, Yuzu pertencera), tínhamos voltado de certo modo ao século XVIII, quando a libertinagem era reservada a uma aristocracia heterogênea, misturando critérios de nascimento, fortuna e beleza.

Também restavam, talvez, os jovens, bem, alguns jovens, que simplesmente por sua juventude pertenciam à aristocracia da beleza e que ainda acreditariam nisso por alguns anos, talvez dois ou cinco, com certeza menos que dez; estávamos no começo de junho, e toda manhã, no café, eu tinha que me render à evidência: as jovenzinhas eram inquestionáveis, estavam sempre lá, ao passo que as balzaquianas e as quarentonas já tinham desistido fazia tempo, a tal parisiense "chique e sexy" era um mito inconsistente; enfim, em meio à extinção da libido ocidental, as garotas, obedecendo, imagino, a um irreprimível impulso hormonal, continuavam lembrando ao homem a necessidade de reproduzir a espécie, objetivamente não se podia censurá-las, elas cruzavam as pernas no momento certo quando estavam sentadas no O'Jules, a poucos metros de mim, e até se entregavam às vezes a deliciosas simulações como chupar os dedos ao degustar um sorvete de pistache e baunilha, enfim, cumpriam mais que corretamente sua missão de erotizar a vida, elas estavam lá, mas era eu quem não estava mais, nem para elas nem para ninguém, e não pretendia voltar a estar.

Ao entardecer, mais ou menos na hora de *Questions pour un Champion*, eu atravessava dolorosos momentos de autopiedade. Pensava no dr. Azote, não sabia se ele se comportava da mesma forma com todos os pacientes, e nesse caso era um santo, e também pensava em Aymeric, mas as coisas tinham mudado, eu envelheci de verdade, não ia convidar o dr. Azote para ouvir discos na minha casa, não ia surgir uma amizade entre nós, o tempo das relações humanas tinha acabado, pelo menos para mim.

A mudança foi fácil, encontrei os móveis rapidamente, assinei outro pacote da SFR — estava decidido a me manter fiel a essa operadora, fiel até o último dos meus dias, isso era uma das coisas que a vida tinha me ensinado. No entanto, em poucas semanas me dei conta de que a programação esportiva me interessava menos, era normal, à medida que eu envelhecia ia ficando cada vez menos esportivo. Mas ainda havia, no catálogo da SFR, um bocado de pérolas, sobretudo em matéria de culinária, eu estava virando um homem velho e gordo, um filósofo epicurista, por que não?, o que mais Epicuro tinha na cabeça, afinal de contas? Ao mesmo tempo, um pedaço de pão velho e um fio de azeite de oliva eram um pouquinho limitados, eu precisava de medalhões de lagosta e de vieiras com minilegumes, na verdade eu era um decadente, não um veado rural grego.

Mais ou menos no meio de outubro comecei a me cansar dos programas culinários, aliás impecáveis, e aí foi o verdadeiro começo da minha derrocada. Tentei me interessar pelos debates sobre temas sociais, mas esse período foi decepcionante e breve: o conformismo extremo dos participantes, a desoladora uniformidade de suas indignações e seus entusiasmos chegavam a tal ponto que eu já podia prever suas intervenções não só em linhas gerais, mas até nos detalhes, na verdade ao pé da letra, os colunistas e os grandes depoimentos desfilavam como marionetes europeias imprestáveis, os cretinos sucediam os cretinos, felicitando-se pela pertinência e pela moralidade de suas opiniões, eu poderia ter escrito esses diálogos no lugar deles e acabei desligando em definitivo a televisão. Tudo aquilo só ia servir para me entristecer ainda mais, se eu tivesse forças para continuar vendo.

Fazia muito tempo que eu havia planejado ler *A montanha mágica*, de Thomas Mann, intuía que era um livro fúnebre, mas afinal de contas bastante adequado à minha situação, sem dúvida era o momento certo. Então mergulhei na leitura, a princípio com admiração, depois com uma reserva crescente. Embora sua extensão e suas ambições fossem muito maiores, o sentido último da obra era no fundo idêntico ao de *Morte em Veneza*. Tal como aquele velho imbecil do Goethe (o humanista alemão de tendência mediterrânea, um dos velhos gagás mais sinistros da literatura mundial), tal como seu herói, Aschenbach (só que muito mais simpático), Thomas Mann, o próprio Thomas Mann, e isso é extremamente grave, não foi capaz de escapar à fascinação da juventude e da beleza, que afinal colocou acima de tudo, acima de todas as qualidades intelectuais e morais, e às quais, afinal de contas, ele também, sem o menor comedimento, se entregou abjetamente. Assim, toda a cultura universal não servia para coisa nenhuma, toda a cultura universal não trazia qualquer vantagem ou benefício moral, porque na mesma época, exatamente na mesma época, Marcel Proust, no final de *O tempo recuperado*, concluía com notável franqueza que não só as relações mundanas, mas também as de amizade, não tinham nada de substancial a oferecer, eram pura e simples perda de tempo, e que o escritor, ao contrário do que todos acham, não precisava em absoluto de conversas intelectuais, mas de "amores ligeiros com moças em flor". Neste ponto da argumentação, permito-me substituir "moças em flor" por "jovens bocetas úmidas"; isso vai contribuir, creio, para clarificar o debate sem detrimento de sua poesia (o que há de mais bonito, mais poético, que uma boceta começando a umedecer? Peço que pensem com seriedade antes de me responder. Uma pica iniciando sua ascensão vertical? Isso pode ser defendido. Depende, como tantas outras coisas neste mundo, do ponto de vista sexual que se adote).

Voltando ao meu tema, por mais que Marcel Proust e Thomas Mann dispusessem de toda a cultura do mundo, por mais que estivessem à frente (no impressionante começo do século XX, que sintetizava oito séculos e até um pouco mais de cultura europeia) de todo o saber e de toda a inteligência do mundo, por mais que representassem, cada qual por sua vez, o topo da civilização francesa e da alemã, ou seja, das civilizações mais brilhantes, mais profundas e refinadas da época, não estavam menos à mercê, e dispostos a prosternar-se, diante de qualquer jovem boceta úmida ou de qualquer pica corajosamente erguida — segundo suas preferências pessoais, Thomas Mann nesse sentido não conseguia se decidir, e Proust no fundo tampouco é muito claro. Assim, o final de *A montanha mágica* ainda era mais triste do que parecia em sua primeira leitura; não só significava — devido ao início em 1914 de uma guerra tão absurda quanto mortífera entre as duas mais altas civilizações da época — o fracasso de qualquer ideia de cultura europeia, como também significava, com a vitória no final da atração animalesca, o fim definitivo de qualquer civilização, de qualquer cultura. Uma bocetinha poderia ter deixado Thomas Mann *de quatro*; Rihanna faria Marcel Proust *pirar*; esses dois autores, pontos culminantes de suas respectivas literaturas, não eram, para dizer de outra maneira, homens cândidos, e teríamos que remontar muito mais atrás, ao começo do século xix, ao tempo do Romantismo nascente, para respirar um ar mais saudável e puro.

Isso também pode ser discutido, essa pureza, Lamartine no fundo era uma espécie de Elvis Presley, tinha a capacidade, por seu lirismo, de *deixar as garotas doidinhas*, pelo menos realizou suas conquistas em nome do lirismo puro, Lamartine rebolava com mais moderação que Elvis, quer dizer, imagino, porque seria preciso conferir em documentos de vídeo inexistentes na época, mas isso não chegava a ter muita importância, de qualquer maneira aquele mundo estava morto para mim, e não só para mim, pura e simplesmente aquele mundo estava morto. Afinal foi na leitura, mais acessível, de Sir Arthur Conan Doyle que encontrei algum consolo. Além da série *Sherlock Holmes*, Conan Doyle é autor de um número impressionante de contos, de interesse literário indiscutível, muitas vezes sinceramente emocionantes, durante toda a vida foi um *page turner* excepcional, sem dúvida o melhor da literatura mundial, mas isso com certeza não significava nada para ele, sua mensagem não estava lá, a verdade de Conan Doyle era que se sentia vibrar em cada página escrita por ele o clamor de uma alma nobre, de um coração bom e sincero. O mais tocante nele, certamente, era sua atitude pessoal diante da morte: afastado da fé cristã por seus estudos de medicina, de um materialismo exasperado, vítima ao longo de toda a vida de perdas repetidas, cruéis, inclusive a dos próprios filhos, sacrificados pelas ambições bélicas da Inglaterra, afinal de contas ele só pôde recorrer ao espiritismo, a última esperança, o consolo derradeiro daqueles que não conseguem aceitar a morte dos seres queridos nem aderir à cristandade.

Desprovido de seres queridos, parecia que eu estava aceitando cada vez mais facilmente a ideia da morte; claro que gostaria de ser feliz, pertencer a uma comunidade feliz, todos os seres humanos querem isso, mas, enfim, naquela altura estava realmente fora de questão. No começo de dezembro comprei uma impressora de fotos e uma centena de caixas de papel fosco Epson, formato 10×15 cm. Uma das quatro paredes do meu conjugado tinha uma janela a meia altura, cujas persianas eu deixava fechadas, com um grande aquecedor embaixo. O espaço da segunda parede era limitado pela minha cama, uma mesinha de cabeceira e duas estantes de tamanho médio. A terceira ficava quase totalmente livre, exceto por um vão que se abria para a entrada, o banheiro à direita e a cozinha à esquerda. Só a quarta parede, em frente à minha cama, estava totalmente disponível. Se eu me limitasse, por comodidade, às duas últimas, dispunha de um espaço expositivo de dezesseis metros quadrados; tendo em conta que o formato de impressão era de 10×15 cm, dava para expor mais de mil fotos. No meu laptop havia um pouco mais de três mil, que documentavam inteiramente a minha vida. Escolher uma de cada três me parecia razoável, e mesmo bastante razoável, e me dava a sensação de ter vivido uma boa vida.

(Mas, pensando bem, minha vida tinha transcorrido de um modo estranho. No fundo, depois da minha separação de Camille, pensei durante vários anos que mais cedo ou mais tarde iríamos nos reencontrar, que isso seria inevitável porque nós nos amávamos, que só era preciso, como se diz, deixar as feridas cicatrizarem, mas ainda éramos jovens e tínhamos a vida inteira pela frente. Agora, olhando para trás, via que a vida tinha acabado, que tinha passado por nós sem fazer estardalhaço, e depois se retirou com discrição e elegância, com suavidade, simplesmente se desviou de nós; na verdade, olhando de perto, nossa vida não tinha sido muito longa.)

* * *

    Em certo sentido eu queria fazer uma espécie de mural de Facebook, mas para meu uso particular, um mural de Facebook que só eu veria — e, muito em breve, o funcionário da imobiliária que viria avaliar o apartamento depois da minha morte; ele ia ficar um pouco surpreso, depois jogaria tudo no lixo e com certeza mandaria fazer uma intensa faxina para tirar os restos de cola da parede.
    A tarefa foi fácil graças às funcionalidades das câmeras modernas; cada negativo vinha com a hora e a data em que a foto fora tirada, nada mais simples que fazer uma seleção usando esses critérios. Se tivesse ativado a função GPS nos aparelhos seguintes, também poderia determinar os lugares. Mas na verdade isso era supérfluo, eu me lembrava dos lugares da minha vida, lembrava perfeitamente, com uma precisão cirúrgica, e inútil. Minha memória para datas era mais incerta, as datas não tinham importância, tudo o que acontecia no mundo acontecia para toda a eternidade, agora eu sabia disso, só que era uma eternidade fechada, inacessível.
    No decorrer deste relato mencionei algumas fotos, duas com Camille, uma com Kate. Havia outras, um pouco mais de três mil outras, de um interesse muito menor, era até surpreendente constatar como eram medíocres as minhas fotos: por que tinha registrado aqueles clichês turísticos em Veneza ou Florença, exatamente iguais às imagens de centenas de milhares de turistas? E o que me levou a mandar revelar aquelas fotos banais? Mas eu ia colá-las na parede, cada uma em seu lugar, sem pretender que tivessem beleza nem sentido; de todo modo ia continuar, seguir até o final, porque eu podia fazer isso, podia materialmente, era uma tarefa fisicamente ao meu alcance.

    Portanto, fiz.

Também acabei me interessando pelo controle das despesas. Eram enormes naquelas torres do Décimo Terceiro Arrondissement, coisa que eu não previra e que ia interferir nos meus planos de vida. Fazia alguns meses (só alguns meses? um ano inteiro, talvez dois?, eu não conseguia mais associar uma cronologia à minha vida, sobreviviam apenas algumas imagens no meio de um nada confuso, o leitor atento completará), bem, resumindo, no momento em que decidi desaparecer, sumir para sempre do Ministério da Agricultura e da vida de Yuzu, ainda tinha a sensação de que era rico, de que a herança dos meus pais me permitiria viver tranquilamente por um tempo ilimitado.

Eu ainda tinha um pouco mais de duzentos mil euros na minha conta. Naturalmente, estava fora de cogitação sair de férias (férias para fazer o quê? *Funboard*, esqui alpino?, E em que lugar? Uma vez, num clube em Fuerteventura aonde fui com Camille, havia um sujeito sozinho: ele comia sozinho e, evidentemente, ia comer sozinho até o final da sua estadia; tinha uns trinta anos, espanhol, me pareceu, fisicamente bem e sem dúvida tinha uma posição social aceitável; eu podia imaginá-lo como caixa de um banco; a coragem que precisava demonstrar cotidianamente, em especial na hora das refeições, sempre me deixava atônito, quase sufocado de terror). Nem ia mais viajar nos fins de semana, os hotéis de charme tinham acabado para mim, preferia dar um tiro na cabeça a ir sozinho a um hotel de charme, tive um momento de genuína tristeza ao estacionar meu G 350 naquela vaga sinistra do terceiro subsolo que comprei junto com o apartamento, o piso estava repugnante e gorduroso, o ambiente era nauseabundo, com cascas de legumes jogadas aqui e ali: para o meu velho G 350 era um final muito triste a reclusão naquele estacionamento sujo e lúgubre, ele, que tinha se lançado por estradas de montanha, que tinha atravessado pântanos, cruzado baixios, que tinha percorrido trezentos e oitenta mil quilômetros e que em momento algum me decepcionou.

Também não pretendia recorrer às acompanhantes de luxo, e além do mais havia perdido o papel que o dr. Azote me dera. Quando percebi isso e pensei que provavelmente tinha esquecido no quarto do hotel Mercure, por um instante me incomodou a ideia de que Audrey pudesse tê-lo encontrado e que isso alteraria a estima que ela sentia por mim (mas que merda poderia acontecer? Não tinha conserto mesmo, a minha mente). Claro que podia pedir os telefones a Azote, ou procurar sozinho, não faltavam sites na internet, mas tudo isso me parecia inútil: nada que se assemelhasse a uma ereção era concebível naquele momento, minhas esporádicas tentativas de masturbação dissipavam qualquer dúvida, de forma que para mim o mundo se transformou numa superfície neutra, sem relevo nem atrativos, e por isso de repente minhas despesas cotidianas se reduziram muito, mas de todo modo a soma total era tão indecentemente alta que, mesmo me limitando às alegrias moderadas da comida e do vinho, podia calcular que no máximo em dez anos meu saldo bancário, aproximando-se de zero, concluiria o processo.

Eu pretendia que fosse de noite, para que a vista da esplanada de concreto não me freasse, tinha pouca confiança na minha própria coragem. Na sequência que previ, a evolução dos acontecimentos era breve e perfeita: na entrada do quarto principal, um interruptor me permitia levantar a persiana em poucos segundos. Tentando não pensar em nada, eu ia em direção à janela, abria as janelas, me debruçava e, pronto, assunto resolvido.

Durante um bom tempo, o que me impediu foi pensar na duração da queda, me imaginar flutuando no espaço durante alguns minutos, cada vez mais consciente da explosão inevitável dos meus órgãos no momento do impacto, da dor absoluta que ia sentir, e como a cada segundo da queda eu seria tomado por um pavor horrendo, total, que nem a bendita graça de um desmaio suavizaria.

Tinha valido a pena fazer bons estudos científicos: a altura h, percorrida por um corpo em queda livre durante um tempo t, era calculada com precisão pela fórmula $h = 1/2gt^2$, sendo g a constante gravitacional, o que dava um tempo de queda, para uma altura h, de $\sqrt{2h/g}$. Considerando a altura do meu apartamento (cem metros, quase exatos), e dando por irrelevante a resistência do ar para essa altura, a duração da queda seria de quatro segundos e meio, no máximo cinco se fizermos questão de introduzir no cálculo a resistência do ar; como se vê, não havia motivo para fazer drama; depois de tomar uns copos de calvados acho que nem dá tempo de pensar. Na certa haveria muito mais suicídios no mundo se as pessoas conhecessem este simples número: quatro segundos e meio. Eu ia chegar ao solo a uma velocidade de cento e cinquenta e nove quilômetros por hora, o que era menos agradável de encarar, mas, enfim, não era do impacto que eu tinha medo, era sobretudo do voo, e a física estabelecia com certeza que o meu seria breve.

Dez anos eram tempo demais, muito antes disso meus sofrimentos morais atingiriam um grau insuportável e definitivamente letal, mas ao mesmo tempo não me via deixando uma herança (para quem, aliás?, para o Estado?; essa perspectiva me causava um desagrado supremo), precisava então aumentar o ritmo das minhas despesas, isso era mais que mesquinho, era sinceramente desprezível, mas a perspectiva de morrer com dinheiro no banco me parecia intolerável. Poderia ter sido generoso, mas com quem? Os paralíticos, os sem-teto, os imigrantes, os cegos? Não ia dar minha grana para os romenos. Eu recebi pouco e tinha pouco desejo de dar; a bondade não se desenvolveu em mim, o processo psicológico não se produziu, pelo contrário, os seres humanos me eram cada vez mais indiferentes, para não falar dos casos de pura e simples hostilidade. Tinha tentado me aproximar de alguns (principalmente de algumas, porque a princípio elas me atraíam mais, mas já falei disso), enfim, acho que fiz um número normal de tentativas, um número padrão, dentro da média, mas por diversas razões (que também já mencionei) nada se concretizou, nada me fez acreditar que para mim ainda houvesse um lugar onde viver, ou um círculo social, ou um motivo.

A única saída para diminuir meu saldo bancário era continuar comendo, tentar me interessar por manjares mais custosos e mais finos (trufas da Alba?, lagostas do Maine?), eu havia passado dos oitenta quilos mas isso não ia influir no tempo da queda, como já estabeleceram as notáveis experiências de Galileu, realizadas, segundo a lenda, no topo da torre de Pisa, mas é mais provável que tenha sido no topo de uma torre de Pádua.

    Minha torre também tinha nome de uma cidade italiana (Ravena? Ancona? Rimini?). A coincidência não tinha nada de engraçado, mas não me parecia absurdo tentar desenvolver uma atitude bem-humorada, considerar como brincadeira o momento em que me debruçaria na janela, em que me entregaria à ação da gravidade, era possível ter um espírito brincalhão em relação à morte, afinal de contas um monte de gente morre a cada segundo, algumas pessoas conseguem fazê-lo perfeitamente, de primeira, sem frescuras, e há até quem aproveite para dizer *algumas palavras*.

    Eu ia conseguir, sentia que estava a ponto de conseguir, era a reta final. Ainda tinha receitas para dois meses de Captorix, precisaria procurar sem falta, pela última vez, o dr. Azote, agora teria que mentir para ele, fingir uma melhora do meu estado, evitar sua eventual tentativa de salvamento, uma hospitalização de emergência ou sei lá o quê; teria que parecer otimista e leve, mas sem exagerar, meus dotes de ator eram limitados. Não ia ser fácil, ele não era nem um pouco bobo; mas largar o Captorix, nem que fosse por um dia, me parecia inconcebível. Não se pode deixar o sofrimento aumentar além de certo grau, do contrário a gente faz qualquer coisa, bebe Diabo Verde e os nossos órgãos internos, compostos das mesmas substâncias que normalmente entopem as pias, se decompõem em meio a dores atrozes; ou então você se joga embaixo do metrô e acaba com duas pernas a menos e os colhões em picadinho, mas ainda vivo.

É um comprimido pequeno, branco, oval, divisível.

Não cria nem transforma; interpreta. O que era definitivo torna-se passageiro; o que era inevitável torna-se contingente. Proporciona uma nova interpretação da vida — menos rica, mais artificial, e impregnada de certa rigidez. Não oferece qualquer forma de felicidade, nem sequer um alívio real, sua ação é de outro tipo: ao transformar a vida numa sucessão de formalidades, permite ir tocando o barco. Portanto, ajuda os homens a viverem, ou pelo menos a não morrerem — por um tempo.

A morte, porém, acaba se impondo, a armadura molecular se fende, o processo de desintegração retoma seu curso. Sem dúvida é mais rápido para os que nunca pertenceram ao mundo, aqueles que nunca pretenderam viver, amar nem ser amados; para os que sempre souberam que a vida não estava ao seu alcance. Estes, e são muitos, não têm nada a lamentar, como se costuma dizer; não é meu caso.

Eu poderia ter feito uma mulher feliz. Bem, duas: já disse quais. Tudo estava claro, muito claro, desde o começo; mas nós não reparamos. Teremos cedido às ilusões da liberdade individual, da vida aberta, das possibilidades infinitas? É possível, pois eram ideias do espírito da época; nós não as formulamos, não tínhamos interesse; afinal nos conformamos, nos adaptando a elas, deixando que nos destruam; e depois, durante muito tempo, padecendo por conta delas.

* * *

Na verdade Deus se encarrega de nós, pensa em nós a cada instante e nos dá instruções às vezes muito precisas. Os arroubos de amor que emergem do peito e interrompem a respiração, as iluminações, os êxtases, inexplicáveis se considerarmos nossa natureza biológica, e nossa condição de simples primatas são sinais extremamente claros.

E hoje entendo o ponto de vista de Cristo, seu permanente desespero ante os corações endurecidos: eles têm todos os sinais e não levam em conta. Será realmente preciso que eu, ainda por cima, dê minha vida por esses miseráveis? Será realmente preciso ser tão explícito?

Parece que sim.

1ª EDIÇÃO [2019] 4 reimpressões

ESTA OBRA FOI COMPOSTA PELA ABREU'S SYSTEM EM ADOBE GARAMOND
E IMPRESSA EM OFSETE PELA GRÁFICA BARTIRA SOBRE PAPEL PÓLEN NATURAL
DA SUZANO S.A. PARA A EDITORA SCHWARCZ EM MARÇO DE 2024

A marca FSC® é a garantia de que a madeira utilizada na fabricação do papel deste livro provém de florestas que foram gerenciadas de maneira ambientalmente correta, socialmente justa e economicamente viável, além de outras fontes de origem controlada.